周作人著作

谈虎集

钟叔河——编订

岳麓书社·长沙

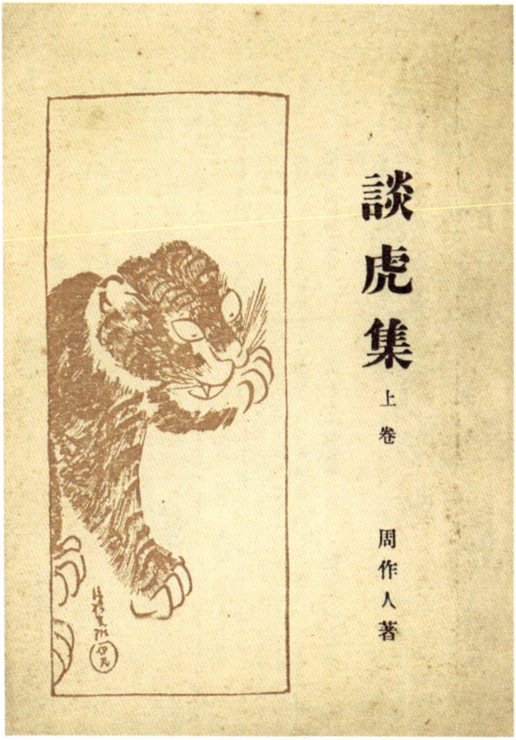

北新两卷本《谈虎集》（上）

编者的话

钟叔河

一九八七年一月七日《光明日报》上，岳麓书社刊出了我拟稿的一帧广告（左图），宣布了书社和我对重印周作人著作的观点：

“人归人，文归文。周作人其人的是非功过是另一问题，其书的主要内容是对传统文化和国民性进行反思，对中国—西方和中国—日本的文化历史进行比较研究，今之读者却不可不读。……”

随即便开始出书。既出周作人著作的单行本，也出精装合订本。两年之间，出了二十四种。

书当然不是想出便能出的，得按规矩，走程序。周家授权了，报告批复了，宋木文、杨牧之、伍杰各位领导都当面或来信表示应允和支持了，便能够出了。

出就得出好。当时强调了两条：（一）因为均系据旧本重印，所以一定要认真校订，尽力改正旧本误植失校的错误；（二）因为手稿不存，无法对勘，所以一定要详出校记，改动处一概保留原文，承担责任。

这两条，读者看来大都是认可的。直到如今，在旧书网上，八十年代“岳麓版”的周作人著作，始终都卖得不错。

现在，岳麓书社决定又来重版周作人著作，仍然要我负责编订，做法则一仍其旧。还是这些书，还是这两条，新的广告也就不必再做了。

鄢琨君三十年前和我同编了这些书，此次仍然合作，所有案头工作都是他做，各书重版说明也多是他写的。校记原列表在书末，如今改作尾注。鄢君新增校改之处，标出“鄢校”，特此说明，并志感谢。

二〇一八年五月十五日于长沙。

重版说明

《谈虎集》上下两卷本，收一九一九年至一九二七年间文，北新书局于一九二八年一月二月分别出版。上册有序一篇，收文从《祖先崇拜》至《怎么说才好》，计七十六篇；下册后记一篇，收文从《双十节的感想》至《剪发之一考察》，计五十六篇；上下卷共收文一百三十二篇。

《谈虎集》是和《谈龙集》一同收集、一同整理、一同编辑，然后再按内容“分家”，各自成书的。序文也是同一篇，《苦雨斋序跋文》中便叫《谈龙谈虎集序》。序文说道：“……‘分家’，将其中略略关涉文艺的四十四篇挑出，另编一集，叫作《谈龙集》，其馀的一百十九篇留下，还是称作《谈虎集》。……

《谈虎集》里所收的是关于一切人事的评论。”

集中《夏夜梦》中《初恋》曾收入《雨天的书》,《碰伤》曾收入《泽泻集》,《寻路的人》后来又收入《过去的生命》。

本社一九八九年一月据北新本将上下卷合为一册校订印行，此次仍据该版加校重版。

目　录

序

近几年来所写的小文字，已经辑集的有《自己的园地》等三册一百二十篇，又《艺术与生活》里二十篇，但此外散乱着的还有好些，今年暑假中发心来整理他一下，预备再编一本小册子出来。等到收集好了之后一看，虽然都是些零星小品，篇数总有一百五六十，觉得不能收在一册里头了，只得决心叫他们“分家”，将其中略略关涉文艺的四十四篇挑出，另编一集，叫作《谈龙集》，其馀的一百十几篇留下，还是称作《谈虎集》。

书名为什么叫做谈虎与谈龙，这有什么意思呢？这个理由是很简单的。我们（严格地说应云我）喜谈文艺，实际上也只是乱谈一阵，有时候对于文艺本身还不曾明了，正如我们著《龙经》，画水墨龙，若问龙是怎样的一种东西大家都没有看见过。据说从前有一位叶公，很喜欢龙，弄得一屋子里尽是雕龙画龙，等得真龙下降，他反吓得面如土色，至今留下做人家的话柄。我恐怕自己也就是这样地可笑。但是这一点我是明白的，我所谈的压根儿就是假龙，不过姑妄谈之，并不想请他来下雨，或是得一块的龙涎香。有人想知道真龙的请去找豢龙氏去，我这里是找不到什么东西的。我就只会讲空话，现在又讲到虚无飘渺的龙，那么其空话之空自然更可想而知了。

《谈虎集》里所收的是关于一切人事的评论。我本不是什么御史或监察委员，既无官守，亦无言责，何必来此多嘴，自取烦恼？我只是喜欢讲话，与喜欢乱谈文艺相同，对于许多不相干的事情，随便批评或注释几句，结果便是这一大堆的稿子。古人云，谈虎色变，遇见过老虎的人听到谈虎固然害怕，就是没有遇见过的谈到老虎也难免心惊，因为老虎实在是可怕的东西，原是不可轻易谈得的。我这些小文，大抵有点得罪人得罪社会，觉得好像是踏了老虎尾巴，私心不免惴惴，大有色变之虑，这是我所以集名谈虎之由来，此外别无深意。这一类的文字总数大约在二百篇以上，但是有一部分经我删去了，小半是过了时的，大半是涉及个人的议论；我也曾想拿来另编一集，可以表表在“文坛”上的一点战功，但随即打消了这个念头，因为我的绅士气（我原是一个中庸主义者）到底还是颇深，觉得这样做未免太自轻贱，所以决意模仿孔仲尼笔削的故事，而曾经广告过的《真谈虎集》于是也成为有目无书了。

《谈龙》《谈虎》两集的封面画都是借用古日本画家光琳（Korin）的，在《光琳百图》中恰好有两张条幅，画着一龙一虎，便拿来应用，省得托人另画。——《真谈虎集》的图案本来早已想好，就借用后《甲寅》的那个木铎里黄毛大虫。现在计划虽已中止，这个巧妙的移用法总觉得很想的不错，废弃了也未免稍可惜，只好在这里附记一下。

民国十六年十一月八日，周作人，于北京苦雨斋。

祖先崇拜

远东各国都有祖先崇拜这一种风俗。现今野蛮民族多是如此，在欧洲古代也已有过。中国到了现在，还保存这部落时代的蛮风，实是奇怪。据我想，这事既于道理上不合，又于事实上有害，应该废去才是。

第一，祖先崇拜的原始的理由，当然是本于精灵信仰。原人思想，以为万物都有灵的，形体不过是暂时的住所。所以人死之后仍旧有鬼，存留于世上，饮食起居还同生前一样。这些资料须由子孙供给，否则便要触怒死鬼，发生灾祸，这是祖先崇拜的起源。现在科学昌明，早知道世上无鬼，这骗人的祭献礼拜当然可以不做了。这宗风俗，令人废时光，费钱财，很是有损，而且因为接香烟吃羹饭的迷信，许多男人往往借口于“不孝有三无后为大”的谬说，买妾蓄婢，败坏人伦，实在是不合人道的坏事。

第二，祖先崇拜的稍为高上的理由，是说“报本返始”，他们说：“你试思身从何来？父母生了你，乃是昊天罔极之恩，你哪可不报答他？”我想这理由不甚充足。父母生了儿子，在儿子并没有什么恩，在父母反是一笔债。我不信世上有一部经典，可以千百年来当人类的教训的，只有纪载生物的生活现象的Biologie（生物学）才可供我们参考，定人类行为的标准。在自然律上面，的确是祖先为子孙而生存，并非子孙为祖先而生存的。所以父母生了子女，便是他们（父母）的义务开始的日子，直到子女成人才止。世俗一般称孝顺的儿子是还债的，但据我想，儿子无一不是讨债的，父母倒是还债——生他的债——的人。待到债务清了，本来已是“两讫”；但究竟是一体的关系，有天性之爱，互相联系住，所以发生一种终身的亲善的情谊。至于恩这一个字，实是无从说起，倘说真是体会自然的规律，要报生我者的恩，那便应该更加努力做人，使自己比父母更好，切实履行自己的义务，——对于子女的债务——使子女比自己更好，才是正当办法。倘若一味崇拜祖先，想望做古人，自羲皇上溯盘古时代以至类人猿时代，这样的做人法，在自然律上，明明是倒行逆施，决不可许的了。

我最厌听许多人说，“我国开化最早”，“我祖先文明什么样”。开化的早，或古时有过一点文明，原是好的。但何必那样崇拜，仿佛人的一生事业，除恭维我祖先之外，别无一事似的。譬如我们走路，目的是在前进。过去的这几步，原是我们前进的始基，但总不必站住了，回过头去，指点着说好，反误了前进的正事。因为再走几步，还有更好的正在前头呢！有了古时的文化，才有现在的文化；有了祖先，才有我们。但倘如古时文化永远不变，祖先永远存在，那便不能有现在的文化和我们了。所以我们所感谢的，正因为古时文化来了又去，祖先生了又死，能够留下现在的文化和我们——现在的文化，将来也是来了又去，我们也是生了又死，能够留下比现时更好的文化和比我们更好的人。

我们切不可崇拜祖先，也切不可望子孙崇拜我们。

尼采说：“你们不要爱祖先的国，应该爱你们子孙的国。……你们应该将你们的子孙，来补救你们自己为祖先的子孙的不幸。你们应该这样救济一切的过去。”所以我们不可不废去祖先崇拜，改为自己崇拜——子孙崇拜。

（八年三月）

思想革命

近年来文学革命的运动渐见功效，除了几个讲“纲常名教”的经学家，同做“鸳鸯瓦冷”的诗馀家以外，颇有人认为正当，在杂志及报章上面，常常看见用白话做的文章，白话在社会上的势力，日见盛大，这是很可乐观的事。

但我想文学这事物本合文字与思想两者而成，表现思想的文字不良，固然足以阻碍文学的发达，若思想本质不良，徒有文字，也有什么用处呢？我们反对古文，大半原为他晦涩难解，养成国民笼统的心思，使得表现力与理解力都不发达，但别一方面，实又因为他内中的思想荒谬，于人有害的缘故。这宗儒道合成的不自然的思想，寄寓在古文中间，几千年来，根深蒂固，没有经过廓清，所以这荒谬的思想与晦涩的古文，几乎已融合为一，不能分离。我们随手翻开古文一看，大抵总有一种荒谬思想出现。便是现代的人做一篇古文，既然免不了用几个古典熟语，那种荒谬思想已经渗进了文字里面去了，自然也随处出现。譬如署年月，因为民国的名称不古，写作“春王正月”固然有宗社党气味，写作“己未孟春”，又像遗老。如今废去古文，将这表现荒谬思想的专用器具撤去，也是一种有效的办法。但他们心里的思想，恐怕终于不能一时变过，将来老瘾发时，仍旧胡说乱道的写了出来，不过从前是用古文，此刻用了白话罢了。话虽容易懂了，思想却仍然荒谬，仍然有害。好比“君师主义”的人，穿上洋服，挂上维新的招牌，难道就能说实行民主政治？这单变文字不变思想的改革，也怎能算是文学革命的完全胜利呢？

中国怀着荒谬思想的人，虽然平时发表他的荒谬思想，必用所谓古文，不用白话，但他们嘴里原是无一不说白话的。所以如白话通行，而荒谬思想不去，仍然未可乐观，因为他们用从前做过《圣谕广训直解》的办法，也可以用了支离的白话来讲古怪的纲常名教。他们还讲三纲，却叫做“三条索子”，说“老子是儿子的索子，丈夫是妻子的索子”，又或仍讲复辟，却叫做“皇帝回任”。我们岂能因他们所说是白话，比那四六调或桐城派的古文更加看重呢？譬如有一篇提倡“皇帝回任”的白话文，和一篇“非复辟”

的古文并放在一处，我们说哪边好呢？我见中国许多淫书都用白话，因此想到白话前途的危险。中国人如不真是“洗心革面”的改悔，将旧有的荒谬思想弃去，无论用古文或白话文，都说不出好东西来。就是改学了德文或世界语，也未尝不可以拿来做“黑幕”，讲忠孝节烈，发表他们的荒谬思想。倘若换汤不换药，单将白话换出古文，那便如上海书店的译《白话论语》，还不如不做的好。因为从前的荒谬思想，尚是寄寓在晦涩的古文中间，看了中毒的人，还是少数，若变成白话，便通行更广，流毒无穷了。所以我说，文学革命上，文字改革是第一步，思想改革是第二步，却比第一步更为重要。我们不可对于文字一方面过于乐观了，闲却了这一方面的重大问题。

（八年三月）

前门遇马队记

中华民国八年六月五日下午三时后，我从北池子往南走，想出前门买点什物。走到宗人府夹道，看见行人非常的多，我就觉得有点古怪。到了警察厅前面，两旁的步道都挤满了，马路中间立站许多军警。再往前看，见有几队穿长衫的少年，每队里有一张国旗，站在街心，周围也都是军警。我还想上前，就被几个兵拦住。人家提起兵来，便觉很害怕。但我想兵和我同是一样的中国人，有什么可怕呢？那几位兵士果然很和气，说请你不要再上前去。我对他说："那班人都是我们中国的公民，又没有拿着武器，我走过去有什么危险呢？"他说："你别要见怪，我们也是没法，请你略候一候，就可以过去了。"

我听了也便安心站着，却不料忽听得一声怪叫，说道什么"往北走！"后面就是一阵铁蹄声，我仿佛见我的右肩旁边，撞到了一个黄的马头。那时大家发了慌，一齐向北直奔，后面还听得一阵马蹄声和怪叫。等到觉得危险已过，立定看时，已经在“履中”两个字的牌楼底下了。我定一定神，再计算出前门的方法，不知如何是好，须得向哪里走才免得被马队冲散。于是便去请教那站岗的警察，他很和善的指导我，教我从天安门往南走，穿过中华门，可以安全出去。我谢了他，便照他指导的走去，果然毫无危险。

我在甬道上走着，一面想着，照我今天遇到的情形，那兵警都待我很好，确是本国人的样子，只有那一队马煞是可怕。那马是无知的畜生，他自然直冲过来，不知道什么是共和，什么是法律。但我仿佛记得那马上似乎也骑着人，当然是个兵士或警察了。那些人虽然骑在马上，也应该还有自己的思想和主意，何至任凭马匹来践踏我们自己的人呢？我当时理应不要逃走，该去和马上的“人”说话，谅他也一定很和善，懂得道理，能够保护我们。我很懊悔没有这样做，被马吓慌了，只顾逃命，把我衣袋里的十几个铜元都掉了。想到这里，不觉已经到了天安门外第三十九个帐篷的面前，要再回过去和他们说，也来不及了。

晚上坐在家里，回想下午的事，似乎又气又喜。气的是自己没用，不和骑马的人说话；喜的是侥幸没有被马踏坏，也是一件幸事。于是提起笔来，写这一篇，做个纪念。从前中国文人遇到一番危险，事后往往做一篇“思痛记”或“虎口馀生记”之类。我这一回虽然算不得什么了不得的大事，但在我却是初次。我从前在外国走路，也不曾受过兵警的呵叱驱逐，至于性命交关的追赶，更是没有遇着。如今在本国的首都，却吃了这一大惊吓，真是“出人意表之外”，所以不免大惊小怪，写了这许多话。可是我决不悔此一行，因为这一回所得的教训与觉悟比所受的侮辱更大。

罗素与国粹

罗素来华了，他第一场演说，是劝中国人要保重国粹，这必然很为中国的人上自遗老下至青年所欢迎的。

罗素这番话，或者是主客交际上必要的酬答，也未可知，但我却不能赞成。

中国古时如老庄等的思想，的确有很好的，但现在已经断绝。现在的共和国民已经不记得什么“长而不宰”，他们所怀抱的思想却是尊王攘夷了。

我想国粹实在只是一种社会的遗传性，须是好的，而且又还存在，这才值得保存，才能保存。譬如现在有一个很有思想的人，我们可以据了善种学的方法，保存他特有的能力，使他传诸后世。倘若这人已死，子孙成了傻子，这统系便已中绝，留下一部著作，也不过指示先前曾有过这样伟大的思想，在他子孙的脑里却自有他的傻思想，不能相通了。我们看中国的国民性里，除了尊王攘夷，换一个名称便是复古排外的思想以外，实在没有什么特别可以保存的地方。几部古书虽有好处，在不肖子孙的眼中，只是白纸上写的黑字。任他蛀烂了原是可惜，教他保存，也不过装潢了放在傻子的书架上，灌不进他的脑里去的了。还有一层，你教他保重老庄，他却将别的医卜星相的书也装潢起来了，老庄看不懂，医卜星相却看得滋滋有味，以为国粹都在这里了。

中国人何以喜欢印度泰戈尔？因为他主张东方化，与西方化抵抗。何以说国粹或东方化，中国人便喜欢？因为懒，因为怕用心思，怕改变生活。所以他反对新思想新生活，所以他要复古，要排外。

罗素初到中国，所以不大明白中国的内情，我希望他不久就会知道，中国的坏处多于好处，中国人有自大的性质，是称赞不得的。

我们欢迎罗素的社会改造的意见，这是我们对于他的唯一的要求。

（一九二〇，十月十七日）

排日的恶化

中国近来有多数的人排日，这是的确的事实。中国人何以对于日本恶感最深？这原因自然很是复杂，但我想第一个重要的是因为日本是能了解中国人的坏性质，用了适当的方法来收拾他。

我们知道日本干这些事的是一部分军国主义的人，我们要反对他们，同反对本国的掠夺阶级的人们一样。但多数排日的人，却是概括的对于日本各种人们一味的排斥，专门培养国民间的憎恶，这是我所很不赞成的。

日前在上海报上看见关于留日学生黄袠自杀的通信，有几句话很可以证明我所说的恶影响。黄君的自杀，有些报上说是因为和一个看护妇失恋而生的。一位留学生下判语道：“但日本看护妇即是娼妓淫卖之一种，中国留日的人个个都晓得的，有了钱就可以和他苟合，怎么还会失恋呢?”这种概括的断定，武断的证据，很有专制时代官吏舞文的笔法，实在不是我们受过一点新教育的青年所应该有的。

我们反抗的范围应该限于敌对的人。倘与他们的敌对行为没有关系，就是敌对者亲族近邻，我们也应区别，不能一概的加以反对。即使可以毁坏他们的名誉，间接的使敌对者受点损害，也是不正当的，得不偿失的事。对于别人的一方面，与人道合不合，不说也罢。对于自己的一方面，我们不值得为了快心的小利益去供献这样的大牺牲，——培养国民间的憎恶，养成专断笼统的思想，失坠了国民的品格。

亲日派

中国的亲日派，同儒教徒一样，一样的为世诟病，却也一样的并没有真实的当得起这名称的人。

中国所痛恶的，日本所欢迎的那种亲日派，并不是真实的亲日派，不过是一种牟利求荣的小人，对于中国，与对于日本，一样有害的，—— 一面损了中国的实利，一面损了日本的光荣。

我们承认一国的光荣在于他的文化——学术与艺文，并不在他的属地利权或武力，而且这些东西有时候还要连累了缺损他原有的光荣。所以那些日本的侵略主义的人也算不得真的亲日派，——因为他们所爱所亲的都只是一国的势或利，因此反将他原有的光荣缺损了。

中国并不曾有真的亲日派，因为中国还没有人理解日本国民的真的光荣，这件事只看中国出版界上没有一册书或一篇文讲日本的文艺或美术，就可知道了。日本国民曾经得到过一个知己，便是小泉八云(Lafcadio Hearn，1850—1904)，他才是真的亲日派！中国有这样的人么？我惭愧说，没有。此外有真能理解及绍介英德法俄等国的文化到中国来的真的亲英亲德亲……派么？谁又是专心研究与中国文化最有关系的印度的亲印派呢？便是真能了解本国文化的价值，真实的研究整理，不涉及复古及自大的，真的爱国的国学家，也就不很多吧？

日本的朋友，我要向你道一句歉，我们同你做了几千年的邻居，却举不出一个人来，可以算是你真的知己。但我同时也有一句劝告，请你不要认你不肖子弟的恶友为知己，请你拒绝他们，因为他们只能卖给你土地，这却不是你的真光荣。

（十月十九日）

译诗的困难

日本的太田君送我一本诗集。太田君是医学士，但他又善绘画，作有许多诗歌戏曲，他的别名木下杢太郎，在日本艺术界里也是很有名的。这诗集名《食后之歌》，是一九一九年十二月出版的。我翻了一遍，觉得有几首很有趣味，想将他译成中国语，但是忙了一晚，终于没有一点成绩。

我们自己做诗文，是自由的，遇着有不能完全表现的意思，每每将他全部或部分的改去了，所以不大觉得困难。到了翻译的时候，文中的意思是原来生就的，容不得我们改变，而现有的文句又总配合不好，不能传达原有的趣味，困难便发生了。原作倘是散文，还可勉强敷衍过去，倘是诗歌，他的价值不全在于思想，还与调子及气韵很有关系的，那便实在没有法子。要尊重原作的价值，只有不译这一法。

中国话多孤立单音的字，没有文法的变化，没有经过文艺的淘炼和学术的编制，缺少细致的文词，这都是极大的障碍。讲文学革命的人，如不去应了时代的新要求，努力创造，使中国话的内容丰富，组织精密，不但不能传述外来文艺的情调，便是自己的略为细腻优美的思想，也怕要不能表现出来了。

至于中国话的能力到底如何，能否改造的渐臻完善？这个问题我可不能回答。

我曾将这番话讲给我的朋友疑古君听，他说："改造中国话原是要紧，至于翻译一层，却并无十分难解决的问题。翻译本来只是赈饥的办法，暂时给他充饥，他们如要尽量的果腹，还须自己去种了来吃才行。可译的译他出来，不可译的索性不译，请要读的人自己从原本去读。"我想这话倒也直捷了当，很可照办，所以我的《食后之歌》的翻译也就借此藏拙了。

（十月二十日）

民众的诗歌

我在一张包洋布来的纸上，看见一首好诗，今抄录于下：

要把酒字免了去，
若要请客不能把席成。
要把色字免了去，
男女不能把后留，
逢年过节谁把坟来上。
要把财字免了去，
国家无钱买卖不周流。
要把气字免了去，
众位神仙成不能。
吃酒不醉真君子，
贪色不迷是英豪。

这首诗当然是布店里的朋友所写，如不是他的著作，也必定是他所爱读的作品。我看了发生两种感想，第一是关于民众文学的形式的，第二是关于他的思想的。

我们看这一首，与许多的剧本山歌相同，都是以七言为基本，因此多成为拙笨单调的东西。他们仿佛从诗（而且是七言的）直接变化出来，不曾得到词曲的自由句调的好影响。但是有一种特色，便是不要叶韵，也不限定两句一联，可以随意少多。这虽然只是据了这一首而言，但在别种山歌等等中间一定也有同样的例可以寻到。

其次这诗里所说的话，实在足以代表中国极大多数的人的思想。妥协，顺从，对于生活没有热烈的爱着，也便没有真挚的抗辩。他辨护酒色财气的必要，只是从习惯上着眼，这是习惯以为必要，并不是他个人以为必要了。

我们或者可以替他分辩，说这是由于民众诗人的设想措词的不完密，但直捷了当的说“我是要吃酒……的”，实在要比委曲的疏解更要容易，不过中国的民众诗人没有这个胆力，——或者也没有这个欲得的决心。倘如有威权出来一喝，说：“不行!”我恐怕他将酒色财气的需要也都放弃了，去与威权的意志妥协，因为中国的人看得生活太冷淡，又将生活与习惯并合了，所以无怪他们好像奉了极端的现世主义生活着，而实际上却不曾真挚热烈的生活过一天。

但是无论形式思想怎样的不能使我们满足，对于民众艺术内所表现的心情，我们不能不引起一种同情与体察。太田君在《食后之歌》的序里说，“尝异香之酒，一面耽想那种鄙俗的但是充满眼泪的江户平民艺术以为乐”，这实在是我们想了解民众文学的人所应取的态度。

（九年十一月）

翻译与批评

近来翻译界可以说是很热闹了，但是没有批评，所以不免芜杂。我想现在从事于文学的人们，应该积极进行，互相批评，大家都有批评别人的勇气，与容受别人批评的度量。这第一要件，是批评只限于文字上的错误，切不可涉及被批评者的人格。中国的各种批评每易涉及人身攻击，这是极卑劣的事，应当改正的。譬如批评一篇译文里的错误，不说某句某节译错了，却说某人译错，又因此而推论到他的无学与不通，将他嘲骂一通，差不多因了一字的错误，便将他的人格侮辱尽了。其实文句的误解与忽略，是翻译上常有的事，正如作文里偶写别字一样，只要有人替他订正，使得原文的意义不被误会，那就好了。所以我想批评只要以文句上的纠正为限，虽然应该严密，但也不可过于吹求，至于译者（即被批评者）的名字，尽可不说，因为这原来不是人的问题，没有表明的必要。倘若议论公平，态度宽宏，那时便是匿名发表也无不可，但或恐因此不免会有流弊，还不如署一个名号以明责任。这是我对于文学界的一种期望。

其次，如对于某种译文甚不满意，自己去重译一过，这种办法我也很是赞成。不过这是要有意的纠正的重译，才可以代批评的作用，如偶然的重出，那又是别一问题，虽然不必反对，也觉得不必提倡。譬如诺威人别伦孙（Bjornson）的小说《父亲》，据我所知道已经有五种译本，似乎都是各不相关的，偶然的先后译出，并不是对于前译有所纠正。这五种是：

（1）八年正月十九日的《每周评论》第五号

（2）九年月日未详的《燕京大学季报》某处

（3）九年四月十日的《新的小说》第四号

（4）九年五月二十五日的《小说月报》十一卷五号

（5）九年十一月十四日的《民国日报》第四张

这里边除第二种外我都有原本，现在且抄出一节，互相比较，顺便批评一下：

（1）“我想叫我的儿子独自一人来受

洗礼。”[①]

“是不是要在平常的日子呢?”

(3)“我极想使我的儿子，他自己就受了洗礼。”

“那是不是星期日的事情?”

(4)“我很喜欢把他亲自受次洗礼。”

“这话是在一星期之后吗?”

(5)“我极喜欢他自己行洗礼。”

“那就是说在一个作工日子么?”

据我看来，第一种要算译的最好。因为那个乡人要显得他儿子的与众不同，所以想叫他单独的受洗，不要在星期日例期和别家受洗的小孩混在一起，牧师问他的话便是追问他是否这样意思，是否要在星期日以外的六天中间受洗。Weekday 这一个字，用汉文的确不容易译，但“平常的日子”也还译的明白。其他的几种都不能比他译的更为确实，所以我说大抵是无意的重出，不是我所赞成的那种有意的重译了。

末了的一层，是译本题目的商酌。最好是用原本的名目，倘是人地名的题目，有不大适当的地方，也可以改换，但是最要注意，这题目须与内容适切，不可随意乱题，失了作者的原意。我看见两篇莫泊三小说的译本，其一原名《脂团》，是女人的诨名，译本改作《娼妓与贞操》，其二原名《菲菲姑娘》，译本改作《军暴》。即使作者的意思本是如此，但他既然不愿说明，我们也不应冒昧的替他代说，倘若说了与作者的意思不合，那就更不适当了。以上是我个人的意见，不能说得怎样周密，写出来聊供大家的参考罢了。

（九年十一月二十一日）

【锺校】

①自本行以下八行的引号均为编者所加。

批评的问题

近来有人因为一部诗集，又大打其笔墨官司。这部诗集和因此发生的论战，我都未十分留心，所以也没有什么议论，只是因此使我记起一件旧事来，所以写这几句做一个冒头罢了。

有一天，我和一个朋友谈到批评家的职务，我说，批评家应该专绍介好著作，至于那些无价值的肉麻或恶心的作品，可以不去管他。这理由共有三层。其一，不应当败读者的兴。读者所要求的是好著作，现在却将无价值等等的书详细批评，将其无价值等等处所一一列举，岂不令看的人扫兴？譬如游山的向导，不指点好风景给游人看，却对他们说路上的污泥马粪怎样不洁，似乎不很适当罢。其二，现今的人还不很有承受批评的雅量。你如将他的著作，连声赞叹，临末结一句“洵不可不人手一编也”，这倒也罢了。倘若你指摘他几处缺点，便容易惹出是非，相骂相打，以至诉讼，械斗。这又何苦来？其三，古人有隐恶扬善之义。中国的事，照例是做得说不得，古训说的妙，“闻人有过，如闻父母之名，耳可得而闻，口不可得而言”。做了三五部次书，究竟与店家售卖次货不同（卖次货是故意的骗人，做次书只是为才力所限），还未必能算什么过恶，自然更应该原谅了。

朋友却不以为然，他说，批评家的职务，固然在绍介好著作，但倘使不幸而有不好著作出现，他也应该表明攻击。游山的向导能够将常人所不注意的好景致指点给人看，固然是他的职务，但他若专管这事，不看途中的坏处，使游客一不留神，跌倒烂泥马粪里去，岂不更令人败兴么？所以批评家一面还有一种不甚愉快的职务，便是做清道夫，将路上的烂泥马粪，一铲一铲的掘去。所以总括一句，批评家实在是文学界上的清道夫兼引路的向导。

这朋友的话虽然只驳倒了我所说的第一层，我的主张却也因此不甚稳固了。但我总还是不肯就服，仍旧以我自己的主张为然。现在一想，又觉得朋友所说的也不错，批评家的确也是清道夫，——一种很不愉快的职业。我于是对于清道夫的批评家不能不表同情，因为佩服他有自愿去担任这不愉快的职务的勇气。我先前也曾有一种愿望，想做批评家，只是终于没有文章发表，现在却决心不做了。因为我的胆未免太怯，怕得向人谢罪和人涉讼的。

（十年五月十日，在医院）

新诗

现在的新诗坛，真可以说消沉极了。几个老诗人不知怎的都像晚秋的蝉一样，不大作声，而且叫时声音也很微弱，仿佛在表明盛时过去，艺术生活的弹丸，已经向着老衰之坂了。新进诗人，也不见得有人出来。做诗的呢，却也不少，不过如圣书里所说，被召的多而被选的少罢了。所以大家辛辛苦苦开辟出来的新诗田，却半途而废的荒芜了，让一班闲人拿去放牛。你不见中国的诗坛上，差不多全是那改“相思苦”的和那“诗的什么主义”的先生们在那里执牛耳么？诗的改造，到现在实在只能说到了一半，语体诗的真正长处，还不曾有人将他完全的表示出来，因此根基并不十分稳固。那些老诗人们以为大功告成，便即退隐，正如革命的时候，大家以为改革已成，过于乐观，略一疏忽，便有“予自束发受书即倾心于民生主义”的人出来，将大权拿去，造成一个君师主义的民国。现今的诗坛，岂不便是一个小中国么？本来习惯了的迫压与苦痛，比不习惯的自由，滋味更为甜美，所以革新的人非有十分坚持的力，不能到底取胜。新诗提倡已经五六年了，论理至少应该有一个会，或有一种杂志，专门研究这个问题的了。现在不但没有，反日见消沉下去，我恐怕他又要蹈前人的覆辙了。昔日手创诗国的先生们，你们的“孙文小史”出现的日子大约不远了。

（十年五月）

美文

外国文学里有一种所谓论文，其中大约可以分作两类。一批评的，是学术性的。二记述的，是艺术性的，又称作美文，这里边又可以分出叙事与抒情，但也很多两者夹杂的。这种美文似乎在英语国民里最为发达，如中国所熟知的爱迭生，阑姆，欧文，霍桑诸人都做有很好的美文，近时高尔斯威西，吉欣，契斯透顿也是美文的好手。读好的论文，如读散文诗，因为他实在是诗与散文中间的桥。中国古文里的序、记与说等，也可以说是美文的一类。但在现代的国语文学里，还不曾见有这类文章，治新文学的人为什么不去试试呢？我以为文章的外形与内容，的确有点关系，有许多思想，既不能作为小说，又不适于做诗（此只就体裁上说，若论性质则美文也是小说，小说也就是诗，《新青年》上库普林作的《晚间的来客》，可为一例），便可以用论文式去表他。他的条件，同一切文学作品一样，只是真实简明便好。我们可以看了外国的模范做去，但是须用自己的文句与思想，不可去模仿他们。《晨报》上的《浪漫谈》，以前有几篇倒有点相近，但是后来（恕我直说）落了窠臼，用上多少自然现象的字面，衰弱的感伤的口气，不大有生命了。我希望大家卷土重来，给新文学开辟出一块新的土地来，岂不好么？

（十年五月）

新文学的非难

《改造》三卷十号里，有一位法国留学生，对于“谈新文学者”表示几种不满。中国现在的新文学运动当然是很幼稚，但留学生君的不满也有多少误会的地方。

留学生以为中国读者的程度，译者的人数，出版界的力量，都同法国一样，所以怪“谈新文学者”为什么不译“荷马当德之作”。其实岂知连“少许莫泊桑之短篇小说”还难得赏识者，译者也只是精力有限的这一打的非“天才”；篇幅稍多的书如《战争与和平》，有人愿译而没有书店肯担任出版呢？

梅德林之象征剧，总算有人译过一点了。至于“郝卜特曼”的新浪漫主义的小说，却的确是“多数国人之谈文学者，尚不能举其名也！”我想何妨便请留学生君略举其名，以扩我们的眼界呢？

一切责备，未必全无理由，“谈新文学者”应该虚心容纳，有则改之，无则加勉。但在批评者一方面，也应该有一种觉悟，便是预备自己出手来干。譬如坐洋车，嫌车夫走的慢，最好是自己跳下来走；因为车夫走的慢，也自有其走不快的缘因，应该加以体谅。我以前在南京，看见一个西洋人因为车走的慢，便跳下来，叫车夫坐在车上，自己给他拉了飞跑的走。这真是一个好榜样！

（十年六月）

碰伤

我从前曾有一种计划，想做一身钢甲，甲上都是尖刺，刺的长短依照猛兽最长的牙更加长二寸。穿了这甲，便可以到深山大泽里自在游行，不怕野兽的侵害。他们如来攻击，只消同毛栗或刺猬般的缩着不动，他们就无可奈何，我不必动手，使他们自己都负伤而去。

佛经里说蛇有几种毒，最利害的是见毒，看见了他的人便被毒死。清初周安士先生注《阴骘文》，说孙叔敖打杀的两头蛇，大约即是一种见毒的蛇，因为孙叔敖说见了两头蛇所以要死了。（其实两头蛇或者同猫头鹰一样，只是凶兆的动物罢了。）但是他后来又说，现在湖南还有这种蛇，不过已经完全不毒了。

我小的时候，看《唐代丛书》里的《剑侠传》，觉得很是害怕。剑侠都是修炼得道的人，但脾气很是不好，动不动便以飞剑取人头于百步之外。还有剑仙，那更利害了，他的剑飞在空中，只如一道白光，能追赶几十里路，必须见血方才罢休。我当时心里祈求不要遇见剑侠，生恐一不小心得罪他们。

近日报上说有教职员学生在新华门外碰伤，大家都称咄咄怪事，但从我这浪漫派的人看来，一点都不足为奇。在现今的世界上，什么事都能有。我因此连带的想起上边所记的三件事，觉得碰伤实在是情理中所能有的事。对于不相信我的浪漫说的人，我别有事实上的例证举出来给他们看。

三四年前，浦口下关间渡客一只小轮，碰在停泊江心的中国军舰的头上，立刻沉没，据说旅客一个都不失少。（大约上船时曾经点名报数，有账可查的。）过了一两年后，一只招商局的轮船，又在长江中碰在当时国务总理所坐的军舰的头上，随即沉没，死了若干没有价值的人。年月与两方面的船名，死者的人数，我都不记得了，只记得上海开追悼会的时候，有一副挽联道：

未必同舟皆敌国，

不图吾辈亦清流。

因此可以知道，碰伤在中国实是常有的事。至于完全责任，当然由被碰的去负担。譬如我穿着有刺钢甲，或是见毒的蛇，或是剑仙，有人来触，或看，或得罪了我，那时他们负了伤，岂能说是我的不好呢？又譬如火可以照暗，可以煮饮食，但有时如不吹熄，又能烧屋伤人，小孩们不知道这些方便，伸手到火边去，烫了一下，这当然是小孩之过了。

听说，这次碰伤的缘故由于请愿。我不忍再责备被碰的诸君，但我总觉得这办法是错的。请愿的事，只有在现今的立宪国里，还暂时勉强应用，其馀的地方都不通用的了。例如俄国，在一千九百零几年，曾因此而有军警在冬宫前开炮之举，碰的更利害了，但他们也就从此不再请愿了。……我希望中国请愿也从此停止，各自去努力罢。

（十年六月，在西山）

附：编馀闲话

读完了《雉鸡的烧烤》一篇小说，我不禁为一般从事宣传事业的人打了一个寒噤，因此我又想起了一件心底里隐藏着万分抱歉的事，也乘机拉杂写出来公布给读者。

恰恰一个月以前（六月十日），我们杂感栏里登载一篇子严先生所作《碰伤》的小文。凡是留心本报杂感的人，别篇文章或者容易忘记，这一篇想来万万不会忘记的，所以他的内容我此刻恕不再叙了。这篇文章的用意本不如何奥妙，文字更不如何艰深，说来又是精密，周到，而且明畅，我们总以为无论哪一方面均不予误解者以可乘之隙，想来万不会有误解的了。但是“出人意表之外”的事情真是随处皆有，这篇文章发表以后，第二天有位 L 先生也做了一篇杂感送来，这就是记者抱歉得不知所措的第一天了。

我现在且把他的文章录几段下来介绍给读者：

他说：“譬如我穿着有刺钢甲，或是见毒的

蛇，或是剑仙，有人来触，或看，或得罪了我，那时他们受了伤，岂能说是我的不好呢?”他比方政府是穿着有刺钢甲，请愿的人是毒蛇剑仙；他们多半是荏弱书生，没有利害的枪炮，哪还有毒蛇剑仙的残暴?……怎么能把他们比为爬虫类呢?……难道他们都到四五十岁，血气还没有衰，学生又手无兵器，能与他们赳赳桓桓的丘八先生相冲突吗?……

他又说：“俄国在一千九百零几年，曾因此而有军警在冬宫前开炮之举，碰的更利害了。但他们从此不再请愿了。”俄国的历史，我固然不熟习，照某某先生说，俄国以后就不再请愿，那么以现在看来，不独为国内革命，并且欲为全世界人种革命，受了一次惩创之后，就不敢再起风潮，何以他现在有这样大的思想呢?……同胞呀！努力吧！所以我说某某先生，不要替别人做走狗，以骂完好的人格，那就好了！

我看完了以后，觉得从他的语气里，并不表示一点恶的动机，他只是将子严先生那篇文章，完全误解了。到现在整一个月，我还想不出怎样对付这篇文章的方法。今天看见日本佐藤春夫先生也早已见到了这一层，因此写出此篇，悬为一个宣传事业中的疑问。

（十年七月十日《晨报》）

宣传

日前见了记者先生的编馀闲谈，才知道关于我的《碰伤》一篇小文，有那一番小事件。我现在并不敢关于自己有所辩护，只想就记者先生热心的忧虑略有解释罢了。

记者先生替宣传事业担忧，这虽然是好意，但莫怪我说，却实在是“杞忧”。因为宣传本来免不了误解，宣传的人也拼着被误解，或者竟可以说误解是宣传正当的报酬。罗素在《社会结构学》第五讲内说，凡是改进的意见，没有不是为大众所指斥的（原文记不清了）。所以离开了旧威权旧迷信而说话，便是被骂被打的机会，没有什么奇怪。譬如近来谈新文学，人家便想叫“荆生”去打他；谈新道德，人家便说他是提倡“百善淫为先”，都是实例。倘若不止宣传，还要去运动，甚而至于实行，于是他们的报酬也自然更大了。《新青年》上曾载过《药》的一篇小说，

《晨报》载过的屠尔该涅夫散文诗内有一篇《工人与白手的人》可为榜样。日本的社会党，苦心孤诣，想替一般穷朋友设法，而穷朋友们又结了什么国粹党、皇国青年会之流，每当他们开会演说，逢场必到，将几个社会党首领打的鼻塌嘴歪。耶稣给犹太人讲得救之道，犹太人却说他自称犹太人的王，大逆不道，硬叫罗马总督把他钉在十字架上。在我们后世或局外的人看了，觉得又好气又好笑，但是——实在是无可免避的事呵。

耶稣说，父啊，赦免他们，因为他们所作的事，他们不晓得。人们只要能够晓得，那就好了。不过怎样能够使他们晓得，却是一个重大的难问，是我与记者先生所深以为忧的。法国吕滂说，大众的心理极不容易变换，即使纯学术的真理，如哈威的血液循环说，与他们的旧宗教伦理的思想没有交涉的，也须得经五十年，才能被大家所承认。五十年！这也不可谓不久了。但在我们中原，那“功同良将”的专门国粹医，却还不知道有这一回事哩。又如细菌，吃了下去，便可以死给你看，真是功效卓著。我们中原的学者，却正竭力替他辨正。一个说，我们吃了虾子还不死，何况他呢。一个说，人生了病，他（即细菌）也正受着苦呢，你们何苦还要去害他。……这大约是因为五十年的期限还没有到罢？记者先生，你知道有短期速成，——“三天”成功的捷诀么？

（十年七月）

附：工人与白手的人

（屠尔该涅夫）

（一段谈话）

工人——你爬到我们这里来做什么呢？你要什么东西吗？你不是我们一伙的，……走罢！

白手的人——就是你们一伙的，朋友！

工人——我们一伙的？真的，那只是一个幻想！看我的手呵。你看这是何等污秽呵？他是有粪臭的，而且有桦油臭的——而你的呢，看呵，这么白。还不知有甚么臭味呢？

白手的人——（伸出手来）你嗅嗅罢。

工人——（嗅他的手）这真奇怪了，好像有铁气味呢。

白手的人——是的，确是铁气，我的手上整整带了六年的手铐了。

工人——那是为什么呢，请问？

白手的人——为什么，因为我作事只为你们的幸福；因为我想逃出被压迫与无知识；因为我鼓吹人们反抗压迫者；因为我反抗当局者，……所以把我锁起来了。

工人——把你锁起来了，他们吗？用你的权利反抗呵！

（两年以后）

那个工人对另一工人说——我说，彼得，……你记得前年同你谈话的那个白手的人吗？

另一工人——记得的；……做什么？

第一个工人——今天他们去要把他绞了，我听见说，命令已经下来了。

第二个工人——他难道老是反抗当局者吗？

第一个工人——老是反抗。

第二个工人——那么，我说，朋友，我们能去偷一截绞死了他的绳头吗？听说拿到家里来是有大运气的呢！

第一个工人——你说得不错，我们去试一试罢，朋友。

（一八七八年四月作，九年《晨报》）

三天

在广告上见有一本学外国文的捷诀，说三天内可以成功。

我心里说道，这未免太少一点了。大抵要成就一件事，三天总还不够，除了行幻术，如指石成金、开顷刻花之类。这些奇迹据说可以在刹那中成就，但是要等候“回道人”下凡来的时候才行；这也不是三天之内可以等到的。

有一位民国的边疆大员，以前在日本留学的时节，竭力劝人学佛。他说，就是你们学什么德文法文，也都是白费工夫，只要学佛就好了，将来证果得了六神通，不论哪一国文字，自然一看便懂。但是事隔十五六年之后，我于去年冬天看见他还在北京坐着马车跑，可见他也还未得到神通。（倘有了神通，他便可以用神足力，东涌西没，或南涌北没，当然不要马车了。）于是他的用神通力学外国文的捷诀，也就没有什么把握了。

《觉悟》上面曾经登过戴季陶先生的关于学日本文的谈话（记得系引用在施存统先生的文中），他说用功三年，可以应用，要能自由读书，总非五年不可。这实在是经验所得的老实话，我愿有志学外国文的人要相信他这话才好。在现今奇迹已经绝迹的时代，若要做事，除了自力以外无可依赖，也没有什么秘密真传可以相信，只有坚忍勤进这四个字便是一切的捷诀。至于三天四天这些话，只可以当作笑话说说罢了。

有人问我，你这样说，岂不太令人扫兴么？三天虽然不能速成，或者可以引起一点兴趣，使他们愿意继续学下去，也是好的。你如今说破，他们未免畏难，容易退缩，岂不反有害么？我当初听了也觉得有理，但仔细一想，却又不然。那决心用三五年工夫去学习的人，听了我的话当然不会灰心，或者反有点帮助。至于想在三天之内，学成一种外国文，这件事反正是不可能的，与其以后失望，还不如及早通知他，使他可以利用这三天去做别的事，倒还有一些着落。

（十年七月）

麝香

我很爱看“社会咫闻”，因为时常能够于本文以外，无意的得到有趣味的材料。日前看见一则“一个由盗而丐的堕落青年”，记述西城堂子胡同某校学生作贼，以及流为乞丐的事。这事情都很平常，但我对于失主的某君，却引起了不少的兴味。原来这位盗而丐的青年偷了某君的一个皮包，其中装着友人的一张文凭，四副眼镜，和——“一瓶麝香”！

我不懂得医道，但我知道麝香不是平常的药。有许多讲究灸法的人，将麝香和在艾炷里，说能够使艾力更深的钻到穴道下去。这是我所晓得的一种外用法。据说麝香出于麝的脐内，在交尾时期，放出香气来，招引雌麝①，所以他很有刺激性欲的效力，至于用法或薰或吃，我可不知道了。某君的一瓶不知作何用处？难道他镇日的大灸而且特灸么？

（十年八月）

【锺校】

①“麝”原作“鹿”。

卖药

我平常看报，本文看完后，必定还要将广告检查一遍。新的固然可以留心，那长登的也有研究的价值，因为长期的广告都是做高利的生意的，他们的广告术也就很是巧妙，譬如“侬貌何以美”的肥皂，“你爱吃红蛋么?”的香烟，即其一例，这香烟广告的寓意，我至今还未明白，但一样的惹人注意。至于“宁可不买小老婆，不可不看《礼拜六》”这种著者头上插草标的广告，尤其可贵，只可惜不能常有罢了。

报纸上平均最多的还是卖药的广告。但是同平常广告中没有卖米卖布的一样，这卖药的广告上也并不布告苏打与金鸡纳霜多少钱一两，却尽是他们祖传秘方的万应药。略举一例，如治羊角风半身不遂颠狂的妙药，注云，“此三症之病根发于肝胆者居多，最难医治”，但是他有什么灵丹，“治此三症奇效且能去根！”又如治瘰疬的药，注云，“瘰疬症最恶用西法割之，愈割愈长”，我真不懂，西洋人为什么这样的笨，对于羊角风半身不遂颠狂三症不用一种药去医治，而且“瘰疬症最恶用西法割之”，中原的鸿胪寺早已知道，他们为什么还是愈割愈长的去割之呢？——生计问题逼近前来，于是那背壶卢的螳螂们也不得不伸出臂膊去抵抗，这正同上海的黑幕文人现在起而为最后之斗一样，实在也是情有可原，然而那一班为社会所害，没有知识去寻求正当的药物和书物的可怜的人们，都被他们害的半死，或者全死了。

我们读屈塞（Chaucer）的《坎忒伯利故事》，看见其中有一个“医学博士”（Doctor of physic），在古拙的木板画上画作一个人手里擎着一个壶卢，再看后边的注疏，说他的医法是按了得病的日子查考什么星宿值日，断病定药。这种巫医合一的情形，觉得同中国很像，但那是英国五百年前的事了。中国在五百年后，或者也可以变好多少，但我们觉得这年限太长，心想把他缩短一点，所以在此着急。而且此刻到底不是十四世纪了，那时大家都弄玄虚，可以鬼混过去，现在一切已经科学实证了，却还闭着眼睛，讲什么金木水火土的医病，还成什么样子？医死了人的问题，姑且不说，便是这些连篇的鬼话，也尽够难看了。

我们攻击那些神农时代以前的知识的“国粹医”，为人们的生命安全起见，是很必要的。但是我的朋友某君说：“你们的攻击，实是大错而特错。在现今的中国，中医是万不可无的。你看有多少的遗老遗少和别种的非人生在中国，此辈一日不死，是中国一日之害。但谋杀是违反人道的，而且也谋不胜谋。幸喜他们都是相信国粹医的，所以他们的一线死机，全在这班大夫们手里，你们怎好去攻击他们呢?”我想他的话虽然残忍一点，然而也有多少道理，好在他们医死医活，是双方的同意，怪不得我的朋友。这或者是那些卖药和行医的广告现在可以存在的理由。

（十年八月）

天足

我最喜见女人的天足。——这句话我知道有点语病，要挨性急的人的骂。评头品足，本是中国恶少的恶习，只有帮闲文人像李笠翁那样的人，才将买女人时怎样看脚的法门，写到《闲情偶寄[1]》里去。但这实在是我说颠倒[2]了。我的意思是说，我最嫌恶缠足！

近来虽然有学者说，西妇的“以身殉美观”的束腰，其害甚于缠足，但我总是固执己见，以为以身殉丑观的缠足终是野蛮。我时常兴高彩烈的出门去，自命为文明古国的新青年，忽然的当头来了一个一蹻一拐的女人，于是乎我的自己以为文明人的想头，不知飞到哪里去了。倘若她是老年，这表明我的叔伯辈是喜欢这样丑观的野蛮；倘若年青，便表明我的兄弟辈是野蛮：总之我的不能免为野蛮，是确定的了。这时候仿佛无形中她将一面藤牌，一枝长矛，恭恭敬敬的递过来，我虽然不愿意受，但也没有话说，只能也恭恭敬敬的接收，正式的受封为什么社的生番。

我每次出门，总要受到几副牌矛，这实在是一件不大愉快的事。唯有那天足的姊妹们，能够饶恕我这种荣誉，所以我说上面的一句话，表示喜悦与感激。

（十年八月）

【鄢校】

①“寄”原作“集”。

②“倒”原作“到”。

胜业

偶看《菩萨戒本经》，见他说凡受菩萨戒的人，如见众生所作，不与同事，或不瞻视病人，或不慰忧恼，都犯染污起；只有几条例外不犯，其一是自修胜业，不欲暂废。我看了很有感触，决心要去修自己的胜业去了。

或者有人问："你？也有胜业么？"是的。各人各有胜业，彼此虽然不同，其为胜业则一。俗语云，"虾蟆垫床脚"。夫虾蟆虽丑，尚有蟾酥可取，若垫在床脚下，虾蟆之力更不及一片破瓦。我既非天生的讽刺家，又非预言的道德家；既不能做十卷《论语》，给小孩们背诵，又不能编一部《笑林广记》，供雅俗共赏；那么高谈阔论，为的是什么呢？野和尚登高座妄谈般若，还不如在僧房里译述几章法句，更为有益。所以我的胜业，是在于停止制造（高谈阔论的话）而实做行贩。别人的思想，总比我的高明；别人的文章，总比我的美妙：我如弃暗投明，岂不是最胜的胜业么？但这不过在我是胜。至于别人，原是各有其胜，或是征蒙，或是买妾，或是尊孔，或是吸鼻烟，都无不可，在相配的人都是他的胜业。

（十年八月，在西山）

小孩的委屈

译完了《凡该利斯和他的新年饼》之后，发生了一种感想。

小孩的委屈与女人的委屈，——这实在是人类文明上的大缺陷，大污点。从上古直到现在，还没有补偿的机缘，但是多谢学术思想的进步，理论上总算已经明白了。人类只有一个，里面却分作男女及小孩三种；他们各是人种之一，但男人是男人，女人是女人，小孩是小孩，他们身心上仍各有差别，不能强为统一。以前人们只承认男人是人（连女人们都是这样想!），用他的标准来统治人类，于是女人与小孩的委屈，当然是不能免了。女人还有多少力量，有时略可反抗，使敌人受点损害，至于小孩受那野蛮的大人的处治，正如小鸟在顽童的手里，除了哀鸣还有什么法子？但是他们虽然白白的被牺牲了，却还一样的能报复，——加报于其父母！这正是自然的因果律。迂远一点说，如比比那的病废，即是宣告凡该利斯系统的凋落。切近一点说，如库多沙菲利斯（也是蔼氏所作的小说）打了小孩一个嘴巴，将他打成白痴，他自己也因此发疯。文中医生说："这个疯狂却不是以父传子，乃是自子至父的！"著者又说："这是一个悲惨的故事，但是你应该听听；这或者于你有益，因为你也是欢喜发怒的。"我们听了这些忠言，能不憬然悔悟？我们虽然不打小孩的嘴巴，但是日常无理的诃斥，无理的命令，以至无理的爱抚，不知无形中怎样的损伤了他们柔嫩的感情，破坏了他们甜美的梦，在将来的性格上发生怎样的影响！

——然而这些都是空想的话。在事实上，中国没有为将小孩打成白痴而发疯的库多沙菲利斯，也没有想"为那可怜的比比那的缘故"而停止吵架的凡该利斯。我曾经亲见一个母亲将她的两三岁的儿子放在高椅子上，自己跪在地上膜拜，口里说道："爹呵，你为什么还不死呢！"小孩在高座上，同临屠的猪一样的叫喊。这岂是讲小孩的委屈问题的时候？至于或者说，中国人现在还不将人当人看，也不知道自己是人。那么，所有一切自然更是废话了。

（十年九月）

感慨

我译了《清兵卫与壶卢》之后，又不禁发生感慨，但是好久没有将他写下来。因为在一篇小说后面，必要发一番感慨，在人家看来，不免有点像大文豪的序“哈氏丛书”，不是文学批评的正轨。但现在仔细一想，我既不是作那篇的序跋，而且所说又不涉文学，只是谈教育的，所以觉得不妨且写出来。

我是不懂教育哲学的，但我总觉得现在的儿童教育很有缺陷。别的我不懂得，就我所知的家庭及学校的儿童教育法上看来，他们未能理解所教育的东西——儿童——的性质，这件事似乎是真的。《清兵卫与壶卢》便能以最温和的笔写出这悲剧中最平静的一幕，——但悲剧总是悲剧，这所以引起我的感慨。他的表面虽然是温和而且平静，然而引起我同以前看见德国威兑庚特的剧本《春醒》时一样的感慨，而且更有不安的疑惑[①]。

《春醒》的悲剧虽然似乎更大而悲惨，但解决只在“性的教育”，或者不是十分的难事。对于儿童的理解，却很难了，因为理解是极难的难事，我们以前轻易的说理解，其实自己未曾能够理解过一个人。人类学生理心理各方面的儿童研究的书，世界上也已出了不少，研究的对象的儿童又随处都是，而且——各人都亲自经过了儿童时期，照理论上讲来，应该不难理解了。实际上却不如此，想起来真是奇怪，几乎近于神秘。难道理解竟是不可能的么？我突然的想到中国常见的一种木牌，上面刻着天地君亲师五个大字，这才恍然大悟。原来五者地位不同，其为权威则一，家庭与学校的教育也是专制政治的缩影；专制与理解，怎能并立呢！

《大智度论》里有一节譬喻说：“有一子喜在不净中戏，聚土为谷，以草木为鸟兽，人有夺者，嗔恚啼哭。其父思惟，此事易离，儿大自休。”这话真说得畅快。十年前在《儿童生活与教育的各方面》（*Aspects of Child Life and Education*，斯丹来霍耳博士编）上，一篇论儿童的所有观念的论文里，记得他说儿童没有人我的观念的时候，见了人家的东西心里喜欢，便或夺或偷去得到手，到后来有了人我及所有的观念，自然也就改变。他后来又说有许多父母不任儿童的天性自由发展，要去干涉，反使他中途停顿，再也不会蜕化，以致造成畸形的性质。他诙谐的说，许多现在的悭吝刻薄的富翁，都是这样造成的。（以上不是原文，只就我所记得述其大意。）大抵教育儿童本来不是什么难事，只如种植一样，先明白了植物共通的性质，随后又依了各种特别的性质，加以培养，自然能够长发起来。（幼稚园创始者弗勒倍耳早已说过这话。）但是管花园的皇帝却不肯做这样事半功倍的事，偏要依了他的御意去事倍功半的把松柏扎成鹿鹤或大狮子。鹿鹤或大狮子当然没有扎不成之理，虽然松柏的本性不是如此，而且反觉得痛苦。幸而自然给予生物有一种适于生活的健忘性，多大的痛苦到日后也都忘记了。只是他终身曲着背是一个鹿鹤了，——而且又觉得这是正当，希望后辈都扎的同他一样。这实在是一件可怜而且可惜的事。

（十年九月）

【锺校】

①“惑”原作“感”。

资本主义的禁娼

日前看见“社会咫闻”里记上海租界禁娼的成绩，据说捕房对于私娼从严取缔，科罪较重，盖以此等无耻妇女，实为禁娼前途之障碍物。原来娼妓制度之存在，完全[1]由于这班“无耻妇女”的自己愿意去消遣的做这事情！我真觉得诧异，她们为什么不坐在家里舒舒服服的吃白米饭，却要去做这样无耻的行为，坏乱我们善良的风俗？真应该严办才好。古时有一个皇帝，问没有饭吃的灾民“何不食肉糜？”我也要替中产阶级对于此等无耻妇女诘问一声。

但是我看了廿一日《觉悟》上引德国人柯祖基的话，却又与中产阶级的捕房的意见完全不同。他说：

> 资本家不但利用她们（女工）的无经验，给她们少得不够自己开销的工钱，而且对她们暗示，或者甚至明说，只有卖淫是补充收入的一个法子。

在资本制度之下，卖淫成了社会的台柱子。

那么，禁娼前途之障碍物，当然不在那些无耻的妇女，而在于有耻的资本家们了；或者我们不归罪于个人，可以说在于现在的经济制度。不揣其本而齐其末，有什么成绩可说。即使苟安姑息的在现今社会之下要讲补救，也只能救济，不是可以一禁了之的。倘若那些无耻妇女的为娼，并非为生计所迫，的确由于闲着无事，借此消遣，好像抹牌吸烟一样，那么当然可以用法律的力去禁绝了。但是现在的情形并不如此；嗜好恶癖可以禁止，饥寒无可禁止：虽然是资本家，这些道理总应该知道罢？

话虽如此，上海的资本家主张禁娼，虽然是“掩耳盗铃”，但不好意思招承“公妻是资本主义的一特色”，公然宣布卖淫是必要的事，总算是还有一点良心的了。

（十年十月）

【鄢校】

①“全”原作“成”。

“先进国之妇女”

在一张报纸上见到这样的一节文章：

> 日本号称先进文明国，而妇女界之黑暗依然如故。记者旅日有年，对于一切政情及妇女问题研究有素，觉日本之妇女与我国之妇女进化之迟速诚有霄渊之别。近日本报虽颇有提倡中日妇女社交公开之说，记者甚赞成之。我先进国之妇女，倘能不分轸域，将不见天日之日本妇女援登衽席，其功德岂浅鲜哉。

日本现代妇女界的情形如何，我并不想来详细叙述，因为我对于这些问题不曾“研究有素”，何苦多来献丑；我所觉得有点怀疑的，是“我先进国”之妇女的进化是否真是“霄”了？老实说，在现今的经济制度底下，就是我们男子界也还不免黑暗依然如故，妇女界更不必说；夫人，内掌柜，姨太太，校书等长短期的性的买卖，真是滔滔者天下皆是，有谁能够援登别人？《诗经》上说，“我躬不阅，遑恤我后”，真可以给妇女界咏了。再老实的说，中国和日本的妇女在境遇上可以说是半斤和八两，分不出什么霄渊（在知识上且不去多嘴），不过中国多了一件缠脚的小事情罢了。别位对于这事不知作何感想，我却是非常的不愉快，觉得因为有这些尖脚的姊妹们在那里走，连累我不但不能够以先进国民自豪，连后进国民的头衔也有点把握不住了。我大约也可以算是一个爱中国者，但是因为爱他，愈期望他光明起来，对于他的黑暗便愈憎恨，愈要攻击：这也是自然的道理。这位记者旅日有年，因此把本国的情形忘记了，原也不足为奇，不过怕有人误会以为这又是中国的夸大狂的一种表现，所以略加说明。我听说有一位堂堂的专门教授在《地学杂志》上也常常发表这一类的文章，虽然有医生疑他是患“发花呆”的，其实未必如此，也只为往日本去了两趟，把本国的事情忘却净尽罢了。

能够知道别人的长处，能够知道自己的短处，这是做人第一要紧的条件，要批评别国的时候更须紧紧记住：大家只请看罗素评论英国及中国的文章，那便是最好的一个榜样。

（十一年十月）

可怜悯者

蔼里斯（Havelock Ellis）是英国有名的善种学和性的心理学者，又是文明批评家。所著的《新精神》（*New Spirit*）是世界著名的一部文学评论。今天读他的《随感录》（*Impressions and Comments*），看见有这一节话：

> 生长在自然中的生物，到处都是美的；只在人类中间才有丑存在。野蛮人也几乎到处是殷勤而且和睦；只在文明人中间才会有苛刻与倾轧。亨利爱理斯在纪述他十八世纪时在赫贞湾的经历的书中说，有一群爱思吉摩人——特别慈爱他们的小孩的一个民族——到英国居留地来，很哀伤的诉说他们所受的苦难与大饥荒，以至于他们的一个小孩因此被吃掉充饥了。英国人听了只有笑，那些生气的爱思吉摩人便走去了。在那时候，世界上任何地方，有什么野蛮人听了会发笑

呢？我记起几年前曾看见一个人走进火车，把别个旅客放在角里保留他的坐位的毯[1]子丢在一旁，很强顽的占据了这个坐位。这样的一个人，如生在野蛮人中间，存活得下去的么？现在浮在大家目前的善种学理想，即使不能引导我们到什么天国里去，只要可以阻止我们中间比有礼的野蛮人更低级的人类的发生，那就已经有了他的效用了。

我读了不禁想起上海《商报》馆书记席上珍女士缢死的事件。她死在报馆里，据说她的同僚便在旁边做起滑稽诗或拟悼亡诗来。我不忍相信，但是看近来报纸上的滑稽趣味的趋向，我相信这是会有的事。野蛮人虽然会杀人或吃敌人的肉，但看见他的同伴死了，决不会欢喜跳舞的，便是在高等动物界里也决不会，——除了狼以外。

该得诅咒的是那伪文明与伪道德，使人类堕落成为狼以下的地位的生物，——而他们则是可怜悯者。

（十一年十月）

【鄢校】

①“毯”原作“毬”。

北京的外国书价

听说庚子的时候有人拿着一本地图，就要被指为二毛子，有性命之忧，即使烧表时偶有幸免，也就够受惊吓了。到了现在不过二十多年，情形却大不同，不但是地图之类，便是有原版外国书的人也是很多，不可不说是一个极大进步：这个事实，只要看北京贩卖外国书的店铺逐年增加，就可以明白。我六年前初到北京，只知道灯市口台吉厂和琉璃厂有卖英文书的地方，但是现在至少已有十二处，此外不曾知道的大约还有。

但是书店的数目虽多，却有两个共通的缺点。其一是货色缺乏：大抵店里的书可以分作两类，一是供给学生用的教科书，一是供给旅京商人看的通俗小说，此外想找一点学问艺术上的名著便很不容易。其二是价钱太贵：一先令的定价算作银洋七角，一圆美金算作二元半，都是普通的行市，先前金价较贱的时候也是如此，现在更不必说了。虽然上海伊文思书店的定价并不比这里为廉，不能单独非难北京的商人，但在我们买书的人总是一件不平而且颇感痛苦的事。

就北京的这几家书店说来，东交民巷的万国图书公司比较的稍为公道，譬如美金二元的《哥德传》卖价四元，美金一元七五的黑人小说《巴托华拉》（*Batouala*）卖价三元七角，还不能算贵，虽然在那里卖的《现代丛书》和“叨息尼支（Tauihnitz）版”的书比别处要更贵一点。我曾经在台吉厂用两元七角买过一本三先令半的契诃夫小说集，可以说是最高纪录，别的同价的书籍大抵算作两元一角以至五角罢了。各书店既然这样的算了，却又似乎觉得有点惭愧，往往将书面包皮上的价目用橡皮擦去，或者用剪刀挖去；这种办法固然近于欺骗，不很正当，但总比强硬主张的稍好，因为那种态度更令人不快了。我在灯市口西头的一家书店里见到一本塞利著的《儿童时代的研究》，问要多少钱，答说八元四角六分。我看见书上写着定价美金二元半，便问他为什么折算得这样的贵，他答得极妙：“我们不知道这些事，票上写着要卖多少钱，就要卖多少。”又有一回，在灯市口的别一家里，问摩尔敦著的《世界文学》卖价若干，我明明看见标着照伊文思定价加一的四元一角三分，他却当面把他用铅笔改作五元的整数。在这些时候我们要同他据理力争是无效的，只有两条路可行，倘若不是回过头来就走，便只好忍一口气（并多少损失）买了回来。那一本儿童研究[①]的书因为实在看了喜欢，终于买了，但是一圆美金要算到三元四角弱，恐怕是自有美金以来的未曾有过的高价了。我的一个朋友到一家大公司（非书店）去买东西（眼镜?），问他有没有稍廉的，公司里的伙计说“那边有哩”，便开门指挥他出去。在没有商业道德的中国，这些事或者算不得什么也未可知，现在不过举出来当作谈资罢了。

在现今想同新的学问艺术接触，不得不去看外国文书，但是因为在中国不容易买到，而且价钱又异常的贵，读书界很受一种障碍，这是自明的事实。要补救这个缺点，我希望教育界有热诚的人们出来合资组织一个书店，贩卖各国的好书，以灌输文化，便利读者为第一目的，营利放在第二。这种事业决不是可以轻视的，他的效力实在要比五分钟的文化运动更大而且坚实，很值得去做。北京卖外国书的店铺是否都是商人，或有教育界的分子在内，我全不明了，但是照他们的很贵的卖价看来，都不是以灌输文化便利读者为第一目的，那是总可以断言了。我们虽然感谢他能够接济一点救急的口粮，但是日常的供给，不能不望有别的来源，丰富而且公平的分配给我们精神的粮食。

（十二年一月）

【锺校】

①原无“究”字，今增。

上海的戏剧

偶然拿起一张三月四日的上海的旧报，看见第五版戏目上，用大字表出下列各种好戏：

二本狸猫换太子

三本包公出世狸猫换太子

六本狸猫换太子

吕纯阳法度七真

全本张欣生

宣统皇帝招亲

我看了这篇戏目，不禁微笑，觉得他真刻毒的把中国民众的心理内容都排列出来了，这便是包龙图，吕纯阳，张欣生，宣统皇帝。戏园老板的揣摩工夫可以不必多说，那编戏的伙计的本领却也值得佩服。张欣生的戏还不算希罕，因为以前曾经有过那风行一时的被人谋害的妓女的戏剧的前例了，但是“宣统皇帝招亲”却不知怎的被他想到，又亏他排成戏剧，便是我们不曾看过这戏的人也不能不发一声赞叹。北京商民平常被称为多含王党性质的，在那“招亲”的一日也并不热狂的去瞻仰，岂知上海却如此关切，使张少轩君听了必要欣然笑曰，“吾道南矣!”（倘若这戏是嘲弄的滑稽[①]的，那也只足以表明国民性的卑劣，别无意思。我想如作戏剧，那种身居宫中，神往域外的心情，尽有描写的价值，可惜没有人能做罢了。）

现在中国正正经经讲戏剧的人逐渐多起来了，但是对于这样的观众，他们怎样办呢？不去理他罢，那么任凭你怎样的出力，总不会有人来看，他还是去看他的《狸猫换太子》。要理他呢，他就来要求你做《宣统皇帝招亲》了。这真是所谓“进退维谷”。

现在很流行所谓为民众的文学，迎合社会心理几乎是文学的必要条件。然则我所列举的几种戏目，颇足为大家的参考，未始无用。在书本上，《礼拜六》与《小说世界》之流当然也是《狸猫换太子》的正宗，是大多数人所需要的，先前京沪各报上攻击他们，正不免是“贵族”气，至少也总是“拂人之性”罢？

（十二年三月）

【锺校】

①“稽”原作“戏”。

“迷魂药”

我从前读《七侠五义》，知道有所谓“迷子”这一件东西，吃了便不免要变作“牛子”，成为醒酒汤的材料，煞是可怕。庚子以后我在南京当兵的时候，遇见一位下关保甲局长，他说捉到扒儿手便要请他们试服随身带着的迷药，并且他自己还知道这个药方。我虽然没有请他传授药方，但推想起来，吃下去能够叫人昏醉的药总是可以有的。

近来京津大闹拍花，据报上说，从拍花的身边警察搜出许多“迷魂药”来，这真是“骇人听闻”的事了。听说拍花只要在背上一拍，人便迷了；我真不懂这迷魂药难道会从背脊上钻进去的么？不然，必是一种鼻烟模样的毒药，大概从鼻孔里进去的罢。想现在既然搜出好些迷魂药，官厅大可叫拍花实验一下，并且托专门家把药化验，到底是什么东西，也省得我们胡乱推测。

有人说，这药是化验不来的，因为魂灵本来是玄妙的东西，迷他的药自然也是不可思议，非科学所能为力了。在东方文明发祥地的中国当然可以说得过去。又有人说，本来没有这样的药，这不过是一种暗示：中国人的大多数是痰迷了心窍的，无事时也胡里胡涂的过去了，一遇拍花风潮的时候，背上觉着（或真或幻的）一拍，便迷性大发，拿着切糕的刀的也跑，带着指挥刀的也跑，甚而至于不出门的秀才也乱跑乱嚷，东边一捆迷魂药，西边一缸孟婆汤，闹得个不亦乐乎，到底不知道是什么一回事。在剪鸡毛和辫子很流行过的中国当然会有这样事情。

我对于所谓迷魂药不能没有疑问，虽然相信拍花是可以有的。——然而我于此又不能不悯拍花的愚拙了。其实在中国买卖人口原来是一种正当的职业，正如古玩铺一样，前清末周玉帅曾经奏禁，但那是秕政之一，光复后早已取消禁令了，所以现在如有需用人口的人，无论是拿去合药做菜，只消付出一笔款项，便可直接或间接的交易清楚，也不消给“伛”吃什么药，堂而皇之的运回家去，社会上决没有人说一个不字。拍花如愿就这种职业，便应正式的同伛们的家长去开谈判，或者像打鼓的一般剥剥的敲着沿门去收买才是。现在他们却干那没本钱的生意，这明明是窃盗行径，何况还有迷魂药，正是烧闷香的一流了。拍花之罪大矣，但大家要知道他们之罪——至少在中国如此——不在违背人道而在侵害所有权（长上之子女发售权），这实在是他们之所以神人共愤的地方。倘若他们肯出资本收买，使家长利益均沾，那么不但做照相药水的工业可以顺遂进行，而且也一点都没有危险；他们却计不出此，真是其愚可悯，几乎令人疑心他们自己先已喝了迷魂药了。

［附记］为免避背上已经拍进了迷魂药去而未被带走的人们的误解起见，蛇足的声明一句，上边所说的有许多并不是真话。

（十二年六月）

“铁算盘”

听说“铁算盘”将来京了，于是北京商会急忙的发通告，北京商店银行急忙“撒米”，——不过我这里只是以耳为目，实在不知道这米是怎样撒法，正如不知道“铁算盘”怎样算法一样。

我十二三岁的时候，到过杭州的佑圣观，看见殿外当中挂着一面大算盘，比商务印书馆发售的杆子上矗着棕毛的还要大，不禁耸然惊骇，据同去的仆人说这是表示“人有千算，天只一算”的意思。我听了商会警告的新闻后，第一联想到的便是这面算盘，虽然我明知这回来京的大抵是小而精致的，因为倘若那样的大，不但容易被警察查获，而且也不便搬运。

“铁算盘”这一类思想，在世间很是普通，并不是中国所特有。凡野蛮民族都相信模拟类推的效力，所以有那所谓感应魔术（Sympathetic Magic），用了模拟动作，想去引出真的事物来，如祈年求雨等仪式都是一例。商人诸君平日靠了一面木算盘，滴滴沰沰的几算便可以拿进好些个银子，因此推想倘若有人用了铁的这么一算，也就可以把柜内的银子都算了去，这决不是杞人之忧，乃是合于感应魔术之原理的，正怪不得大家那样着忙。近来却有自称文明人的穷朋友，硬不相信会有这么一回事：试问他怎能证明人家不去用铁做成一面小算盘，而且算一下会把柜内的银子算去，只是一味反对，这岂不是太武断么？

不过上边说的只是玄学一方面的话，在科学一方面当然还应有别的解释，我很希望前“非宗教同盟”的朋友能够出来对于这些问题说一两句话。但是他们好久不则声了，即使对于更大的问题，如同善社及宗教大同会之类，也不哼一声，我猜想这未必因为那些是国粹，或者因为那并不是宗教的缘故罢。

顺便说及，初民的心理，对于能自转动的机械类很感恐惧，以为其中含着魔力，——所以电车也当然与“铁算盘”一样的可怕。

（十二年六月）

“重来”

易卜生做有一本戏剧，说遗传的可怕，名叫《重来》（*Gengangere*），意思就是僵尸，因为祖先的坏思想坏行为在子孙身上再现出来，好像是僵尸的出现。这本戏先前有人译作《群鬼》，但中国古来曾有“重来”一句话，虽然不是指僵尸，却正与原文相合，所以觉得倒是恰好的译语。

我在这里并不想来评论易卜生的那篇戏剧，或是讲古今中外的僵尸故事，虽然这都是很有趣的事。我现今所想说的，只是中国现社会上“重来”之多。

我们先反问一声，怎样的不是“重来”？据民俗上的学说，死人腐烂或成腊者都非是。但这是指真僵尸而言，若譬喻的说来，我们可以说凡有偶像破坏的精神者都不是“重来”。老人当然是“原来”了，他们的僵尸似的行动虽然也是骇人，总可算是当然的，不必再少见多怪的去说他们，所可怕的便是那青年的

“重来”，如阿思华特一样，那么这就成了世界的悲剧了。

我不曾说中国青年多如阿思华特那样的喝酒弄女人以至发疯，这自然是不会有的，但我知道有许多青年“代表旧礼教说话”，实在是一样的可悲的事情。所差者：阿思华特知道他自己的不幸，预备病发时吞下吗啡，而我们的正自忻幸其得为一个“重来”。

我们死鬼的祖先不明白男女结婚的意义，以为他们是专为父母或圣贤而结的，所以一切都应该适合他们的意思，当事的两人却一点都不能干涉。到了现在至少那些青年总当明白了，结婚纯是当事人的事情，此外一切闲人都不配插嘴，不但没有非难的权利，就是颂扬也大可不必。孰知事有大谬不然者，很平常的一件结婚，却大惊小怪的发出许多正人心挽颓风的话，看了如听我的祖父三十年前的教训，真是出于“意表之外”，虽然说“青年原是老头子的儿子”，但毕竟差了一代，应有多少变化，现在却是老头子自己“夺舍”又来的样子了。

古人之重礼教，或者还有别的理由，但最大的是由于性意识之过强与克制力之过薄，这只要考察野蛮民族的实例便[1]可以明白。道学家的品行多是不纯洁的，也是极好的例证。现代青年一毫都没有性教育，其陷入旧道学家的窠臼本也不足怪，但不能不说是中国的不幸罢了。因为极端的禁欲主义即是变态的放纵，而拥护传统道德也就同时保守其中的不道德，所以说神圣之恋爱者即表示其耽恋于视为不洁的性欲，非难解约再婚的人也就决不反对蓄妾买婢，我相信这决不是过分刻毒的话。

人间最大的诅咒是肖子顺孙四个字，现代的中国正被压在这个诅咒之下。

（十二年六月）

【锺校】

①原无“便”字，今增。

医院的阶陛

北京的协和医院，据胡适博士的介绍，是在东洋设备第一完全的医院，我无缘进去仰瞻过，不能赞一词，但胡博士的话总是不会错的。

我平常一礼拜里总要在那里走过三四次，走过的时候总看见有一两个病人，被同来的人架着两臂，连拉带拖的挟上那金陛玉阶去。我每看见，就总想到胡博士的话，觉得设备上似乎还不大完全，还缺少一种搬运病人的器具，即使如西山那样的轿子也罢，总比叫病人自己爬（其实还说不上爬，因为有许多人简直脚都提不起）上去要好一点吧。

我于此又猜想到东方化与西方[①]化的差异：似乎西方的人都不会生重病，或者生了重病也能够走上这许多阶级去；东方的人便没有这样本领了。

或者这是专给生轻病的人走的；生了重病时，不是进病院，便是请医生往家里去诊，哪里还用得着拖上拖下的教旁人看了也很难受。这个理由或者是对的。至于那些住不起病院，请不起医生而还要生重病的人，自然只好任其拖上拖下，纵然旁人看了有点难受。然而我又亲眼看见有一位老太太，从汽车里簇拥出来，拖上阶去，那只可以算作例外罢。

（十二年八月）

【锺校】

①“方”原作“文”。

浪漫的生活

我从前总以为中国人所过的生活是干燥无味的单调的生活，现在才觉得自己是错了。中国人的生活决不单调，实在是异常浪漫的；这回见了铜元票的风潮才忽然想到，虽然我见过不少这样的风潮，但在今天方才豁然贯通，如有神助。

历史学者房龙说，迦勒底人兼用十进和十二进计算法，可惜我们现在除计算时刻外都只用十进法了。中国人大家和他很表同情，似乎极不愿意用十进法，因为十进正是非常单调的算法，但是没有从迦勒底（虽然有西洋学者说中国人是从迦勒底迁来的）学来十二进法，所以他们独自发明一至九进法，自由应用。譬如日常收付，一元值十角，一角值十分，一分值一枚，日日如此，有什么趣味？现在改为一元值十一角一分，一角值九分，一分值一枚七八九……，而票面十枚又值八七六以至廿枚，于是算起账来十角等于九角，五十枚等于二十枚，把世界上最单调的数字都变成奇幻的东西，真是非有极度强大的浪漫性不能有这样成绩，而且因了这些单调的数字之浪漫化，大家奔走呼号挨挤争闹，生活上又增加许多变化与趣味，这是何等繁复的生活！对于这样生活还要称之曰单调，那么世上哪里还有不单调的生活呢？

其次，我要顺便说及，见了这回铜元票的风潮以及中南等票的挤兑，我又得到一个极大的安心，这便是觉得八月十五以后的大劫是不会来的了，倘若真是要来，那么大家只要混过这三四天便了，还要铜元和现洋何用；现在那样的挤兑，可知是兑了来预备节前节后慢慢的享用的。或者他们兑了出来去买纸锭焚化存库，那也是可忧的现象，目下却不听说纸货涨价，可见大家都没有过了节长辞之意，我们也就可以暂且安心。宗教大同会里餐矢的先生们的预言或者也有什么价值吧，只是“天听是我民听”，所以我就推想八月十五以后未必会有什么空前的大什么，要有也总不过是承前的铜元票风潮罢了。

（十二年九月）

同姓名的问题

在《青光》的姓名问题号上见到《仲贤的话》，才知道在上海城内有一个和我同姓名而且似乎同籍贯的“儒医”。承仲贤先生指出，又代为声明，这是我要感谢他的。但是我的姓名之与别人相混，却并不是自这位儒医始，所以我就想到写这一篇小文。

这是“五四”那一年的春天，我从东京的书店接到一本寄给北大法科周作仁君的 Nicholson 的《经济学》卷一，价十……元，就在我的账里扣去了。我自己不会读这类的书，又恐怕需用的人在那里焦急的等着，所以不把他寄回去，却写信给法科的周君，叫他到我这里来取书。岂知等了一个多月，杳无消息，于是又登广告访求，这才得到了一纸回书，说因为某种理由，不要这书，而其责任则全在书店方面。没有别的法子，只好把《经济学》寄回去，说明其中的曲折，前后三个月才把这件纠葛弄清楚。这是我因为姓名和人家同音的缘故，肩了一回“水浸木梢”的故事；幸而那位周君不久往外省去了，在他未回北京以前，我大约可以安心没有代收《经济学》的差使了。

“五四”以后，教育完全停顿，学校有不能开学的形势。这时候忽然有故乡的友人写信给我的朋友，问我什么时候离京，现住上海何处；他把从报上剪下的一节纪事附寄作为凭据，说上海的什么拳术会在某处开会，会长周启明演说云云。我的不会打拳，那朋友也是知道的，但是中国习惯，做会长的反不必一定要会打拳，所以他就疑心我做了拳术会长而且居然演说起来了。我写了一封回信，声明我并未出京，但是在故乡里相信我还在做拳术会长的人大约也还不少。现在我又成为“活人无算”的儒医，或者因此有人同仲贤先生一样要疑心我“精通医理”。在我既不懂医，更不是儒，凭空得到这样的一个头衔，实在不免悼恐，不过只要这于我实际上没有什么妨害，譬如他的医书不错寄到我这里来，我的信件不错寄到他那里去，那就不成问题，尽可任其自然，各做各人的事。

因为姓名相同，要求别人改名，固然是不可能，便是自己改名，也似乎并非必要。倘若依年岁来讲，恐怕非由我让步不可，因为我这名号实在不过用了二十二年，要比别人的更为后起（虽然只是推想如此），但是我也用惯了，懒于更动了。——然而也有例外，倘若我忽发奇想，读起医书来，而且“悬壶”于北京城内，成了一个正式的儒医，那时为对于同业的道义的关系上当然非别取一个名字不可了。

（十一年十二月）

别名的解释

近来做文章的人大抵用真姓名了，但也仍有用别名的，——我自己即是一个，——这个理由据我想来可以分作下列三种。

其一最普通的是怕招怨。古人有言，“怨毒之于人甚矣哉”，现在更不劳重复申明。我的一个朋友寻求社会上许多龠占啮的原由，发明了一种“私怨说”。持此考究，往往适合；他所公表的《作揖主义》即是根据于“私怨说”的处世法，虽然因了这篇文章也招了不少的怨恨。倘若有人不肯作揖而又怕招怨，那么他只好用一个别名隐藏过去，虽然这也情有可原，与匿名攻讦者不同，但是不免觉得太没有勇气了。

其二是求变化。有些人担任一种定期刊的编辑，常要做许多文章，倘若永远署一个名字，那么今天某甲，明天又是某甲，上边某乙，后边又是某乙，未免令读者减少兴趣，所以用一两个别名把它变化一下，我们只须记起最反对用别名的胡适之先生还有“天风”等两三个变名，就可以知道这种办法之不得已了。

其三是“不求闻达”。这句话或者似乎说的有点奇怪，应得稍加说明。近来中国批评界大见发达，批评家如雨后的香菇一般到处出现，尤其是能够漫骂者容易成名，真是“一觉醒来已是名满天下”；不过与摆伦不同的，所谓成名实只是“著名”（Notorious）罢了。有些人却不很喜欢“著名”，然而也忍不住想说话，为力求免于“著名”，被归入“批评（或云评骘或云平论）家”伙里去的缘故，于是只好用别名了。我所下的考语“不求闻达”虽似溢美之词，却是用的颇适当的。

至于我自己既不嘲弄别人，也不多做文章，更不曾肆口漫骂，没有被尊为“批评家”的资格，本来可以不用别名；——所以我的用别名乃是没有理由的，只是自己的一种 Whim 罢了。

（十二年十二月）

别号的用处

前几天林玉堂先生的一篇提倡“幽默”的文章里，提起一个名叫什么然的人，我听了不免“落了耳朵”，要出来说明几句，因为近来做杂感而名叫什么“然”的人，除我之外只有一位“浩然”先生，所以我至少有五成的可以说话的资格。我对于林先生并没有什么抗议要提出，只要想略略说明用别名的意思罢了。

我平常用这个名字，总当作姓陶名然（古有计然），其实，瞒不过大家，这只是一个别号，再也用不着说。这个出典，即在“宣南”的陶然亭，也极显而易见，——那就是金心异等被打之处。至于为什么用这个别号，这却没有很大的意思，不过当作别号，即用以替代比较固定的真姓名。

那么大家一定要问，为什么不用真姓名的呢？对于这个问题，可以有好几种冠冕堂皇的答案。但在我老实的说来，可以答说为的是省麻烦。列位知道中国是一个颠倒的国度，是“写字从右起，吃饭最后吃汤”，老年人讲恋爱，青年人维持礼教的国，我们讲话如稍不小心，便要大逢后生家的怒，即使不被斥为“混蛋”，——这是说徼天之幸，——也必定被指为偏激。我的同排行的浩然先生便已经被鉴定为日本人，我大约也不久可以变印度人，因为我不大赞成驱逐“亡国奴”太戈尔。还有一层，除了时常说些不相干的话去“激恼”青年之外，我又喜欢讲一点不大正经的话头，更要使得有肉欲可言的二三十岁的道学先生暴跳如雷，叫我听了不禁害怕起来。大家要灭宗教而朝食的时候，我以为个人可以不信宗教，宗教却总是不可除灭的；大家正在排日的时候，我却觉得日本的文化自有特殊的价值，又特别喜欢那“窑子式”的绘画与歌曲。嗟夫，恶人之所好，好人之所恶，其不至于被“打攒盘”者盖几希矣！用一个别号，即所以解决这个难题，虽然被鉴定为某国的人，但援“吴吾自有吴吾负责”之例也就可以推托过去。这种金蝉脱壳之计本来不是正当办法，但在我们中国实在是一个必要的方便法门呀。

中国人虽然喜欢听说笑话（当然是三河县老妈的笑话），对于“幽默”或“爱伦尼”（Irony）却完全没有理解的能力。三年前的六月三日北京八校职教员在新华门被军警打伤，政府发表公文说是自己碰伤，我在十日的《晨报》上做了一篇《碰伤》的杂感，中间有一段说：

> 三四年前浦口下关间渡客的一只小轮，碰在停泊江心的中国军舰[①]的头上，立刻沉没，据说旅客一个都不少。（大约上船时曾经点名报数，有账可查的。）过了一两年后，一只招商局的轮船，又在长江中碰在当时国务总理所坐的军舰的头上，随即沉没，死了若干没有价值的人。年月与两方面的船名，死者的人数，我都不记得了，只记得上海开追悼会的时候，有一幅挽联道：
>
> “未必同舟皆敌国，不图吾辈亦清流。”
>
> 因此可以知道，碰伤在中国是常有的事。至于完全责任，当然由被碰的去负担。……

这些话并不能算怎么深奥，但是你想结果如何，有一位青年写信来大骂，说是政府的走狗。倘若真是的，那么恰合于“吃了你的酒，出了你的丑”的老话，倒还有点趣向，可惜我白得了这个名誉职，实在是“不当人子”。不过当时只署个别号，所以这走狗的头衔也由他去戴，我自己乐得逍遥自在了。

这是用别号的一点好处，——然而，“吴吾”先

生到底不足法，那些人言也不足畏，我们以后或者还是照林先生所说，用真姓名来说中国人所不很懂的笑话罢。（署名陶然）

（十三年五月）

【镭校】

①“舰”原作“鉴”。

文士与艺人

我不怕别人叫我什么诨名与称号。有一个同乡患丹毒，于昏呓中说我傲慢似一只鹤，一个族叔说我生的那夜他亲眼看见一个老僧走进大门去：所以我无妨被称为鹤或老和尚。有人说我是丘八或丘九，我也可以承认，因为我的确当过多年“野鸡学生”，也就是“兵”。

但是我独怕近时出现的两个称号，这便是“文士”与“艺人”。

艺人似乎即是艺术家之谓，大约拿来译西文的“爱帖斯忒”（artist）的，但是我有一种成见，看惯了日本的艺人这个熟语，总觉得这是“爱体斯忒”（artiste）的意思，是俳优一类的东西，因此对于这个名词不大喜欢：在我的陈旧的头脑里，中国的倡优隶卒都还是类似的人物。好在我不会撇几笔兰草或糊一方石膏，可以放心不至于会有得到这个尊号的一日。

古文我是念过几天，白话也是喜写几句的，于是而文士的头衔就危险了（虽然此刻现在尚未得过这个光荣）。说起我怕这个名称的缘由来也颇有趣，因为我意想中的文士这回却在犹太，即《新约》上所说的“格拉木玛丢思”（Grammateus），我翻开《马可福音》来查，便见第十四章一节是这样说：

> 过两天是逾越节，又是除酵节；祭司长和文士想法子怎么用诡计捉拿耶稣杀他。

中国的文士自然是另一种高雅的人物，但这个名称却被犹太人用坏了，实在已经不大香甜，或者还不如改称——唔，一时想不出来了，容我去参考了类书再说吧。我自己呢，还愿意称作文童，虽然没有“终覆”，——可惜，这个术语的意思已经少有人了解，这实在是废止科举的流弊之一。临了还要声明一句，这童字只言资格而非年纪，古人句云，“老童歌啸水云间”，即其例也。

（十四年四月）

思想界的倾向

我看现在思想界的情形，推测将来的趋势，不禁使我深抱杞忧，因为据我看来，这是一个国粹主义勃兴的局面，他的必然的两种倾向是复古与排外。那国粹派未必真会去复兴明堂或实行攘夷，但是在思想上这些倾向却已显著了。旧势力的馀留如《四存月刊》等，可以不算，最重要的是新起的那些事件，如京沪各处有人提倡孔门的礼乐，以及朱谦之君的讲“古学”，梅胡诸君的《学衡》，……最后是章太炎先生的讲学。对于太炎先生的学问，我是极尊重的，但我觉得他在现在只适于专科的教授而不适于公众的讲演，否则容易变为复古运动的本营，即使他的本意并不如此。我们要整理国故，也必须凭借现代的新学说新方法，才能有点成就。譬如研究文学，我们不可不依外国文学批评的新说，倘若照中国的旧说讲来，那么载道之文当然为文学之正宗，小说戏曲都是玩物丧志，至少也是文学的未入流罢了。太炎先生的讲学固然也是好事，但我却忧虑他的结果未必能于整理国故的前途有十分的助力，只落得培养多少复古的种子，未免是很可惜的。听说上海已经有这样的言论，说太炎先生讲演国学了，可见白话新文学都是毫无价值的东西了；由此可以知道我的杞忧不是完全无根的。照现在的情形下去，不出两年大家将投身于国粹，着古衣冠，用古文字，制礼作乐，或参禅炼丹，或习技击，或治乩卜，或作骈律，共臻东方化之至治。我的预言最好是不中，而且也有不中的可能，因为一种反动总不能彻底的胜利，其间被压迫的新势力自然会出来作反抗的运动的，所以或者古衣冠刚才穿上，就不得不随即脱下，也未可知：不过现在就事论事，这国粹主义的勃兴却是不可否定的事实了。

最后附带说明一句，现在所有的国粹主义的运动大抵是对于新文学的一种反抗，但我推想以后要改变一点色彩，将成为国家的传统主义，即是包含一种对于异文化的反抗的意义：这个是好是坏我且不说，但我相信这也是事实。

（十一年四月十日）

附：读仲密君《思想界的倾向》

(Q. V.)

昨天报上登出仲密君的《思想界的倾向》，我读了颇有点感想。我觉得仲密君未免太悲观了。他说："现在思想界的情形，……是一个国粹主义勃兴的局面；他的必然的两种倾向是复古与排外。"仲密君又说："照现在的情形下去，不出两年，大家将投身于国粹，着古衣冠，用古文字，制礼作乐，或参禅炼丹，或习技击，或治乩卜，或作骈律，共臻东方化之至治。"这种悲观的猜测，似乎错了。

仲密的根本错误是把已过去或将过去的情形看作将来的倾向。"复古与排外"的国粹主义，当然不在将来，而在过去。"着古衣冠，用古文字"的国粹主义，差不多成了过去了。即如"金心异"先生也曾穿过用湖[①]绉做的"深衣"去上衙门；即如仲密先生十几年前译《域外小说集》时也曾犯过"用古文字"的嫌疑。但这些都成了过去了。

至于“制礼作乐”的圣贤，近来也不曾推却那巴黎洋鬼子送他的羊皮纸。况且辜鸿铭先生曾说，“四存”的卷帘格，恰好对“忘八”。以崇古之辜鸿铭先生，而藐视“四存”之圣人如此，然则“四存运动”之不足畏也，不亦明乎？

至于“参禅炼丹，或习技击，或治乩卜，或作骈律”，也都是已过去或将过去的事，不能说是将来的趋势。即以“作骈律”论罢。我可以预言将来只有白话文与白话诗作者的增加，决不会有“骈律”作者的增加。假如现在有一位“复古”的圣人出来下一道命令，要现在的女学生都缠三寸或四寸的小脚；仲密先生，你想这道命令能实行吗？他所以不能实行，只是因为这班女学生久已不认小脚的美了。虽然此时有许多女子还不能不衬棉花装大脚，但放足的趋势好像已超过未庄的赵秀才盘辫子的时代了。（这个典故出在《阿Q正传》第七八章。）白话文与白话诗的趋势好像也已经过了这个“盘辫子”的时代；现在虽然还不曾脱离“衬棉花”的时代，但我们可以断定谢冰心汪静之诸君决不致再回去做骈律了。最近的《学衡》杂志上似乎传出一个胡适之君做古体诗的恶消息，这个消息即使是真的，大概也不过是像昨天北京大学学生穿着蟒袍补褂做“盲人化装赛跑”一类的事，不值得使《学衡》的同人乐观，也不值得使仲密君悲观的。

仲密君还有一个大错误，就是把“不思想界”的情形看作了“思想界”的情形。现在那些“参禅炼丹，或习技击，或治乩卜”的人，难道真是“思想界”中人吗？他们捧着一张用画片放在聚光点外照的照片，真心认作吕祖的真容，甘心叩头膜拜。这样的笨伯也当得起“思想界”的雅号吗？

仲密君举的例有朱谦之君的讲“古学”，梅胡诸君的《学衡》，章太炎先生的讲学。这都不够使我们发生悲观。朱谦之君本来只是讲“古学”；他的《革命哲学》与他那未成的《周易哲学》，同是“讲古学”。他本不曾趣时而变新，我们也不必疑他背时而复古。梅胡诸君的《学衡》，也是如此。知道梅胡的人，都知道他们仍然七八年前的梅胡。他们代表的倾向，并不是现在与将来的倾向，其实只是七八年前——乃至十几年前——的倾向。不幸《学衡》在冰桶里搁置了好几年，迟至一九二二年方才出来，遂致引起仲密君的误解了。

至于太炎先生的讲学，更是近来的一件好事，仲密先生忧虑“他的结果……只落得培养多少复古的种子”。这真是过虑了。太炎先生当日在日本讲学的历史，仲密君是知道的。东京当日听讲的弟子里，固然有黄季刚及已故的康心孚先生，但内中不是也有钱玄同沈兼士马幼渔朱逷先诸君吗？仲密君又提及上海因太炎讲学而发生的言论。但以我所知，上海报界此次发生的言论并不表现何等盲目的复古论调。太炎先生有一次在讲演里略批评白话诗与白话文，次日即有邵力子与曹聚仁两君的驳论；曹君即是为太炎的讲演作笔记的人，这不更可以打消我们的疑虑吗？

最后，我想提出我自己对于现在思想界的感想：

我们不能叫梅胡诸君不办《学衡》，也不能禁止太炎先生的讲学。我们固然希望新种子的传播，却也不必希望胡椒变甜，甘草变苦。

现在的情形，并无“国粹主义勃兴”的事实。仲密君所举的许多例，都只是退潮的一点回波，乐终的一点尾声。

即使这一点回波果然能变成大浪，即使尾声之后果然还有震天的大响，那也不必使我们忧虑。

文学革命的健儿们，努力前进！文学革命若禁不起一个或十个百个章太炎的讲学，那还成个革命军吗？

（一九二二，四，二四）

【鄢校】

①“湖”原作“糊”。

不讨好的思想革命

《努力周报》停刊了。这是一件可惜的事。但胡适之先生的公开信里说，要改办月刊或半月，而且“将来的新努力已决定多做思想文学上的事业”，这又不得不说是一件很可喜的事。

我是赞成文学革命的事业的，而尤其赞成思想革命。但我要预先说明，思想革命是最不讨好的事业，只落得大家的打骂而不会受到感谢的。做政治运动的人，成功了固然大有好处，即失败了，至少在同派总还是回护感谢。唯独思想革命的鼓吹者是个孤独的行人，至多有三个五个的旅伴；在荒野上叫喊，不是白叫，便是惊动了熟睡的人们，吃一阵臭打。民党的人可以得孙中山的信用，津派的人可以蒙曹仲三的赏识，虽然在敌派是反对他们；至于思想改革家则两面都不讨好，曹仲三要打他，孙中山未必不要骂他，甚至旧思想的牺牲的老百姓们也要说他是离经叛道而要求重办。因为中国现在政治不统一，而思想道德却是统一的，你想去动他一动，便要预备被那老老小小，男男女女，南南北北的人齐起作对，变成名教罪人。《新青年》正是一个前例，陈独秀办《向导》，胡适之办《努力》，不过受到一部分人的恶感，为了《新青年》上的几篇思想上的文章，二位却至今为全国旧派的眼中钉，与秋瑾案有关的“张让老”近来反对经子渊做浙四中校长，电文里还说及陈胡之罪大恶极。我并不是将这些话来恐吓胡先生，劝他不要干这不讨好的事，实在倒是因为他肯挺身来肩这个水浸木梢，非常佩服，所以写这几行，以表我对于这件事的欢迎与忧虑。

要讲思想改革，势必对于习惯的旧道德要加以攻击，这决不是我们这“礼义之邦”的人所能容受的。不但年老的如此，便是青年里也有许多许多“年不老而心已老”的先生们，更反对得起劲。倘若这只是我的杞忧，那是再好也没有了；所怕者是我的预言竟中，——不幸我的预言曾中过好几次。或者别的问题还不至于十分要紧，但讲到性的伦理的改革，我相信必定要遇见老心的少年（老年的不必说）的迫害。……猪仔尚可，心老杀我！愿“新努力”冒险努力！

（十二年十月）

“问星处”的预言

东安市场有一个“问心处”，颇得名流要人的信任，竟说他的占卜很有效验，不过我没有去请教过，不能代为证明。我自己的预言倒觉得还有点可靠，将来想开设一个“问星处”，出而问世，现在不妨先将成绩宣布一二，自画自赞地鼓吹一番。

壬戌夏间我曾预言中国将实行取缔思想，以后又宣言思想界的趋势是倾向于复古的反动。虽然当时有“何之”先生（原名系拉丁文缩写，今僭为译义，系采用《四书》成语，《世界丛书》中虽有现成的译名，因为有五个字，太累坠了，所以不曾遵用）表示反对，然而事实胜于雄辩，“何之”先生与鄙人都已将被列入“黑表”，而且城门失火殃及池鱼，“天风堂文集”因“一目斋文集”而禁止，《爱美的戏剧》因《爱的成年》而连累，最近听说“幾道严复”的《社会通诠》——其实是甄克思的《政治史》也被列入违碍书目了，大约是受了社会主义的嫌疑。多年以前日本警厅因为内田鲁庵所译显克微支的《二人画工》里的恋人常要 Kiss，所以把它禁止；俄国检查官见点心铺广告里有“赐顾士商可以自由选择”之语，勃然大怒，勒令删改；现在加上民主立宪的大中华的盛事，不但是无独有偶，并且鼎足而三了。这决不只是衮衮诸公为然，便是青年也是如此，但看那种严厉地对付太戈耳的情形就可知道，倘若有实权在手，大约太翁纵不驱逐出境，《吉檀伽利》恐不免于没收禁止的罢。这种头等时新的运动，根本精神上与维持礼教的反动并无不同，便是要取缔思想；至于思想之能否取缔，使定于一尊，则老头子与少年人都是一样地不明白，也并不曾想到了。

三个月前北京演“伟大影片”《自由魂》，提倡三 K 党的忠义，我就恐怕中国要有三 J 党出现，演出胡猕学戈力拉的把戏，果然近日报载上海抄查三 K 党机关部，捉到两个美国籍民，五个中国人。不过我要招承，虽然我亦“不幸而言中”，这回的神课却错了一点，我的星象上竟看不出来这是美国三 K 党的支部，——我竟想不到中国人会替美国人来组织仇杀有色人种的会党！中国人向来颇有秘密结社之嗜好，家族制度已就破坏，不可收拾，却去另外组织，爹爹伯伯叔叔的乱叫，像煞有介事地胡闹一阵，历来会党之多可为左证。不过那些密秘团体当初各有正当的目的，如青红帮之亡清，“安庆（！）道友”之安清，只是后来渐渐忘记罢了。至于三K党，则以除有色人种为职志，而中国面皮焦黄眼睛石硬的朋友们茫茫然趋之如归市，可谓极天下之奇观矣。这个奇观在鄙人的预言中先见其机，不可谓非星术之神妙，纵或稍有出入，亦已为世界所希见，尽足夸耀于预言界者矣。

虽然，鄙人岂真有神术者哉！我所恃者亦只一颗给予光明之星耳，——星非他，即一部《纲鉴易知录》是也。昔巴枯宁有言，“历史唯一的用处是警戒人不要再那么样”，我则反其言曰“历史唯一的用处是告诉人又要这么样了！”苟明此义，便能预知国民之未来，“虽百世亦可知”。我依据这个星光的指示，预言中国国民暂时要这样地昏愦胡涂下去，但是以后也未必更利害，因为已经胡涂到这个地步，也无从再加胡涂上去了。

（十三年七月）

读经之将来

我不是职业的星士，也不是天文学会员，虽然我的预言不幸而常能命中。因为怕泄漏天机，我平常不大说话，现在见圣保罗的子孙也来中国卖卜，不特有用夷变夏之忧，亦属漏卮之一，为排斥异端与帝国主义起见，特别变通出来问世，想亦我都人士之所乐闻者也。

我不必请诸君寄辅币两角前来，为扬名起见将先宣布一次预言。这是关于读经之将来这问题的。据我真正祖传的神课的爻象看来，这经是一定要读的：在民国十五年以后各国学校内当无处不闻以头作圈而狂喊子曰之声，朔望则齐集学宫而鞠九躬，《四书味根录》将由上海的两大书局竞争发行，而《角山楼类腋》之生意亦当大好。十六年顷是火头最旺的时候，十七年后逐渐衰颓，以后每逢三六九之年还有回波，但逐次递减，到了三十年则烟消火灭，儒教会将改奉三官菩萨了。（以上经过系属定数，唯干支数目或有出入亦未可知，因为号码不明系习见之事。）

这个预言有两重根据，其一是内的，是玄学的神秘的，非外行所能了解；其二是外的，是科学的浅显的，可以简单的说明一下。大家知道读经盛业已发祥于艮方，不过这不能算是经要大读了的征候，因为一人的颐指气使力量终是有限，而且艮也没有迈进之象。我们所凭者乃是民气——大众的气势与气运。察得这几年来民气的趋向是在于卫道爱国。运动恢复帝号，是曰尊王；呼号赶走直脚鬼，是曰攘夷；非基督教，是曰攻异端；骂新文化，是曰辟邪说。这都是圣人的阴魂的启示，更不必说学艺界上的国粹，东方文化，传统主义等等的提唱了。总而言之，统而言之，这全是表示上流社会的教会精神之复活，热狂与专断是其自然的结果，尊孔读经为应有的形式表现之一，其他方面也有举动可毋庸说。

但是这个运动虽是盛大，也没有几年的命运，因为儒教公会虽是年代久传播广的一个组织，只是真受圣职的祭师却已很少了。这很少的几个真正老牌祭师们活着的期间，大成殿的弥撒可以举行，——光阴却是一天一天不住的走着，祭师们便不免也一个一个逐渐的要化为“二气之良能”，我推算到了民国三十年则最末的茂才公即使以十五岁入泮也已过了知命之年，力弱势孤，不能再兴风浪，至于他们的学校出身的徒弟，本来不是该教的忠臣，大抵运动到一位娇妻也就安定下来，不再闹了。神道是我们中国人的传统，真是不废江河万古流，决不会变的，——倘若中国人有不信财神的一日，那一日世界的大变动就要到了。

上边的预言真实不虚，可保回换；万一不验，请于民国三十年的元旦到西安市场来捣毁我这“问星处”的招牌可也。

（十四年二月）

古书可读否的问题

我以为古书绝对的可读，只要读的人是“通”的。

我以为古书绝对的不可读，倘若是强迫的令读。

读思想的书如听讼，要读者去判分事理的曲直；读文艺的书如喝酒，要读者去辨别味道的清浊：这责任都在我不在它。人如没有这样判分事理辨别味道的力量，以致曲直颠倒清浊混淆，那么这毛病在他自己，便是他的智识趣味都有欠缺，还没有“通”（广义的，并不单指文字上的作法），不是书的不好。这样未通的人便是叫他去专看新书，——列宁，马克思，斯妥布思，爱罗先珂，……也要弄出毛病来的。我们第一要紧是把自己弄“通”，随后什么书都可以读，不但不会上它的当，还可以随处得到益处：古人云，“开卷有益”，良不我欺。

或以为古书是传统的结晶，一看就要入迷，正如某君反对淫书说“一见‘金瓶梅’三字就要手淫”一样，所以非深闭固拒不可。诚然，旧书或者会引起旧念，有如淫书之引起淫念，但是把这个责任推给无知的书本，未免如蔼里斯所说“把自己客观化”了，因跌倒而打石头吧？恨古书之叫人守旧，与恨淫书之败坏风化与共产社会主义之扰乱治安，都是一样的原始思想。禁书，无论禁的是哪一种的什么书，总是最愚劣的办法，是小孩子，疯人，野蛮人所想的办法。

然而把人教“通”的教育，此刻在中国有么？大约大家都不敢说有。

据某君公表的通信里引《群强报》的一节新闻，说某地施行新学制，其法系废去论理心理博物英语等科目，改读四书五经。某地去此不过一天的路程，不知怎的在北京的大报上都还不见纪载，但《群强》是市民第一爱读的有信用的报，所说一定不会错的。那么，大家奉宪谕读古书的时候将到来了。然而，在这时候，我主张，大家正应该绝对地反对读古书了。

（十四年四月）

读《孟子》

奉直隶省长教育厅令开学校着即读经，中（?）学校应读《孟子》等因，鄙人并不在直省治下，而且年长失学，并非学生，似可不必遵从功令，唯听大人先生们鼓吹圣道，表章圣经，窃思其中必有道理，故僭援中学生之例开首读孟子之书焉。其实我在私塾读《四子全书》的时候这也曾经背过，而且还能成本的背的，不过三十年来都忘记完了。现在重读，字句是旧的，意义却是新的，不，以前读时实在是不曾有意义。子舆氏到底是亚圣，他所说的话有几句的确不差，例如：

贼仁者谓之贼，贼义者谓之残，残贼之人谓之一夫。闻诛一夫纣矣，未闻弑君也。

×

君之视臣如草芥，则臣视君如寇仇。

这两句话在现今民主的中国还很有意思，不必说在君主专制时代了，虽然孟子因此在东亚未免吃了一点小小苦头，中国有一回把他老人家逐出孔庙，日本神道则禁止他的书进口，凡载有孟轲七篇的商舶便要中途覆没。现在，日本的学者们也要谈什么民本主义了，又有了夷人的汽船，不再怕海龙王了，所以《孟子》之禁也就自然解除，至于中国则他又早已回到孔庙里去了，我却忘记了这是哪一朝哪一年的事。

孟子又喜欢引了古书来教训当时的诸侯，不但是大胆可佩服，他的教训还是永久有价值的，至少在中华还没有变成一个像样的民国的时候。

> 《汤誓》曰，时日害丧，予及女偕亡！民欲与之偕亡，虽有台池鸟兽，岂能独乐哉？

×

> 东面而征西夷怨，南面而征北狄怨，曰，奚为后我！民望之，若大旱之望云霓也，归市者不止，耕者不变。……

这实在是现代军阀的一个最好的劝戒：孙传芳若能懂得此意，便不至于为南昌上海之许多冤鬼所挤倒了。现值当道提倡圣道，若得因此使军人政客多有读《孟子》之机会，不特功德无量，即于人民幸福国家前途亦大有裨[1]益，诚极大善举也。

（十六年三月）

【锺校】

①“裨”原作“稗”。

一封反对新文化的信

伏园兄：

江绍原先生给你的信里，有几句话我很表同意，便是说韩女士接到那封怪信应该由她的父去向写信人交涉，或请求学校办理。但是韩女士既愿负责发表，那么无论发表哪一封信当然是她的自便，我们也不好多讲闲话。至于登载这封“怪信”，在江先生看来，似乎觉得有点对不起北大，这个意见我不能赞同。这实在并不是什么了不得的事情，杨先生的罪案只在以教员而向不认识的女生通信，而且发言稍有不检点之处，结果是“不在北大教书”，这件事便完了，于学校本身有什么关系，难道北大应该因“失察”而自请议处么？江先生爱护北大的盛意是很可感的，但我觉得这不免有点神经过敏罢。

你说，“这种事用不着校长过问，也用不着社会公断”，我极以为然，退一步说，北大准许（当然不应该强迫）杨先生辞职或者还是可以的事，但今日风闻别的学校也都予以革职处分，我以为这是十分不合理。我也认杨先生的举动是不应当，是太傻，但究竟不曾犯了什么法律道德，不能就目为无人格，加以这种过重的惩罚。我并不想照样去写信给不认识的女人，所以在此刻预先为自己留下一个地步；实在觉得在这样假道学的冷酷的教育界里很是寒心，万一不慎多说了一句话多看了一眼，也难保不为众矢之的，变为名教的罪人。我真不懂中国的教育界怎么会这样充满了法利赛的空气，怎么会这样缺少健全的思想与独立的判断，这实在比泰戈尔与文化侵略加在一起还要可怕呀。

我又听说这件事发生的前后有好些大学生夹在中间起哄。这也是一个很可悲的现象，即是现代青年的品性的堕落。事前有放谣言的人，在便所里写启事的GG等，事后有人张贴黄榜，发檄文，指为北大全校之不幸，全国女子之不幸，又称杨先生的信是教授式的强盗行为，威吓欺骗渔猎（?）女生的手段，大有灭此朝食，与众共弃之之概。抒情的一种迸发在青年期原是常有的事，未始不可谅解，但迸发总也要迸发的好看点，才有诗的趣味，令人可以低徊欣赏，如沙乐美或少年维特。这回的可惜太难看了，那些都是什么话？我不禁要引用杨先生信里的话来做考语："唉！这都叫做最高学府的学生！"古人有言，"吹皱一池春水干卿底事"，他们这样的闹，实在要比杨先生的信更"怪"。还有一层，即使他们措词较为妥当，这种多管别人闲事的风气我也很不以为然。我想社会制裁的宽严正以文化进步的高低为比例，在原始社会以及现在的山村海乡，个人的言动饮食几乎无一不在群众监督之下，到得文化渐高，个人各自负责可以自由行动，"各人自扫门前雪，莫管他家瓦上霜"，这才真是文明社会的气象。中国自"五四"以来，高唱群众运动社会制裁，到了今日变本加厉，大家忘记了自己的责任，都来干涉别人的事情，还自以为是头号的新文化，真是可怜悯者。我想现在最要紧的是提倡个人解放，凡事由个人自己负责去做，自己去解决，不要闲人在旁吆喝叫打。你说这种事也用不着社会公判，这也正是我的意思。

我最厌恶那些自以为毫无过失，洁白如鸽子，以攻击别人为天职的人们，我宁可与有过失的人为伍，只要他们能够自知过失，因为我也并不是全无过失的人。

我因了这件事得到两样教训，即是多数之不可信以及女性之可畏。

十三年五月十三日，陶然。

代快邮

万羽兄：

这回爱国运动可以说是盛大极了，连你也挂了白文小章跑的那么远往那个地方去。我说“连你”，意思是说你平常比较的冷静，并不是说你非爱国专家，不配去干这宗大事，这一点要请你原谅。但是你到了那里，恐怕不大能够找出几个志士——自然，揭贴，讲演，劝捐，查货，敲破人家买去的洋灯罩（当然是因为仇货），这些都会有的，然而城内的士商代表一定还是那副脸嘴罢？他们不谈钱水，就谈稚老鹤老，或者仍旧拿头来比屁股，至于在三伏中还戴着尖顶纱秋，那还是可恶的末节了。在这种家伙队里，你能够得到什么结果？所以我怕你这回的努力至少有一半是白费的了。

我很惭愧自己对于这些运动的冷淡一点都不轻减。我不是历史家，也不是遗传学者，但我颇信丁文江先生所谓的谱牒学，对于中国国民性根本地有点怀疑。吕滂（G. Le Bon）的《民族发展之心理》及《群众心理》（据英日译本，前者只见日译）于我都颇有影响，我不很相信群众或者也与这个有关。巴枯宁说，历史的唯一用处是教我们不要再这样，我以为读史的好处是在能预料又要这样了。我相信历史上不曾有过的事中国此后也不会有，将来舞台上所演的还是那几出戏，不过换了脚色，衣服与看客。五四运动以来的民气作用，有些人诧为旷古奇闻，以为国家将兴之兆，其实也是古已有之，汉之党人，宋之太学生，明之东林，前例甚多，照现在情形看去与明季尤相似：门户倾轧，骄兵悍将，流寇，外敌，其结果——总之不是文艺复兴！孙中山未必是崇祯转生来报仇，我觉得现在各色人中倒有不少是几社复社，高杰左良玉，李自成吴三桂诸人的后身。阿尔文夫人看见她的儿子同他父亲一样地在那里同使女调笑，叫道“僵尸！”我们看了近来的情状怎能不发同样的恐怖与惊骇？佛教我是不懂的，但这“业”——种性之可怕，我也痛切地感到。即使说是自然的因果，用不着怎么诧异，灰心，然而也总不见得可以叹许，乐观；你对高山说希望中国会好起来，我不能赞同你，虽然也承认你的热诚与好意。其实我何尝不希望中国会好起来？不过看不见好起来的征候，所以还不能希望罢了。好起来的征候第一是有勇气。古人云：“知耻近乎勇。”中国人现在就不知耻。我们大讲其国耻，但是限于“一致对外”，这便是卑鄙无耻的办法。三年前在某校讲演，关于国耻我有这样几句话：

> 我想国耻是可以讲的，而且也是应该讲的。但是我这所谓国耻并不专指丧失什么国家权利的耻辱，乃是指一国国民丧失了他们做人的资格的羞耻。这样的耻辱才真是国耻。……
>
> 中国女子的缠足，中国人之吸鸦片，买卖人口，都是真正的国耻，比被外国欺侮还要可耻。缠足，吸鸦片，买卖人口的中国人，即使用了俾士麦毛奇这些人才的力量，凭了强力解决了一切的国耻问题，收回了租界失地以至所谓藩属，这都不能算作光荣，中国人之没有做人的资格的羞耻依然存在。固然，缠足，吸鸦片，买卖人口的国民，无论如何崇拜强权，到底能否强起来，还是别一个问题。……

这些意见我到现在还没有什么更改。我并不说不必反抗外敌，但觉得反抗自己更重要得多，因为不但这是更可耻的耻辱，而且自己不改悔也就决不能抵抗得过别人。所以中国如要好起来，第一应当觉醒，先知道自己没有做人的资格至于被人欺侮之可耻，再有勇气去看定自己的丑恶，痛加忏悔，改革传统的谬思想恶习惯，以求自立，这才有点希望的萌芽。总之中国人如没有自批巴掌的勇气，一切革新都是梦想，因为凡有革新皆从忏悔生的。我们不要中国人定期正式举行忏悔大会，对证古本地自怨自艾，号泣于旻天，我只希望大家伸出一只手来摸摸胸前脸上这许多疮毒和疙瘩。照此刻的样子，以守国粹夸国光为爱国，一切中国所有都是好的，一切中国所为都是对的，在这个期间，中国是不会改变的，不会改好，即使也不至于变得再坏。革命是不会有的，虽然可以有换朝代；赤化也不会有的，虽然可以有扰乱杀掠。可笑日本人称汉族是革命的国民，英国人说中国要赤化了，他们对于中国事情真是一点都不懂。

近来为了雪耻问题平伯和西谛人打其架，不知你觉得怎样？我的意思是与平伯相近。他所说的话有些和“敌报”相像，但这也不足为奇，萧伯讷罗素诸人的意见在英国看来何尝不是同华人一鼻孔出气呢？平伯现在固然难与萧罗诸公争名，但其自己谴责的精神我觉得是一样地可取的。

密思忒西替羌不久将往西藏去了，他天天等着你回来，急于将一件关系你的尊严的秘密奉告。现在我暗地里先通知了你，使你临时不至仓皇失措。其事如下：有一天我的小侄儿对我们臧否人物，他说："那个报馆的小孩儿最可恶，他这样地（做手势介），'喂，小贝！小贝！'……"他自己虽只有三岁半，却把你认做同僚，你的蓄养多年的胡须在他眼睛里竟是没有，这种大胆真可佩服，虽然对于你未免有点失敬。——连日大雨，苦雨斋外筑起了泥堤，总算侥幸免于灌浸，那个夜半乱跳吓坏了疑古君的老虾蟆，又出来呱呱地大叫了，令我想起去年的事，那时你正坐在黄河船里哪。草草。

（一四，七，二七）

条陈四项

半农兄：

你荣任副刊记者，我于看见广告以前早已知道，因为在好几天前你打电话来叫寄稿，我就答应给你帮忙了。论理是早应该敬赠花红，以表祝贺之意，但是几个礼拜终于没有送，实在是对不起之至。不过我未曾奉贺，也不是全然因为懒惰，一半还是另有道理的。为什么呢？这有两个理由。其一，为副刊记者难。这件事已经衣萍居士说过，无须多赘，只看孙伏老办副刊办得“天怒人怨”，有一回被贤明的读者认为“假扮”国籍，“有杞天之虑”。其二，为某一种以外的副刊记者更不易。据北京的智识阶级说近年中国读者遭殃，因为副刊太多，正如土匪逃兵一样，弄得民不聊生，非加剿除不可，而剿除的责任即在某一种副刊，实行“逼死”战策，出人民于水火之中而登诸衽席之上，盖犹我世祖轩辕皇帝讨蚩尤之意也。目下某交换局长（这个名字实在定得有点促狭，不过我可不负责任，因为大家知道这是孤桐先生所设的局）不曾亲自督战，或者（我希望）还“逼”得不很厉害也未可知。可是这个年头儿——喔，这个年头儿着实不好惹，一不留心便被局长的部下逼住，虽欲长居水平线下的地位而不可得。有这几种原因，我觉得副刊记者这个宝位也像大总统一般是有点可为而不可为的，所以我也就踌躇着，不立即发一个四六体的电报[①]去奉贺了。

我写这封信给你，固然是专为道歉，也想顺便上一个条陈，供献我的几项意见。其实我哪里会有好意见呢？我们几个人千辛万苦地办了一个报，自以为是不用别人的钱，不说别人的话的，或者还有一点儿特色，可是这却压根儿就不行，名人的批评说这是北京的“晶报”，所以我即使有意见，也不过是准“太阳晒屁股赋”之流罢了。供献给你有什么用处？然而转侧一想，太阳晒屁股有何不好？况且你，也是我们一伙儿，翻印过《何典》之类，难以入博士之林。今人有言，“惺惺惜惺惺”[②]，我觉得更有供献意见之必要，冀贵刊“日就月将缉熙光明”，渐有太阳晒脊梁之气象，岂不休哉！

今将我的四不主义列举于左，附加说明，尚祈采择施行，幸甚。

一，不可“宣称赤化”。此种危险至大，不待烦言，唯有一点须加说明：您老于经济学这种学问大约是一个门外汉，同我差不多，恐怕“邺架”上不见得有马克思的著作，于宣传此项邪说上绝少可能，我的警告似属蛇足，但我们要知道，在我们民国这个解说略有不同，应当照现在通行的最广义讲，倘若读者嫌此句字面太新，或改作较古的“莫谈国事”亦无不可。

二，不可捧章士钊段祺瑞。这样说未免有点失敬，不过这两个只是代表大虫类的东西，并不是指定的。又“不可车旁军”一条可以附在这里边，不必另立专条了。

三，不可怕太阳晒屁股，但也不可乱晒，这条的意思等于说“不可太有绅士气，也不可太有流氓气”。这是我自己的文训之一，但还不能切实做到，因为我恐怕还多一点绅士气？

四，不可轻蔑恋爱。当然是说副刊上不可讨厌谈恋爱的诗歌小说论文而不登，只要他做的好，——并非说副刊记者。天下之人大都健忘，老年的人好像是生下来就已头童齿豁，中年的人出娘胎时就穿着一套乙种常礼服，没有幼少时代似的，煞是可怪可笑。从前张东荪君曾在《学灯》（?）上说，他最讨厌那些青年开口就要讲结婚问题，当时我对朋友说，张君自己或者是已不成问题了，所以不必再谈，但在正成为问题的青年要讲结婚问题却是无怪的，讨厌他的人未免太是自己中心主义了。（在你的一位同行拉丁系言语学教授丹麦人 Nyrop 老先生的一本怪书《亲嘴与其历史》的英译本里，有一句俗谚，忘记是德国的呢还是别国的[3]了，此刻也懒得向书堆中去复查，就含胡一点算了罢，其词曰，“我最讨厌人家亲嘴，倘若我没有分”，这似乎可以作别一种解释。）我希望你能容许他们（并不是叫“他”代表，只是因为“她”大抵现在是还未必肯来谈，所以暂时从省）讲恋爱，要是有写得好的无妨请赐“栽培”，妹呀哥呀的多几句，似乎还不是怎么要不得的毛病，可以请你将尊眼张大一点，就放了过去。这一条的确要算是废话，你的意见大约原来也是这样，而且或者比我还要宽大一点也未可知。不过既然想到了，所以也仍旧写在后面，表示我对于现在反恋爱大同盟的不佩服之至意。至于我自己虽然还不能说老，但这类文章大约是未必做了，所以记者先生可以相信我这条陈确是大公无私的。

我的条陈就止于此了，末了再顺便想问一声记者先生，不知道依照衣萍居士的分类，我将被归入哪一类里去？别的且不管，只希望不要被列入元老类，因为元老有时虽然也有借重的时候，但实在有点是老管家性质，他的说话是没有人理的，无论是呼吁或是训诲，这实在是乏味的事。还有一层，俗谚云，“看看登上座，渐渐入祠堂”，这个我也有点不很喜欢。所以总而言之，请你不要派我入第一类，再请会同衣萍居士将第二类酌改名称为“亲友”，准我以十年来共讲闲话的资格附在里边，那就可以勉强敷衍过去了。

（十五年七月三日，岂明）

【锺校】

①“报”原作“话”。

②“惺惺惜惺惺”原作“愔愔惜愔愔”。

③原无“的”字，今增。

诉苦

半农兄：

承你照顾叫我做文章，我当然是很欣幸，也愿意帮忙，但是此刻现在这实在使我很有点为难了。我并不说怎么忙，或是怎么懒，所以不能写东西，我其实倒还是属于好事之徒一类的，历来因为喜欢闹事受过好些朋友的劝诫，直到现今还没有能够把这个脾气[①]改过来，桌上仍旧备着纸笔预备乱写，——不过，什么东西可以讲呢？我在《酒后主语》的小引里这样的说过：

> 现时中国人的一部分已发了疯狂，其馀的都患着痴呆症。只看近来不知为着什么的那种执拗凶恶的厮残，确乎有点异常，而身当其冲的民众却似乎很是麻木，或者还觉得颇舒服，有些被虐狂（Masochism）的气味。简单的一句话，大家都是变态心理的朋友。我恐怕也是痴呆症里的一个

人，只是比较地轻一点，有时还要觉得略有不舒服；凭了遗传之灵，这自然是极微极微的，可是，嗟夫，岂知就是忧患之基呢？这个年头儿，在疯狂与痴呆的同胞中间，哪里有容人表示不舒服之馀地。你倘若……

是的，你倘若想说几句话舒服舒服，结果恐将使你更不舒服。我想人类的最大弱点之一是自命不凡的幻想，将空虚的想像盖住了现实，以为现在所住的是黄金世界，大讲其白昼的梦话，这也有点近于什么狂之一种罢。我对于这种办法不能赞成，所以想根据事实，切实的考虑，看现今到底是否已是三大自由的时代，容得我们那样奢华地生活。我这个答案是“不”。最好自然是去标点考订讲授或诵读《四书味根录》一类的经典，否则嫖赌看戏也还不失为安分，至于说话却是似乎不大相宜。老兄只要看蔡胡丁张陈诸公以及中国的左拉法朗西等公正而且“硬”的人物都不哼一声了，便可以知道现在怎样不适于言论自由，何况我们这些本来就在水平线下的人，其困难自然更可以想见了。

“莫谈国事”这个禁戒，听说从民国初年便已有了，以后当然也要遵行下去。在辇毂之下吸过几天空气的公民大都已了解这个宪谕的尊意，万不会再在茶馆躺椅上漏出什么关于南口北口的消息来，而且现在也并无可谈的国事，即使想冒险批评一两句，不知哪一条新闻可靠，简直是“不知所谈”。据说中国人酷爱和平，那么关于止戈弭兵这些事似乎可以大放厥词了，然而“而今现在”仿佛也不适宜，因为此刻劝阻杀人是有点什么嫌疑的，观于王聘老等诸善士之久已闭口，便可了然：那么这一方面的文字也还以不写为宜。熊妙通水灾督办在南方演说，云反对赤化最好是宗教，准此则讲宗教自然是最合式的事了，而且我也有点喜欢谈谈原始宗教的，虽然我不是宗教学者或教徒。——可是我不能忘记天津的报馆案，我不愿意为了无聊的事连累你老哥挨揍[②]，报社被捣毁，这何苦来呢？这个年头儿，大约是什么新文化运动的坏影响吧，读一篇文章能够不大误解的人不很多，往往生出“意表之外”的事情，操觚者不可不留神。骂人吧，这倒还可以。反正老虎及其徒党是永远不会绝迹于人世的，随时找到一个来骂，是不很难的事。反正我是有仇于虎类的人，拼出有一天给它们吃掉，此刻也不想就“为善士”。但是，我觉得《世界日报》副刊的空气是不大欢迎骂人的，这或者是我的错觉也未可知，不过我既然感到如此，也就不敢去破坏这个统一了。的确，我这个脾气久已为世诟病，只要我不同……的正人君子们闹，我的名誉一定要好得多，我也时常记起祖父的家训里“有用精神为下贱戏子所耗”之诫，想竭力谨慎，将不骂人一事做到与不看戏有同一的程度，可惜修养未足，尚不能至，实是惭愧之至。现在言归正传，总之这种骂人的文章寄给报社是不适宜的，而且我已说过此后也想谨慎一点少做这样傻事呢。馀下来的一件事只是去托古人代劳了。这却也并不容易。给人叫做“扒手”倒还没有什么，我实在是苦于无书可翻，没有好材料，——王褒的《僮约》总不好意思拿来。说到这里，已是无可说了，总结一句只是这样：

老哥叫我做文章，实在是做不出，如有虚言，五雷击顶！千万请你老哥原谅，（拱手介）对不起，对不起。

中华民国十五年七月二卜八日，于内右四区，岂明叩。

【锺校】

①“气”原作“皮”。

②“揍”原作“奏”。

何必

半农前天因为“老实说了”，闯下了弥天大祸，我以十年老友之谊很想替他排解排解，虽然我自己也闯了一点小祸，因为我如自由批评家所说“对于我等青年创作青年思想则绝口不提”。夫不提已经有罪，何况半农乃“当头一棒”而大骂乎？然则半农之罪无可逭已不待言，除静候自由批评之节钺（“Fasces”）降临之外还有什么办法？排解又有什么用处？我写这几句话，只是发表个人的意见，对于半农的老实说略有所批评或是劝告罢了。

“老实说了吧”的这一张副刊，看过后搁下，大约后来包了什么东西了，再也找不着，好在半农在“为免除误会起见”里已经改正前篇中不对的话句，将内容重新写出，现在便依照这篇来说，也就可以罢。半农的五项意见，再简单地写出来，就是这样：

一，要读书。

二，书要整本的读。

三，做文艺要下切实的工夫。

四，态度要诚实。

五，批评要根据事实。

对于这五项的意见我别无异议，觉得都可以赞成。但是，我对于半农特地费了好些气力，冒了好些危险去提出这五条议案来的这一件事，实在不能赞成。第一，这些“老生常谈”何必再提出来？譬如“读书先要识字”，“吃饭要细嚼”等等的话，实在平凡极了，虽然里边含着一定的道理，不识字即不能读书，狼吞虎咽地吃便要不消化，证据就在眼前，但把这种常识拿出来叮咛劝告，也未免太迂了。第二，半农说那一番话的用意我不很能够了解。难道半农真是相信“以大学教授的身份加上博士的头衔”应该有指导（或提携）青年的义务？而且更希望这些指导有什么效力么？大学教授也只是一种职业，他只是对于他所担任的学科与学生负有责任，此外的活动全是个人的兴趣，无论是急进也好缓进也好，要提携青年也好不提携也好，都是他的自由，并没有规定在聘任书上。至于博士，更是没有关系，这不过是一个名称，表示其人关于某种学问有相当的成绩，并不像凡属名为“儿子”者例应孝亲一样地包含着一种意义，说他有非指导青年不可的义务。我想，半农未必会如此低能，会这样地热心于无聊的指导。还有一层，指导是完全无用的。倘若有人相信鼓励会于青年有益，这也未免有点低能，正如相信骂倒会于青年有害一样。一个人到了青年（十五至二十五岁），遗传，家庭学校社会，已经把他安排好了，任你有天大的本领，生花的笔和舌头，不能改变得他百分之一二，就是他改变得五厘一分，这也还靠他本来有这个倾向，不要以为是你训导的功劳。基督教无论在西洋传了几百年之久，结果却是无人体会实行，只看那自称信奉耶教的英国的行为，五卅以来的上海，沙基，万县，汉口各地的蛮行，可以知道教训的力量是怎么地微弱，或者简直是没有力量。所以高谈圣道之人固然其愚不可及，便是大吹大擂地讲文学或思想革命，我也觉得有点迂阔，蒋观云咏卢骚云，“文字成[1]功日，全球革命潮”，即是这种迂阔思想的表现。半农未必有这样的大志吧，去执行他教授博士的指导青年的天职？那么，这一番话为什么而说的呢？我想，这大约是简单地发表感想而已。以一个平常人的资格，看见什么事中意什么事不中意，便说一声这个好那个不好，那是当然的。倘若有人不以为然，让他不以为然罢了，或者要回骂便骂一顿，这是最“素朴与真诚”的办法。

半农那篇文如专为发表感想，便应该这样做，没有为免除误会起见之必要，因为误会这东西是必不能免除，而且照例是愈想免除反愈加多的。总之，我对于半农的五项意见是有同感的，至于想把这个当作什么供献，我以为未免有迂夫子气；末了想请大家来讨论解决，则我觉得实在是多此一举。

（十六年一月十六日夜）

【锺校】

①“成”原作“收”。

致溥仪君书

溥仪先生：

听我的朋友胡适之君说，知道你是一位爱好文学的青年，并且在两年前“就说要取消帝号，不受优待费”，思想也是颇开通的。我有几句话早想奉告，但是其时你还是坐在宫城里下上谕，我又不知道写信给皇帝们是怎样写的，所以也就搁下；现在你已出宫了，我才能利用这半天的工夫写这一封信给你。

我先要跟着我的朋友钱玄同君给你道贺，贺你这回的出宫。这在你固然是偿了宿愿，很是愉快，在我们也一面满了革命的心愿，一面又消除了对于你个人的歉仄。你坐在宫城里，我们不但怕要留为复辟的种子，也觉得革命事业因此还未完成；就你个人而言，把一个青年老是监禁在城堡里，又觉得心里很是不安。张国焘君住在卫戍司令部的优待室里，陈独秀君住在警察厅的优待室里，章太炎先生被优待在钱粮胡同，每月有五百元的优待费，但是大家千辛万苦的营救，要放他们出来。为什么呢？因为人们所要者是身体与思想之自由，并非“优待”，——被优待即是失了自由了。你被圈禁在宫城里，连在马路上骑自行车的自由都没有，我们虽然不是直接负责，听了总很抱歉，现在你能够脱离这种羁绊生活，回到自由的天地里去，我们实在替你喜欢，而且自己也觉得心安了。

我很赞成钱君的意见，希望你补习一点功课，考入高中，毕业大学后再往外国留学。但我还有特别的意见，想对你说的，便是关于学问的种类的问题。据我的愚见，你最好是往欧洲去研究希腊文学。替别人定研究的学科是很危险的事，因为与本人的性质与志趣未必一定相合，但是我也别有一种理由，说出来可以当作参考。中国人近来大讲东方文化和西方文化，然而专门研究某一种文化的人终于没有，所以都说的不得要领。所谓西方文化究竟以哪一国为标准，东方文化究竟是中国还是印度为主呢？现代的情状固然重要，但是重要的似乎在推究一点上去，找寻他的来源。我想中国的，印度的，以及欧洲之根源的希腊的文化，都应该有专人研究，综合他们的结果，再行比较，才有议论的可能，一切转手的引证全是不可凭信。研究东方文化者或者另有适当的人，至于希腊文化我想最好不如拜托足下了。文明本来是人生的必要的奢华，不是“自手至口”的人们所能造作的，我们必定要有碗够盛酒肉，才想到在碗上刻画几笔花，倘若终日在垃圾堆上拣煤粒，哪有工夫去做这些事。希腊的又似乎是最贵族的文明，在现在的中国更不容易理解。中国穷人只顾拣煤核，阔人只顾搬钞票往外国银行里存放，知识阶级（当然不是全体）则奉了群众的牌位，预备作“应制”的诗文；实质上是可吃的便是宝物，名目上是平民的便是圣旨，此外都不值一看。这也正是难怪的，大家还饿鬼似的在吞咽糟糠，哪里有工夫想到制造“嘉湖细点”，更不必说吃了不饱的茶食了。设法叫大家有饭吃诚然是亟应进行的事，一面关于茶食的研究也很要紧，因为我们的希望是大家不但有饭而且还有能赏鉴茶食的一日。想到这里，我便记起你来了，我想你至少该有了解那些精美的文明的可能，——因为曾做过皇帝。我决不是在说笑话。俗语云，“做了皇帝想成仙”，制造文明实在就是求仙的气分，不过所成者是地仙，所享者是尘世清福而已，这即是希腊的“神的人”的理想了。你正式的做了三年皇帝，又非正式的做了十三年，到现在又愿意取消帝号，足见已饱厌南面的生活，尽有想成仙的资格，我劝告你去探检那地中海的仙岛，一定能够有很好的结果。我想你最好在英国或德国去留学，随后当然须往雅典一走，到了学成回国的时候，我们希望能够介绍你到北京大学来担任（或者还是创设）希腊文学的讲座。

末了我想申明一声，我当初是相信民族革命的人，换一句话即是主张排满的，但辛亥革命——尤其是今年取消帝号以后，对于满族的感情就很好了，而且有时还觉得满人比汉人更有好处，因为他较有大国民的态度，没有汉人中北方的家奴气与南方的西崽气。这是我个人的主观的话，我希望你不会打破我这个幻想罢。

民国十三年十一月三十日，周作人。

这封信才写好，阅报知溥仪君已出奔日本使馆了。我不知道他出奔的理由，但总觉得十分残念。他跟着英国人日本人这样的跑，结果于他没有什么好处，——只有明白的汉人（有辫子的不算）是满人和他的友人，可惜他不知道。希望他还有从那些人的手里得到自由的日子，这封信仍旧发表。在别一方面，他们是外国人，他们对于中国的幸灾乐祸是无怪的，我们何必空口同他们讲理呢？我们已经打破了大同的迷信，应该觉悟只有自己可靠，……所可惜者中国国民内太多外国人耳。

（十二月一日添书）

论女裤

绍原兄：

你的“裙要长过裤”的提议，我当然赞同，即可请你编入民国新礼的草案里。但我们在这里应当声明一句，这条礼的制定乃是从趣味（这两个字或者有点语病，因为心理学家怕要把它定为“味觉”）上着眼，并不志在“挽靡习”。我在《妇女周报》及《妇女杂志》上看见什么教育会联合会的一件议决案，主张女生“应依章一律着用制服”，至于制服则“袖必齐腕，裙必及胫”，一眼看去与我们的新礼颇有阳虎貌似孔子之概，实际上却截然不同。原案全文皆佳，今只能节录其一部分于后：

> 衣以蔽体，亦以彰身，不衷为灾，昔贤所戒，矧在女生，众流仰望，虽曰末节，所关实巨。……甚或故为宽短，豁敞脱露，扬袖见肘，举步窥膝，殊非谨容仪尊瞻视之道。……

《妇女周报》（六十一期）的奚明先生对于这篇卫道的大文加以批评，说得极妙，不必再等我来多话。他说：

> 教育会会员诸公当然也是众流之一流，仰望也一定很久，……仰望的结果，便是加上“故为宽短云云”这十六字的考语。其中尤足以使诸公心荡神摇的，是所见的肘和所窥的膝。本来肘与膝也是无论男女人人都有的东西，无足为奇；但因为诸公是从地下“仰”着头向上而“望”的缘故，所以更从肘膝而窥见那肘膝以上的非肘膝，便不免觉得“殊非谨仪容尊瞻视之道”起来了。

奚明先生的话的确不错，教育会诸公的意思实在如李笠翁所说在于“掩藏秘器，爱护家珍”而已。笠翁怕人家的窥见以致心荡神摇，诸公则怕窥见人家而心荡神摇，其用意不同而居心则一，都是一种野蛮思想的遗留。野蛮人常把自己客观化了，把自己行为的责任推归外物，在小孩狂人也都有这种倾向。就是在文明社会里也还有遗迹，如须勒特耳（Th. Schroeder，见 Ellis 著《梦之世界》第七章所引）所说，现代的禁止文艺科学美术等大作，即本于此种原始思想，以为猥亵在于其物而不在感到猥亵的人，不知道倘若真需禁止，所应禁者却正在其人也。教育会诸人之取缔“豁敞脱露”，正是怕肘膝的蛊惑力，所以是老牌的野蛮思想，不能冒我们新开店的招牌：为防鱼目混珠起见，不得不加添这张仿单，请赐顾者认明玉玺为记，庶不致误。

我的意思，衣服之用是蔽体即以彰身的，所以美与实用一样的要注意。有些地方露了，有些地方藏了，都是以彰身体之美；若是或藏或露，反而损美的，便无足取了。裙下无论露出一只裤脚两只裤脚，总是没有什么好看，自然应在纠正之列。

“西洋女子不穿裤”的问题，我因为关于此事尚缺查考，这回不能有所论列为歉。

（十三年十二月七日）

国庆日

子威兄：

今日是国庆日。但是我一点都不觉得像国庆，除了这几张破烂的旗。国旗的颜色本来不好，市民又用杂色的布头拿来一缝，红黄蓝大都不是正色，而且无论阿猫阿狗有什么事，北京人就乱挂国旗，不成个样子，弄得愈挂国旗愈觉得难看，令人不愉快。虽然章太炎①知道了或者要说这是侮蔑国旗，但我实在望了这龌龊的街市挂满了破烂的旗，不知怎的——总觉得不像什么国庆。其实，北京人如不挂旗，或者倒还像一点也未可知。这里恐怕要声明一句，我自己就是一个京兆人，或者应说京兆宛平人。

去年今日是故宫博物院开放，我记得是同你和徐君去瞻仰的。今年，听说是不开放了，而开放了历史博物馆。这倒也很妙的。历史博物馆是在午门楼上，我们平民平常是上不去的（我想到这原来是“献俘”

的地方），这回开放拿来作十五年国庆的点缀，可以说是唯一适宜的小点缀罢。但是我终于没有去。理由呢？说不清，不过不愿意看街上五色旗下的傻脸总是其中之一。

国庆日的好处是可以放一天假，今年却不凑巧正是礼拜日，糟糕糟糕。

（十，十，十五年）

【锺校】

①“章太炎”《周作人书信》作“有人”。

国语罗马字

疑古兄：

你们的 Gwoyeu Romatzyh 听说不久就要由教部发表了，这是我所十分表示欢迎的。

前回看见报上一条新闻，仿佛说是教部将废注音字母而以罗马字代之，后来又听说有人相信真是要文字革命了，大加反对。天下这样低能的人真是有的！在这年头儿，这个教育部，会来主张罗马字代字母？这是哪里来的话！不佞似乎还高能一点，一看见知道这是威妥玛式的改正拼法，还不是“古已有之”，用以拼中国字的么？不过便利得多，字上不要加撇，不要标数目，而且经过教部发表，可以统一拼法，这都是很好的，但是我也觉得有不很佩服的地方。我是个外行，对于一个个的字母不能有所可否，只对于那本中华教育改进社第四卷第四号的小册子上七条特色中所举三四两条都以与英文相近为言，觉得有点怀疑。

为什么国语罗马字与英文相近便是特色？我想这个理由一定是因为中国人读英文的多。但是这实际上有什么用呢？普通能读英文的人大抵奉英文拼法为正宗，不知道世上还有别的读法，而国语罗马字的字音又大半并不真与英文一致，所以读起来的时候仍不免弄错。如北京一字，平常照英文读作“庇铿”，那么国语罗马字的拼法也将读为“皮尽”，至于“黎大总统”之被读为“赖”大总统更是一样了。我想有人要学会一种新拼法，总须请他费一点工夫学一学才行，不可太想取巧或省力，否则反而弄巧成拙，再想补救，更为费事了。况且这国语罗马字不是专供学英文的人用的，据文中所说还拟推广开去，似乎更不必牵就一方面。——其实，国语罗马字虽然大半与威妥玛式相同，却并不怎么与英文相近，威妥玛式的音似乎本来并不一定是根据英文的，所以懂得英文的人看这拼法，也只是字母认得罢了，这一层在懂得法意等文的人也一样便利的，未必限于英文。总之，我赞成这一套国语罗马字，只是觉得它的发音并不怎么像英文，就是像也未必算得什么特色，因为这并非给英美人用的。照例乱说，不知尊意以为如何。

（十五年十月十八日，Jou Tzuohren）

郊外

怀光君：

燕大开学已有月馀，我每星期须出城两天，海淀这一条路已经有点走熟了。假定上午八时出门，行程如下，即十五分高亮桥，五分慈献寺，十分白祥庵南村，十分叶赫那拉氏坟，五分黄庄，十五分海淀北篓斗桥到。今年北京的秋天特别好，在郊外的秋色更是好看，我在寒风中坐洋车上远望鼻烟色的西山，近看树林后的古庙以及沿途一带微黄的草木，不觉过了二三十分的时光。最可喜的是大柳树南村与白祥庵南村之间的一段S字形的马路，望去真与图画相似，总是看不厌。不过这只是说那空旷没有人的地方，若是市街，例如西直门外或海淀镇，那是很不愉快的，其中以海淀为尤甚，道路破坏污秽，两旁沟内满是垃圾及居民所倾倒出来的煤球灰，全是一副没人管理的地方的景象。街上三三五五遇见灰色的人们，学校或商店的门口常贴着一条红纸，写着什么团营连等字样。这种情形以我初出城时为最甚，现在似乎少好一点了，但是还未全去。我每经过总感得一种不愉快，觉得这是占领地的样子，不像是在自己的本国走路；我没有亲见过，但常常冥想欧战时的比利时等处或者是这个景象，或者也还要好一点。海淀的莲花白酒是颇有名的，我曾经买过一瓶，价贵（或者是欺侮城里人也未可知）而味仍不甚佳，我不喜欢喝他。我总觉得勃兰地最好，但是近来有什么机制酒税，价钱大涨，很有点买不起了。——城外路上还有一件讨厌的东西，便是那纸烟的大招牌。我并不一定反对吸纸烟，就是竖招牌也未始不可，只要弄得好看，至少也要不丑陋，而那些招牌偏偏都是丑陋的。就是题名也多是粗恶，如古磨坊（Old Mill）何以要译作“红屋”，至于胜利女神（Victory），大抵人多知道她就是尼开（Nikē），却叫作“大仙女”，可谓苦心孤诣了。我联想起中国电影译名之离奇，感到中国民众的知识与趣味实在还下劣得很。——把这样粗恶的招牌立在占领地似的地方，倒也是极适合的罢？

（十五年十月三十日，于沟沿）

南北

鸣山先生：

从前听过一个故事，有三家村塾师叫学生作论，题目是“问南北之争起于何时?”学生们翻遍了《纲鉴易知录》，终于找不着，一个聪明的学生便下断语云：“夫南北之争何时起乎？盖起于始有南北之时也。”得了九十分的分数。某秀才见了说，这是始于黄帝讨蚩尤，但塾师不以为然，他说涿鹿之战乃是讨蚩（一说蚩尤即赤酋之古文），是在北方战争，与南方无涉，于是这个问题终于没有解决。

近来这南北之争的声浪又起来了，其实是同那塾师所研究的是同样的虚妄，全是不对的。粤军下汉口后，便有人宣传说南方仇杀北人，后来又谣传刘玉春被惨杀，当作南北相仇的证据，到处传布，真是尽阴谋之能事。我相信中国人民是完全统一的，地理有南北，人民无南北。历来因为异族侵略或群雄割据，屡次演出南北分立的怪剧，但是一有机会，随复并合，虽其间经过百十年的离异，却仍不见有什么裂痕，这是历史上的事实，可以证明中国国民性之统一与强固。我们看各省的朋友，平常感到的只是一点习惯嗜好之不同，例如华伯之好吃蟹（彭越?），品青之不喜吃鱼，次鸿之好喝醋（但这也不限于晋人，贵处的“不”先生也是如此），至于性情思想都没有多大差异，绝对地没有什么睽[①]隔，所以近年来广东与北京政府立于反对地位，但广东人仍来到京城，我们京兆人也可以跑到广州去，很是说得来，脑子里就压根儿没有南北的意见。自然，北京看见南方人要称他们作蛮子或是豆皮，北方人也被南方称作侉子，但这只是普通的绰号，如我们称品老为治安会长，某君为疑威将军，开点小玩笑罢了。

老实说，我们北方人闻道稍晚，对于民国建立事业出的力不很多，多数的弟兄们又多从事于反动战争，这似乎也是真的。不过这只是量，而不是质的问题。三一八的通缉，有五分之三是北人，而反动运动的主要人物也有许多是南人，如张勋，段祺瑞，章士钊，康有为，……等辈皆是。总之，民国以来的混乱，不能找地与人来算账，应该找思想去算的，这不是两地方的人的战争，乃是思想的战争。南北之战，应当改称民主思想与酋长思想之战才对。现在河南一带的酋长主义者硬要把地盘战争说是南北人民的战争，种种宣传，“挑剔风潮”，引起国民相互的仇视，其居心实在是凶得可怜悯了。我们京兆人民酷爱和平，听见这种消息，实在很不愿意，只希望黄帝有灵，默佑这一班不肖子孙，叫他们明白起来，安居乐业，不要再闹什么把戏了，岂不懿欤！

先生隐居四川，恐怕未必知道这些不愉快的事情，那倒也是很好的。何时回平水去乎？不尽。

（十五年十月三十一日）

【鄢校】

①“睽”原作“暌”。

养猪

持光君：

今天在燕大图书馆看见英文报说，孙传芳在九江斩决了五十名学生，又某地将十名学生判决死刑云。我不禁想起希腊悲观诗人巴拉达思（Palladas）的一首小诗来：

Pantes tōi thanatōi teroumetha kai trephometha

Hōs agelē khoirōn sphazomenon alogōs.

大意云，我们都被看管，被喂养着，像是一群猪，给死神随意地宰杀。——不过，死神是异物，人不能奈何他。人把人当猪看待，却是令人骇然，虽然古时曾有“人彘”的典故。草草，不宣。

（十五年十月七日）

宋二的照相

前几天卫戍司令部枪毙肇事兵士，还将他枭首示众，挂在中和园门口。我当时就想引责备贤者之义，写一封信给于先生，劝他枪毙尽管枪毙，只是不要切下头来，挂起来做这个已经欠雅观的北京的装饰。

因为救济然眉的事忙，终于还未写信，今日却在报上又看见了宋二赴法场的照片，不禁瞿然警觉，觉得我的意见不免有点背时，不免有点“恶人之所好”了。

普通一般的市民总喜欢看杀人，虽然被强盗所训斥，“人家砍头有什么好看！”也不见怪，所以在往天桥去的敞车后面总跟着许多健康快活的市民。不过这个机会是一时的，有不能普及之恨，那么对着一颗割下的人头，或是一张尸体的照片，仔细赏鉴，也慰情聊胜无，可以稍满足智识欲（？）而补救向隅之缺恨。

这种好办法是现代所谓文明国所没有的，大约也是希世的东方文明的一部分罢？我何敢一定要违反民意而硬主张取消这些玩意儿，我只惭愧没有充足的国粹的涵养，不能与众同乐这种有趣味的展览。

（十五年十月末日）

包子税

中央公园的长美轩是滇黔菜馆，所以他的火腿是据说颇好的，但是我没有吃过，只有用火腿末屑所做的包子却是吃过，而且还觉得还好，还不贵，因为只要两分钱一个。

今天我因无事，又踱进公园里去，顺便在长美轩买了五个包子，计大洋一角，可是阿唷，伙计硬要我再拿出四个铜子来，说这是叫什么四种特税，凡是看戏，嫖妓，上馆子，住客店，都要值十抽一，所以我应该被捐洋壹分。我说我并不看戏嫖妓，只是吃几个包子罢了，为什么也要上税呢？他说这不管，捐是一定要捐的。

我没法，只能付了他四个铜元，其实又多吃亏了四厘。我问这税是什么用的呢？他也说不上来，说大约是为讨赤吧，不过他也不能担保。

我坐在柏林下的板椅上，一面吃着包子，心里纳罕，这个年头儿连一个包子都不容易吃，逃不了税。但是转念一想，这如真是用在讨赤，我们京兆公民也是应该乐输的。——因为赤祸如何是洪水猛兽，白福如何是天堂乐土，京兆公民是最能知道的也。

（十五年十月）

奴隶的言语

斯忒普虐克（Stepniak，字义云大野之子，他是个不安本分的人，是讲革命的乱党，但是天有眼睛，后来在大英被火车撞死了！）在《俄国之诙谐》序中说，息契特林（Shchedrin-Saltykov）做了好些讽刺的譬喻，因为专制时代言论不自由，人民发明了一种隐喻法，于字里行间表现意思，称曰奴隶的言语。喔，喔，这是一个多么重大的发明！现在的中国人倘若能够学到这副本领，可以得到多少便利，至少也可以免去多少危险。是的，奴隶的言语，这是我们所不可不急急学习的，倘若你想说话。

但是，仔细一想，中国自己原有奴隶的言语，这不但是国货，而且还十全万应，更为适用，更值得提倡。东欧究竟还是西方文明的地方，那种奴隶的言语里隐约含着叛逆的气味，着实有赤化的嫌疑，不足为训，而中国则是完全东方文明的，奴隶的心是白得同百合一样的洁白无他，他的话是白得同私窝子的脸一样的明白而——无耻。天恩啦，栽培啦，侍政席与减膳啦，我们的总长啦，孤桐先生啦，真是说不尽，说不尽！你瞧，这叫得怎样亲热？无怪乎那边的结果是笞五百流一万里，这边赐大洋一千元。利害显著，赏罚昭彰，欲研究奴隶的言语以安身立命者，何去何从，当已不烦言而喻矣乎？

（十五年六月）

京城的拳头

偶然听到一个骡车夫说，二十六年前的情形比现在还要好一点，而那时乃是庚子年。同时有些爱国家则正在呼号，大家只须慎防洋人，至于拳头向来是京城的好（案这个故典大约出在《笑林广记》），不妨承受些许。查所谓国家主义是现今最时髦的东西，无论充导师的是著名“糊涂透顶”的人，总之是不会错的。但是我疑惑，我们为什么要慎防洋人：岂不是因为怕被虐待，做奴隶么？现在我们既然受过庚子的训练，而且到了现在回想起来还觉得比较地并不怎么不舒服，那么做外国的奴在京兆人未必是很可怕的事情了吧。

拳头总是一样，我们不愿承受“晚娘的拳头”，但也不见得便欢迎亲娘的。这一节爱国家如不了解，所说的都是糊涂话，——如其是无心的还可以算是低能，故意的呢，那是奴才之尤了。

（丙寅端午后三日，京兆岂明）

拜脚商兑

这一个月差不多只是生病，实在也不过是小病，感冒了一点风寒，却粘缠地重复了三次：觉得有点好了，到行里办一天半天的事，便又重新地生病，鼻子比前回更塞，头也更昏更重。这两礼拜里简直什么事都没有做，连孙中山先生的丧也终于不能去吊，别的可想而知。在家无事，“统计学”也翻看得不耐烦了，小说呢又是素不喜看的，所以真是十分地无聊。恰巧住在圣贤祠的朋友乙丙君来看我，借我好些新出的报看，使我能够借此消磨了好几天的光阴，这是应该感谢的。

这些定期刊里边有一本《心理》第三卷第三号，是我所最爱读的，大约可说是“三生有缘，一见如故”。张耀翔先生的《拜发主义与拜眉主义》一篇尤为最有精采的著作，我已经反复读了有五遍以上。张先生的研究结论，大约——一定是不会错的：“发为欢情之神，眉为哀情之神，故拜之。”关于这一点我不敢有什么话说，但是，恕我大胆，我觉得张先生力辩中国人不拜脚这一节话似与事实不符（即使或者与学理符合），张先生说：“使中国人果有脚癖者，不由诗词中，更由何处发表其情耶?”我可以答：“便由女人小脚上发表其情耳。”中国女子之多缠足这个事实想张先生也当承认，而女子因男人爱好小脚而缠足这也是明若观火的事实。三月间的北京报纸上就有几段文章可以作证，不妨抄录出来请张先生一览。

小脚狂（慎思）

我有个同乡，久居四通八达、风气大开的北京，并受高等教育，看来他当然是思想较新的人了。不想竟出我“意表之外”！

有一天我同这个同乡走路，道上遇见了三四个女学生，长的极其标致，他看见了她们，说道：“这几个，真是好极了！尤其是那个穿粉红色衣服的，眉锁春山，目含秋水，年纪不过二八，确是一个处女……哎，可惜是两只大足！”

又一次他同我谈话，他说：“你不知道我又遇见了一个美人，真是娇小玲珑，十分可爱！我看见她那一对金莲，再小也没有了。走的时候，扭扭捏捏，摆摆摇摇，真个令人魂销！我瞻望了一会，恨不得把她搂在怀里接吻，但是她往北走

了。”我听了这话，忍不住要大笑，又要肉麻。这大概是个“小脚狂”。诸君，这种“小脚狂”却不止敝友一个。(奉赠戊书券一)

(见十日《晨报》“北京”)

名言录

号为中国太戈尔的辜汤生先生，曾发表关于审美的一段说话：“中国女子的美，完全在乎缠足这一点。缠足之后，足和腿的血脉都向上畜积，大腿和臀部自然会发达起来，显出袅娜和飘逸的风致。”(见十八日《京报》“显微镜”)

张先生怀疑“拜足与缠足何关”？不承认缠足为拜足之果，其理由则为“既拜之矣则不当毁伤之”这一点。但我们要知道，“拜脚”一语乃是学术上的译文，只说崇拜——爱重异性的脚，并不一定要点了香烛而叩拜；其次因为男人爱重小脚，所以女子用人工缠小了去供给他，毁伤的与拜的不是同一方面的人；复次毁伤是第三者客观的话，在当局者只看作一种修饰，如文身贯鼻缠乳束腰都是同类的例。这样看来，拜之而毁伤之，易言之，即爱之而修饰之，并无冲突的地方。中国妇女恐怕还有三分之二裹着小脚，其原因则由于“否则没有男人要”；如此情形，无论文章上学说上辩证得如何确切，事实上中国人仍不得不暂时被称为世界上唯一的拜脚——而且是拜毁伤过的脚的民族。我自己虽不拜大小各脚，少数的教授学生们也不拜之，而"文明女学士"尤"高其裙革其履"了，然而若科学的统计不能明示缠足女子的总数如何锐减，我们即一日不能免此恶名，正如我们不吸食福寿膏，唯以同胞多有阿芙蓉癖故，也就不得不忍受鸦片烟鬼国民之徽称而无从发牢骚也。我们要知道，国民文化程度不是平摊的，却是堆垛的，像是一座三角塔；测量文化的顶点可以最上层的少数知识阶级为准，若计算其堕落程度时却应以下层的多数愚人为准：譬如，又讲到脚，可以说中国最近思想进步，经过二十多年的天足运动，学界已几乎全是天足（虽然也有穿高底皮鞋"缠洋足"的），——然而大多数则仍为拜脚教徒云。我自信这几句话说得颇是公平，既不抹杀"女学士"们，也不敢对于满街走着的摆摆摇摇的诸姑伯姊（希望这里边不会有我的侄女辈）们的苦心与成绩当作不看见而完全埋没。"妳"们或者都可以谅解我么？至于"你"们，我觉得不大能够这样地谅解，至少张先生和站在他一边的诸位未必和我同意，肯承认他们应有负担拜脚国民的名号之义务。我是没法只能承受，虽然我没有"赏鉴"过；我不敢对蔼里斯博士抗辩，他所知道关于中国的拜脚主义似乎要比我更多而精审。

（一九二五年三月三十一日，于宣南斗室）

拜发狂

报上说孙传芳丁文江在上海大捕革命党，这倒也罢了，——他们不是军阀么？军阀的昏愦凶暴是其本分，有什么奇怪？然而一般上海滩的国民也跟着他们走，据报说社会上对于剪发的女子非常注意，称之曰女革命云！喂，不见世面的上海滩的朋友，你们真是一点儿都没有长进，枉长白大的过了这十五年。我还记得以前看见没有辫子的人大家便说这是革命党，到后来军政府一声命令，自己的也剪去了，现在又见了剪发的女人来大惊小怪，真可以说是“不知是何心理”。辫子是满清的记号，剪去了它多少可以说是含有反抗的意味，女子的头发难道又是孙丁的威权的表示，毁损了它就要算是叛逆么？对于女子的肤发衣饰的变化感到极大的激刺，无论是不安或狂喜，都有点变态的，或者竟是色情狂的，倘若他们的兴奋显然见于言动。中国人多半是有点变态的，而上海又差不多是色情狂的区域[1]，然则诸公之反对“女革命”也正是当然的了。张耀翔君不言乎？中国人是拜发狂者。

（十五年十一月）

［案］过了一年，听说上海现在大盛行女子剪发了，能不令人深今昔之感乎？

（十六年十一月再记）

【锺校】

①“域”原作“城”。

女子学院的火

十一月二十二日北京女子学院宿舍失火，焚伤学生杨立侃廖敏二人，因救治迟误，相继毙命。该院负责者任可澄林素园应负何种责任我并不想说，因为这件事自有直接关系的人来管，我们不妨暂且缄默；其次则稍有骨气的人自然知道怎样引责，不必等别人指斥，倘若脸皮厚的就是指斥他也没用，他反正是"笑骂由他笑骂，好官我自为之"的，你说只是白费唇舌，——我疑心现在的情形正是属于后者；还有一层，自从研究系的日报周报之流借了三一八学生被残杀的事件攻击国立各校长为段章张目之后，我对于攻击任何人都取极慎重的态度，恐怕偶一不慎，有千百分之一像了若辈，岂能再保存我半分的人气，所以虽然这回任林显然无可逃责，除研究系外当无不同意，唯我尚拟不措一辞，只就别的方面略述我一二的感想。

我听了这件惨剧后首先感到的，其一是现在的文科学生缺少科学的常识。倘若杨廖二生更多知道一点酒精的性质，就不会发生这回的惨祸。这是教育家的责任，以后应当使文科学生有适当的科学知识，以便应付实际的生活，同时也要使理科学生有一点艺术的趣味。这已经是“贼出关门”的话，但总当胜于不关以至“开门揖盗”罢。

其二，我又痛切地感到现代医院制度的缺陷。女子学院的当局因为吝惜金钱，以至草菅人命，固然咎无可辞，但资本主义的医院制度也当负相当的责任。照道理讲来，医院是公益事业之一种，于人民的生死有直接关系，比别的事业尤为重要，应当由国家设立，一律平等地使国民能够享其利益，这才合理。但是现今的医院却是营业，完全是金钱的交易，无论什么危险急迫的病，如不先付下所勒索的钱来，便眼看你死下去，正如对溺在水里的人讲救命的价钱一样，晏然保存他的科学家的冷淡。本国人的大夫也够堕落了，基督教国的白种人所办的大医院或者更有过之无不及。在现今资本主义的世界，这或者是当然的吧。像上边所想像的公益的医院除非在共产社会里才会有，而共产主义是此刻中国的厉禁，据前卫戍司令，在海甸定有好几块“德政碑”的王懋帅的二十一

(?)条，要不分首从悉处死刑的，我们赶紧住口，不要再谈他了。任林都是讨赤巨头吴子玉先生的幕僚，那么在这个年头儿他们的办法一定都是很对，合于“礼义廉耻”的，要反对他恐怕也不无作乱犯上的嫌疑。讲到底，现在做一个学生，被火酒烧伤，慢慢地抬到医院去，让她自己死去，这大约倒是她的本分与定命吧？自然，这还是应该感谢的，因为她有运气，并不是死于讨赤的兵燹。

（十五年十一月）

男装

前见京津日文报载有锦州女子任阁臣，男装应募入奉军，人莫能辨，后以月经中行军，事乃显露，闻于长官，优遣回里云。我看了当时只起了一点 grotesque 之感，此外别无什么意思，因为我对于这些浪漫的事情，是没有多大趣味的。

但是在多数的同胞觉得这是一种美谈，韵事，值得低回咏叹，于是报纸上的文艺栏固然热闹起来了。今只举锦县白云居士的《题乡人从军女子任阁臣》诗四绝为例，其词曰：

风雨亭中女丈夫，千秋侠骨葬青芜，
裙边懒画孤山景，大半春愁付鉴湖。
不见当年[①]鲁国娃，周夫人事尽堪夸，
者番巾帼英雄传，侬把头名记姓花。
荒凉三百年来事，能执干戈又见卿，

板荡中原胡骑入，夫人好为筑坚城。
仰天空唱木兰歌，古剑年年老不磨，
数遍须眉无弟子，兵书直合教宫娥。

老实说，这些话我都不大能够赞成。并不一定是因为自己当过兵的缘故，我对于兵毫不反对，而且还很赞成人去当兵，不过姑娘们我总想劝她们还是算了罢。早梳头勤裹脚，看家生儿子的人生观，我也知道是有点过时了，“这个年头儿”，我觉得她们也该有一点儿“军事知识”，能够为护身保家计而知道怎样使用钢枪。至于爱国呢，当然我们不能剥夺女子这个权利（还是义务?），她们也自有适当的办法，虽然那是孤独的路。成群结队地攻上前去，那还是让男子们去做，反正他们很多，有肯为一个主义而战的，也有肯为几元钱而战的。木兰这位女士是有点靠不住的，恐怕是乌有先生的令爱罢，别的几位历史上的太太也只是说得好听，可以供诗料罢了，于国家没有多大的用处。只有某处的女子苏菲雅真值得佩服，她是一八八一年四月十六日死的，已经是四十六年了。

白云居士引风雨亭的鉴湖女侠，又说什么胡骑，似都有点不很妥。又女扮男装，违反男女有别之教条，比区区剪发者情节更为重大，理应从严惩办，方足以正人心而维风化，乃维持礼教的官宪反从而优遇之，则又何耶？

（十五年十二月）

【锺校】

①“年”原作“军”。

头发、名誉和程度

八月二十日《世界日报》载“欧阳晓澜谓女附中未拒绝剪发女生投考”，结果是拒绝投考云无其事而不取剪发女生却是事实，请看这一节该女附中主任的谈话：

> 往时剪发生投考者，程度均不甚佳。……至校中诸生所以未有中途剪发者，因本校学生素爱名誉，学校既以整齐为教，学生亦不愿少数人独异。

原来头发是与名誉和程度有这样的关系，真开发我的见识不少。剪发是不名誉的事，因为宪谕煌煌，在那里禁止，在顺民看来当然是无可疑的。但是程度呢？难道这真与头发有神秘的关系，乌云覆顶则经书烂熟，青丝坠地而英算全忘乎？奇哉怪哉，亦复异哉！虽然，是殆不足异也，古已有之。《旧约·士师记》第十六章说：

> 参孙对她说，向来人没有用剃头刀剃我的头，因为我自出母胎就归上帝作拿细耳人，若剃了我的头发，我的力气就离开我，我便软弱像别人一样。
>
> 大利拉使参孙枕着她的膝睡觉，叫了一个人来剃除他头上的七条发绺。于是大利拉克制他，他的力气就离开他了。大利拉说，参孙哪，非利士人拿你来了。参孙从睡中醒来，心里说，我要像前几次出去活动身体，他却不知道耶和华已经离开他了。非利士人将他拿住，剜了他的眼睛，带他下到迦萨，用铜链拘索他。他就在监里推磨。

是的，她们毛丫头剪除了头上的两条发绺，于是《女儿经》的信徒克制她们，她们的名誉和程度离开她们了。阿门！

（十六年八月）

男子之裹脚

陶奭龄著《小柴桑喃喃录》卷下云：

> 先府君以八座家居，一敝裤十年不易，绽补几无完处。朱少傅衡岳里居侍养，官已三品，客至或身自行酒。近时一二贫士，偶猎科名，辄暴殄天物，穷极滋味，服饰起居，无不华焕，袒[①]衣亵服，红紫烂然，至于梳头裹脚，亦使僮奴代为，不知闲却两手何用。

原来男子的裹脚自明代已然，——虽然有人说始于唐代，引《镜花缘》的林之洋故事为证。女子之缠足者无论矣，就是在北京所见不缠足的女子，我总觉得她们的脚有点异样，穿着平底圆头的鞋，狭小得与全体不相称。北京的男子也似乎好穿紧鞋，而且对于自己的脚特别注意，每见他们常用布条掸子力拂其鞋，而对于坎肩上瓜皮小帽上的灰土毫不措意，可以知之。起初觉得奇怪，后来打听友人，这才明白：原来这些男子都有一种什么布裹在脚上，使之狭小以为美，至于那不缠足的女子之裹着脚，由此类推，更为当然了。中国是拜脚主义的民族，无论张耀翔先生怎样反对，总是极的确而无可动摇的事。其实说到拜脚，恐怕真能了解脚之美感者世上无如古希腊与日本人，看他们所着的板履（Sandalia）与木屐（Geta，和文云下驮）就可知道，不过他们所爱的是天足，自然式样的脚，中国人所赏识者却是“文明脚”，人工制造的粽子年糕式的种种金莲罢了。

（十六年十月）

【鄢校】

①“袒”原作“袓”。

铜元的咬嚼

今天到邮局想买几分邮票，从口袋里摸出铜元来，忽然看见一个新铸的“双枚”。新的“中华铜币”本是极常见的东西，不过文字都很模糊，这回的一个比较地特别清晰，所以引人注意，我就收进袋里带了回来。归到家里拿出来仔细赏鉴，才见背面上边横写“民国十三年”字样，中间是“双枚”二字；正面中间“中华铜币”之上却又横排着四个不认得的满洲文，下边则是一行字体粗劣的英文曰 THE REPUBLIC OF CHINA。我看了这个铜元之后实在没有什么好感，忍不住要发几句牢骚。

我不懂这满洲文写在那里干什么的，不管它所表的是什么意思。倘若为表示五族共和的意思，那么应当如吴稚晖先生的旧名片一样，把蒙古西藏及亚拉伯文都添上才行，——实际回族或者还多懂亚拉伯文的人，满族则我相信太傅伊克坦先生以外未必有多少人懂满文了。铜币上写这几个字有何意义，除了说模拟前清办法之外似乎找不到别的解说，这纵使不是奴性也总是惰性之表现。

写英文更是什么道理？难道民国是英人有份的，还是这种铜元要行使到英语国民中间去么？钱币的行使天然是只在本国（中国的银钱则国内还不能彼此流通），何以要写外国文，而且又是英文，这不是看香港的样是什么？我们如客气地为不懂汉文的外国人设法，注上一个表示价值的亚拉伯数字就尽够了。民族之存在与自由决不只靠文字上的表示，所以我并不主张只要削除钱币邮票上的英文便已争回中国之独立：中国之已为本族异族的强人的奴市在事实上已无可讳言，要争自由也须从事实去着手。我这里所要说的只是中国人头脑是怎样地糊涂，即在铜币或邮票上也历历可见。英国文人吉辛（Gissing）在笔记中曾叹英国制牛奶黄油品质渐劣即为民德堕落之征，的确不是过甚之词。中国的新铜币比朝鲜光武八年（日韩合并前六年）的铜元还要难看，岂不令人寒心。

（十四年四月）

二非佳兆论

窃见吾国阔人近来有两件举动皆非佳兆，请申论之。二事唯何？一曰出门警跸，二曰在家祝寿，是也。

古者，警跸之制盖起于人民自动，而非君王之意。皇帝最初兼术士之业，其力能兴致云雨，使牛羊繁殖稻麦成熟，故民尊重之，然而此神力又足以伤害人，如失火如漏电，触之者辄死。或拾酋长所失之火刀，打火然烟斗，五人递吸，或食路边所弃御膳之馀，及事觉皆惊怖暴卒，以福分薄不堪承受神威也；人民遇君王于道辄复回避，其理准此。逮至后世为人君者已无如此威信，人民别无奔避之理由，今也乃由上头发动，强迫人民之回避，是为近代之警跸所由昉，以至于今日：其外表虽若威严，然其真相则甚可愧耻矣。古之警跸，人民之畏其上也；今之警跸，在上者之畏人民也。诸阔人之意若曰："人民之欲甘心于予者久矣，予能不时刻戒备乎？使予轻装手杖而朝出，则舆尸而夕返也必矣，——否，或已被食其肉而寝其皮乎！戒之戒之，毋使人近吾车，毋使人越吾路：使吾与众隔绝，吾其庶幸免。”谚有之，“白日不作亏心事，夜半敲门不出惊”，善哉言乎！在上者苟无愧于心，奚用此张皇为？今若此，似老鼠之怕猫儿，诚不免为左丘明之所耻也。

予幼时殊鲜闻祝寿之说。有之则必为五十以上之整寿，由为子女者捧觞祝嘏，是为宗法社会之礼法之一，但未尝每岁奉行，至于使者成列学者成班东奔西走而拜寿则尤未之前闻。夫人必有生，生各有日，本极平常之事，无所用其拜。整寿之拜已属无谓，然姑为之说曰此孝子顺孙之用心，见吾亲而登古希之上寿则以喜，又虑崦嵫之日薄也则以惧，及期而祝贺之纪念之，尚不失为有理。然散寿则何所取乎？英雄哲人，虽无子孙而世人怀慕其言行亦常为之设宴祭焉，但亦非年年岁岁如是，宗教祖师作为例外。今吾国诸阔人显然非宗教祖师也，而每年必做寿，自祝乎，他人之代祝乎，为彼为此，皆无意义。唯予于此得一解焉，即因此而悟到中国人之气运之短促。中国人之每岁必做寿，即不啻表示其汲汲顾影之意，十年一祝殆犹迫不及待，以得长一齿为大喜，求诸古代颇有晋人旷达之风，其在西国所谓世纪末之情调者非耶？此种思潮表露于诗酒丹青之上未始非美，若弥漫及于上下则举世皆伪狄卡耽，唯目前之私欲是图，国之亡也可翘足而待。谓为非佳兆，岂非平情酌理之论乎。

［案］此文又见仿宋刻本《尚岂有此理》（即《岂有此理》三集）卷一中，阅者可以参看。

一九二五年，四月一日，西国傻子节，疑今山人识。

拆墙

三月二十七日北京各报载大总统令：

古物流传，文献足征，不独金石图籍有关考证者应加爱护，即宫观林木，缔构维艰，剪伐宜戒，曾经该主管部署拟具保存办法，以防毁伤贩卖诸弊，但因事立制，未有通行定章，难保不积久玩生，所有京外各地方从前建筑树植及一切古物迄今存在者，应如何防护保存，着该管部署汇集成案，重订专章，呈请通行遵照，并着税务处妥订禁止古物出口办法，饬令海关切实稽察，以副政府范古模今，力维国粹之至意。此令。

在内务部到处拆毁城墙，还拟砍伐日月坛古柏卖钱的时候，好人政府能够发下这个命令，虽然不免是贼出关门，也总还有几分可取。但是，我所觉得奇怪的是其中“京外”二字：照这样看来，岂不是“京内”并不在内么？那么内务部（也就是“该管部署”）是可以剪伐贩卖的，不过只此一家，并无分出，别人不得仿效罢了。内务部有了这个保障，尽可“放手做去”，拆卖一切京内宫观林木，不愁没有钱发薪水，苦的只是平民。我走过景山背后，见东边一带红墙多已拆去，剩下墙北面的许多民家，被拆去了后壁，完全暴露在外：有的用芦席遮盖，有的没有，只见三间两间的空屋，屹立在残砖断瓦之间，上梁皆露，三墙仅存，不似焚馀，亦如劫后，唯或壁上尚存红笺吉语，表示日前曾有生人居住其中而已。呜呼，受者伤心，见者惨目，不图在反赤之京都而遇此现象也。虽然，此内务部之政事，又有大总统令许可，泰山可移，此案不可动矣。小民露宿，先朝露以何辞；老爷风餐，岂此风之可长？非小人无以养君子，圣训昭垂，安可违耶。

（十六年三月）

宣传与广告

近来南北都盛行什么宣传。到底宣传是什么东西，我不知道，但推想起来大约总是广告之类吧？倘若如此，那么我是不能相信，因为我是最厌恶广告的，尤其是纸烟和电影的广告。譬如有人说，如买了他的票布，将来他们可以分给我富翁的几十亩田，我不会相信他，就去做赤贼；同时如有人自称他是仁义之师，志在维持礼教云云，我也一样地不理，或者只哼一声罢了。语云，事实胜于雄辩，在白纸上写些黑字，贴来贴去，寄来寄去，卖来卖去，结果一点儿都没用，若是事实不相副。我们在城里的人不知道，老百姓的记性却是颇好的，什么都记在他的心上，无论怎么说也骗他不过。即如广告，大仙女咧，三炮台咧，都不能引诱我，使我想吸一根试试看，至于"一五一公司"门外的"请吃梅兰芳香烟"，——喔，这一句话就多么讨厌！凡是有一毫半丝的趣味的人，谁会看了这个招牌不别过头去而还想请教呢？

（十六年四月）

外行的按语

蔡孑民先生由欧洲归国，已于三日到上海了。“上海四日上午十二时国闻社电”，发表蔡先生关于军阀，政客学者，学生界，共产诸问题的谈话，北京《晨报》除于五日报上大字揭载外，并附有记者按语至十三行之多，末五行云：“今（蔡）初入国，即发表以上之重要谈话，当为历年潜心研究与冷眼观察之结果，大足诏示国人，且为知识阶级所注意也。”我虽不能自信为知识阶级，原可不必一定注意，但该谈话既是“诏示国人”，那么我以国人的资格自有默诵一回的义务；既诵矣不能无所思，既思矣不能无所言，遂写成此数十行之小文，发表于小报上以当我个人的按语。

我辟头就得声明，我是一个外行，对于许多东西，如经济，政治，艺术，以及宗教，虽我于原始宗教思想觉得有点兴趣。然而我也并不自怯，我就以一个外行人对于种种问题来讲外行话。如蔡先生的那个有名的“以美育代宗教”的主张我便不大敢附和；我别的都不懂，只觉得奇怪，后来可以相代的东西为什么当初分离而发达，当初因了不同的要求而分离发达的东西后来何以又可相代？我并不想在这里来反对那个主张，只是举一个例，表示我是怎样的喜欢以外行人来说闲话罢了。现在又是别一个例。

蔡先生那番谈话，据我看来，实在是很平常的“老生常谈”，未必是什么潜心和冷眼的结果，但是《晨报》记者却那样的击节叹赏，这个缘由我们不难知道，因为那副题明明标出两行道：“反对政客学者依附军阀，对学生界现象极不满。”这两项意见就是极平常的老生常谈，我们不等蔡先生说也是知道的，虽然因电文简略，没有具体的说明蔡先生的意思，不知究竟和我们或《晨报》记者的是否相合。总之这既是老生常谈，我们可以不必多论，我所觉得可以注意的，却是在不见于副题的关于共产主义的谈话。国闻社电报原文如下：“对共产，赞成其主义，但主采克鲁泡特金之互助手段，反对马克思之阶级争斗。”

我在这里又当声明（这真麻烦透了），我并不是共产党，但是共产思想者，即蔡先生所谓赞成其主义；我没有见过马克思的书皮是红是绿，却读过一点克鲁泡特金，但也并没有变成“安那其”。我相信现在稍有知识的人（非所谓知识阶级）当无不赞成共产主义，只有下列这些人除外：军阀，官僚，资本家（政客学者附）。教士呢，中国没有，这不成问题。其实照我想来，凡真正宗教家应该无一不是共产主义者。宗教的目的是在保存生命，无论这是此生的或是当来的生命；净土，天堂，蓬莱，乌托邦，无何有之乡，都只是这样一个共产社会，不过在时间空间上有远近之分罢了。共产主义者正是与他们相似的一个宗教家，只是想在地上建起天国来，比他们略略性急一点。所以我不明白基督教徒会反对共产，因为这是矛盾到令我糊涂。总之在吸着现代空气的人们里，除了凭借武力财力占有特权，想维持现状的少数以外，大抵都是赞成共产主义者，蔡先生的这个声明很可以作这些人的代白。但是主义虽同，讲到手段便有种种说法。蔡先生的主张自有其独特的理由，可以不必管他，但在我却有点别的意见。说也惭愧，我对于阶级争斗的正确的界说还不知道，平常总只是望文生义的看过去，但《互助论》却约略翻过，仿佛还能记得他的大意。倘若我那望文生义的解说没有多大错误，那么这与互助似乎并无什么冲突，因为互助实在只是阶级争斗的一种方法。克鲁泡特金自己也承认互助是天演之一因子，并不是唯一的因子，他想证明人生并不专靠生存竞争，也靠互助，其实互助也是生存竞争，平和时是互相扶助，危险时即是协同对敌了。主张互助的以为虎狼不互相食，所以人类也就不可互斗。动物以同类为界，因为同类大抵是同利害的（争食争偶时算作例外），但是人的同类不尽是同利害的，所以互助的范围也就缩小，由同类同族而转到同阶级去了。这原是很自然的事情。蔡先生倘若以为异阶级也可互助，且可以由这样的互助而达到共产，我觉得这是太理想的了。世上或者会有像托尔斯泰、有岛武郎这样自动地愿捐弃财产的个人，然而这是为世希有的现象，不能期望全体仿行。日本日向地方的新村纯是共产的生活，但其和平感化的主张我总觉得有点迂远，虽然对于会员个人自由的尊重这一点是极可佩服的。我不知怎的不很相信无政府主义者的那种乐观的性善说。阶级争斗已是千真万确的事实，并不是马克思捏造出来的，正如生存竞争之非达尔文所创始，乃是自有生物以来便已实行着的一样：这一阶级即使不争斗过去，那一阶级早已在争斗过来，这个情形随处都可以看出，不容我们有什么赞成或反对的馀地。总之，由我外行人说来，这阶级争斗总是争斗定的了，除非是有一方面是耳口王的聖人，或是那边“财产奉还”（如日本主张皇室社会主义的人所说），或是这边愿意舍身给他们吃。这自然都是不可能的，至少在我看来。那么究竟还只是阶级争斗。至于详细的斗法我因为是外行不大知道，但互助总也是其中方法之一。蔡先生是现在中国举世宗仰的人，我不该批评他，但我自信并非与国民党扰乱到底的某系，而是属于蔡先生的“某籍”的，说几句话当无“挑剔风潮”的嫌疑，所以便大胆地把这篇外行而老实的按语发表了。

（十五年，二月九日）

卧薪尝胆

伶人刘汉臣高三奎因为假演戏为名宣传赤化，已于一月十八日夜十一点半在天津枪毙以靖地方了。我于旧戏完全是门外汉，所以不知道有哪几本赤化戏可以利用，只听说该伶等当日演过什么《卧薪尝胆》，或者这出戏是不很好的也未可知。但我记起一月十八日的《国民晚报》上载有关于孙联帅的事情，说“每食仅以咸菜与炒豆芽佐餐，夜间睡眠亦不铺卧具，往往和衣睡卧于稻草堆上，……颇有卧薪尝胆之情势云”。似乎又是属于讨赤方面的，不会有什么违碍。或者该伶等是以别一出戏死的。我所不了然的便是他们所演的赤化戏到底是什么，至于伶人原是倡优隶卒之流，死了一两个也是极平常的事，自然不值得怎么考究了。

（十六年一月）

革命党之妻

本京日文报载上海法界白来尼蒙马浪路慈安里住民钱刚于十五日晚被捕，次日枪毙。报上所记逮捕时的情形很有意思，据说钱氏回家正在叩门，突有两人上前，拿出手枪，威吓他不准声张，即要带走，钱妻开门出视，见两个便衣持枪的人逼住她的丈夫，以为是绑票的土匪，即赶去把一个人的手枪夺去，另一人随开两枪，打在钱妻右颊及腿部，昏倒在地，经巡捕赶到抬往医院救治，伤势颇重云。那两个人，原来乃是淞沪戒严司令部的密探，他们的搜捕逆党绥靖地方的手段实在精奇极了，我不知道钱刚是什么人，想来未必是我的友人潘起莘君的学生钱江罢，虽然北京的某晚报上是这样写过。我也不知道钱君的妻已好了呢，还是死了？同日报上又见许多“浙绅”呈荐省长的电文，具名的第二名乃是徐锡麒，第一名自然是章太炎。我不禁想起十九年前在安徽被杀的徐锡麟烈士来。他是被杀了，而且心肝还被恩铭的卫兵吃了去（据说后来改葬时查出肋骨断了好几根），他的妻并没有受伤，而他的弟却做了浙绅了。我想到，凡革命党有妻是一件不幸的事，而有兄弟也是别一种不幸。

（十六年一月）

孙中山先生

孙中山先生终于故去了。料想社会上照例来盖棺论定，一定毁誉纷起，一时难得要领。我们于孙中山先生无恩无怨，既非此党亦非彼系的人，说几句话或者较为公平确实，所以我来写这几行质朴无华的纪念文字。

我不把孙中山先生当作神人，所以我承认他也有些缺点，——就是希腊的神人也有许多缺点，且正因此而令人感到亲近。我们不必苦心去想替他辩解，反正辩解无用，不辩解也无妨，因为我们要整个地去看出他的伟大来，不用枝枝节节地计较。武者小路实笃在诗集《杂三百六十五》中有一首小诗道：

一棵大树，
要全部的去看他，
别去单找那虫蛀的叶！
呔，小子！

我们也应当这样地看。我们看孙中山先生第一感到的是他四十年来的革命事业。我们不必去细翻他的传记，繁征博引地来加以颂赞，只这中华民国四字便是最大的证据与纪念：只要这民国一日不倒，他的荣誉便一日存在，凡是民国的人民也就没有一人会忘记他。正确地说，中华民国的下二字现在还未实现，所做到的单是上二字，——辛亥时所谓“光复旧物”，虽然段芝泉先生打倒复辟却又放溥仪到大连去，于中国有什么后患尚不可知。我未曾见过孙中山先生一面，但始终是个民族主义者，因此觉得即使他于三民五权等别的政治上面没有主张及成就，即此从中国人的脑袋瓜儿上拔下猪尾巴来的一件事也就尽够我们的感激与尊重了。我上边说无恩无怨，其实也有语病，因为我们无一不受到光复之恩，事业固然要多人去实做才能成功，而多人之中非有一人号召主持则事也无成，孙中山先生便是中国民族解放运动上的这样的一个人。

孙中山先生年纪也不小了，重要事业的一部分也已完成了，此刻死去，正如别人所说可以算是“心安而理得”了；还有未完成的工作自应由后死者负担去继续进行，本来不能专靠着他老人家，要他活一百二十岁来替后生们谋幸福生活。不过仔细思想，有不能不为孙中山先生悲者，便是再老实地说，中国连民族革命也还实在没有完成。不必说溥仪在逃与遗老谋叛，就是多数国民也何尝不北望倾心，私祝松花江之妖鱼为“小皇”而来！孙中山先生在欢迎声中来，在哀悼声中死于中国的首都北京，可谓备受全国之尊崇，但“夷考其实”则商会反对欢迎而建议复尊号，市人以“孙文”为乱党一如满清时，甚至知识阶级亦在言论界上吐露敌视之意，于题目及语气间寄其祈望速死的微旨。呜呼，此是何等世界！昔者耶稣欲图精神的革命，卒为犹太人强迫罗马总督磔之于十字架上，孙中山先生以革命而受群众的仇恨，在习于为奴的中国民族中或者也是当然的吧。孙中山先生不以革命死于满清或洪宪政府之手，而得安然寿终于北京之一室，在爱惜先生者未尝不以为大幸，但由别一方面看来却又不能不为先生感到无限的悲哀也。

中国人所最欢迎的东西，大约无过于卖国贼，因为能够介绍他们去给异族做奴隶，其次才是自己能够作践他们奴使他们的暴君。我们翻开正史野史来看，实在年代久远了，奴隶的瘾一时难以戒绝，或者也是难怪的，——但是此后却不能再任其猖獗了。照现在这样下去，不但民国不会实现，连中华也颇危险，《孙文小史》不能说绝无再版的机会。我到底不是预言家保罗，本不必写出这样的《面包歌》来警世，不过“心所谓[1]危不敢不告”，希望大家注意。崇拜孙中山先生的自然还从三民五权上去着力进行，我的意见则此刻还应特别注重民族主义，拔去国民的奴气惰性，百事才能进步，否则仍然是路柳墙花，卖身度日，孙中山先生把他从满人手中救出，不久他还爬到什么国的脚下去了。“不幸而吾言中，不听则国必亡！”

（十四年三月十三日）

【锺校】

①“谓”原作“为”。

偶感四则[①]

一

李守常君于四月二十八日被执行死刑了。李君以身殉主义，当然没有什么悔恨，但是在与他有点戚谊乡谊世谊的人总不免感到一种哀痛，特别是关于他的遗族的困穷，如有些报纸上所述，就是不相识的人看了也要悲感。——所可异者，李君据说是要共什么的首领，而其身后萧条乃若此，与毕庶澄马文龙之拥有数十百万者有月鳖之殊，此岂非两间之奇事与哑谜欤？

同处死刑之二十人中还有张挹兰君一人也是我所知道的。在她被捕前半个月，曾来见我过一次，又写一封信来过，叫我为《妇女之友》做篇文章，到女师大的纪念会去演说，现在想起来真是抱歉，因为忙一点的缘故这两件事我都没有办到。她是国民党[②]员还是共产党员，她有没有该死的罪，这些问题现在可以不谈，但这总是真的，她是已被绞决了，抛弃了她的老母。张君还有两个兄弟，可以侍奉老母，这似乎可以不必多虑，而且，——老母已是高年了（恕我忍心害理地说一句老实话），在世之日有限，这个悲痛也不会久担受，况且从洪杨以来老人经过的事情也很多了，知道在中国是什么事都会有的，或者她已有练就的坚忍的精神足以接受这种苦难了罢？

［附记］我记起两本小说来，一篇是安特来夫的《七个绞犯的故事》，一篇是梭罗古勃的《老屋》。但是虽然记起却并不赶紧拿来看，因为我没有这勇气，有一本书也被人家借去了。

（十六年五月三日）

二

报载王静庵君投昆明湖死了。一个人愿意不愿意生活全是他的自由，我们不能加以什么褒贬，虽然我们觉得王君这死在中国幼稚的学术界上是一件极可惜的事。

王君自杀的缘因报上也不明了，只说是什么对于时局的悲观。有人说因为恐怕党军，又说因有朋友们劝他剪辫；这都未必确罢，党军何至于要害他，剪辫更不必以生死争。我想，王君以头脑清晰的学者而去做遗老弄经学，结果是思想的冲突与精神的苦闷，这或者是自杀——至少也是悲观的主因。王君是国学家，但他也研究过西洋学问，知道文学哲学的意义，并不是专做古人的徒弟的，所以在二十年前我们对于他是很有尊敬与希望，不知道怎么一来，王君以一了无关系之“征君”资格而忽然做了遗老，随后还就了“废帝”的师傅之职，一面在学问上也钻到“朴学家”的壳里去，全然抛弃了哲学文学去治经史，这在《静庵文集》与《观堂集林》上可以看出变化来。（譬如《文集》中有论《红楼梦》一文，便可以见他对于软文学之了解，虽在研究思索一方面或者《集林》的论文更为成熟。）在王君这样理知发达的人，不会不发见自己生活的矛盾与工作的偏颇，或者简直这都与他的趣味倾向相反而感到一种苦闷，——是的，只要略有美感的人决不会自己愿留这一支辫发的，徒以情势牵连莫能解脱，终至进退维谷，不能不出于破灭之一途了。一般糊涂卑鄙的遗老，大言辛亥“盗起湖北”，及“不忍见国门”云云，而仍出入京津，且进故宫叩见鹿“司令”为太监说情，此辈全无心肝，始能恬然过其耗子蝗虫之生活，绝非常人所能模仿，而王君不慎，贸然从之，终以身殉，亦可悲矣。语云，其作始也简，其将毕也巨，学者其以此为鉴：治学术艺文者须一依自己的本性，坚持勇往，勿涉及政治的意见而改其趋向，终成为二重的生活，身心分裂，趋于毁灭，是为至要也。

写此文毕，见本日《顺天时报》，称王君为保皇党，云“今夏虑清帝之安危，不堪烦闷，遂自投昆明湖，诚与屈平后先辉映”，读之始而肉麻，继而“发竖”。甚矣日本人之荒谬绝伦也！日本保皇党为欲保持其万世一系故，苦心于中国复辟之鼓吹，以及逆徒遗老之表彰，今以王君有辫之故而引为同志，称其忠荩，亦正是这个用心。虽然，我与王君只见过二三面，我所说的也只是我的想像中的王君，合于事实与否，所不敢信，须待深知王君者之论定：假如王君而信如日本人所说，则我自认错误，此文即拉杂摧烧之可也。

（民国十六年六月四日，旧端阳，于北京）

三

听到自己所认识的青年朋友的横死，而且大都死在所谓最正大的清党运动里，这是一件很可怜的事。青年男女死于革命原是很平常的，里边如有相识的人，也自然觉得可悲，但这正如死在战场一样，实在无可怨恨，因为不能杀敌则为敌所杀是世上的通则。从国民党里被清出而枪毙或斩决的那却是别一回事了。燕大出身的顾陈二君，是我所知道的文字思想上都很好的学生，在闽浙一带为国民党出了好许多力之后，据《燕大周刊》报告，已以左派的名义被杀了。北大的刘君在北京被捕一次，幸得放免，逃到南方去，近见报载上海捕“共党”，看从英文译出的名字恐怕是她，不知吉凶如何。普通总觉得南京与北京有点不同，青年学生跑去不知世故地行动，却终于一样地被祸，有的还从北方逃出去投在网里，令人不能不感到怜悯。至于那南方的杀人者是何心理状态，我们不得而知，只觉得惊异：倘若这是军阀的常态，那么惊异也将消失，大家唯有复归于沉默，于是而沉默遂统一中国南北。

（七月五日，于北京）

四

昨夜友人来谈，说起一月前《大公报》上载吴稚晖致汪精卫函，挖苦在江浙被清的人，说什么毫无杀身成仁的模样，都是叩头乞命，毕瑟可怜云云。本来好生恶死人之常情，即使真是如此，也应哀矜勿喜，决不能当作嘲弄的资料，何况事实并不尽然，据友人所知道，在其友处见一马某所寄遗书，文字均甚安详，又从上海得知，北大女生刘尊一被杀，亦极从容，此外我们所不知道的还很多。吴君在南方不但鼓吹杀人，还要摇鼓他的毒舌，侮辱死者，此种残忍行为盖与漆髑髅为饮器无甚差异。有文化的民族，即有仇杀，亦至死而止，若戮辱尸骨，加以后身之恶名，则非极堕落野蛮之人不愿为也。吴君是十足老中国人，我们在他身上可以看出永乐乾隆的鬼来，于此足见遗传之可怕，而中国与文明之距离也还不知有若干万里。我听了友人的话不禁有所感触。整一个月以前，有敬仔君从河北寄一封信来，和我讨论吴公问题，我写了一张回信，本想发表，后来听说他们已随总司令而下野，所以也就中止了；现在又找了出来，把上半篇抄在这里：

我们平常不通世故，轻信众生，及见真形，遂感幻灭，愤恚失望，继以诃责，其实亦大可笑，无非自表其见识之幼稚而已。语云，“少所见，多所怪，见橐驼谓马肿背”，痛哉斯言。愚前见《甲寅》《现代》，以为此辈绅士不应如是，辄“动感情”，加以抨击，后稍省悟，知此正是本相，而吾辈之怪讶为不见世面也。今于吴老先生亦复如此，千年老尾既已显露，吾人何必更加指斥，直趋而过之可矣。……

我很同情于友人的愤激的话（但他并不是西什么，替他声明一句），我也仍信任我信里的冷静的意见，但我总觉得中国这种传统的刻薄卑劣根性是要不得的，特别尤其在这个革命时代。我最佩服克鲁巴金（?）所说的俄国女革命党的态度，她和几个同志怀了炸弹去暗杀俄皇，后来别人的弹先发，亚力山大炸倒在地，她却仍怀了炸弹跑去救助这垂死的伤人，因为此刻在她的眼中他已经不是敌人而是受苦的同类了。（她自己当然被捕，与同志均处死刑了。）但是，这岂是中国人所能懂的么？

（十六年九月）

【鄢校】

①原题“偶感”，从目录改。

②此处原衍“职”字，已删。

人力车与斩决

胡适之先生在上海演说，说中国还容忍人力车所以不能算是文明国。胡先生的演说连《顺天时报》的日本人都佩服了，其不错盖无疑了，但我怀疑，人力车真是这样的野蛮，不文明么？工业的血汗榨取，肉眼看不出，也就算了；卖淫，似乎也不比拉人力车文明罢，大家却容许，甚至不容许人力车的文明国还特别容许这种事业，这是怎的？常见北京报载妇人因贫拉洋车，附以慨叹，但对于妇女去卖淫并不觉得诧异，在替敝国维持礼教的日本《顺天时报》第五版上还天天登着什么“倾国倾城多情多义之红喜”等文字，可见卖淫又是与圣道相合——不，至少是不相冲突了。这一点可真叫人胡涂住了，我希望胡先生能够赐以解决。

江浙党狱的内容我们不得而知，传闻的罗织与拷打或者是“共党”的造谣，但杀人之多总是确实的了。以我贫弱的记忆所及，《青天白日报》记者二名与逃兵一同斩决，清党委员到甬斩决共党二名，上海枪决五名姓名不宣布，又枪决十名内有共党六名，广州捕共党一百十二人其中十三名即枪决，……清法着实不少，枪毙之外还有斩首：不知胡先生以为文明否？我仿佛记得斩决这一种刑法是大清朝所用的，到了清末假维新的时候似乎也已废除，——这有点记不大清楚，但在孙中山先生所创造的民国，这种野蛮的刑法总是绝对没有，我是可以保证的。我想，人力车固然应废，首亦大可以不斩；即使斩首不算不文明，也未必足以表示文明罢。昔托尔斯泰在巴黎见犯人身首异处的刹那，痛感一切杀人之非，胡先生当世明哲，亦当有同感，唯惜杀人虽常有，究不如人力车之多，随时随地皆是耳，故胡先生出去只见不文明的人力车而不见也似乎不很文明的斩首，此吾辈不能不甚以为遗恨者也。

尤奇者，去年一月中吴稚晖先生因为孙传芳以赤化罪名斩决江阴教员周刚直，大动其公愤，写了《恐不赤，染血成之欤?》一文，登在北京报上：这回，吴先生却沉默了。我想他老先生或者未必全然赞成这种杀法罢？大约因为调解劳资的公事太忙，没有工夫再来管这些闲事罢？——然而奇矣。

（十六年七月）

诅咒

《古城周刊》第二期短评里说前此天津要处决几个党案的犯人，轰动了上万的人在行刑地点等候着看热闹，而其主要原因则因为其中有两个是女犯。短评里还引了记者在路上所听见的一段话：

甲问："你老不是也上上权仙去看出红差吗？"

乙答："是呀，听说还有两个大娘们啦，看她们光着膀子挨刀真有意思呀。"

这实在足以表出中国民族的十足野蛮堕落的恶根性来了！我常说中国人的天性是最好淫杀，最凶残而又卑怯的。——这个，我不愿外国流氓来冷嘲明骂，我自己却愿承认；我不愿帝国主义者说支那因此应该给他们去分吃，但我承认中国民族是亡有馀辜。这实在是一个奴性天成的族类，凶残而卑怯，他们所需要者是压制与被压制，他们只知道奉能杀人及杀人给他们看的强人为主子。我因此觉得孙中山其实迂拙得可以，而口讲三民主义或无产阶级专政以为民众是在我这一边的各派朋友们尤为其愚不可及，——他们所要求于你们的，只有一件事，就是看光着膀子挨刀很有意思！

（十六年九月）

怎么说才好

十九日《世界日报》载六日长沙通讯，记湘省考试共产党员详情，有一节云：

> 有郘陈氏者，因其子系西歪（青年共产党）的关系，被逮入狱，作“旷安宅而弗居舍正路而弗由论”，洋洋数千言，并首先交卷，批评马克司是一个病理家，不是生理家外，并于文后附志略历。……各当道因赏其文，怜其情，将予以宽释。

原来中国现在还适用族诛之法，因一个初中一年级生是CY的关系，就要逮捕其母。湖南是中国最急进的省分，何以连古人所说的“罪人不孥”这句老生常谈还不能实行呢？我看了这节新闻实在连游戏话都不会说了，只能写得这两行极迂阔极无聊的废话，——我承认，这是我所说过的最没有意思的废话，虽然还有些听南来的友人所讲的东南清党时的虐杀行为，我连说废话的勇气都没有了。这些故事压在我的心上，我真不知怎样说才好，只觉得小时候读李小池的《思痛记》时有点相像。

偶阅陈锦《补勤诗存》卷五《东南壬申新乐府》之十五《青狸奴》一篇，有云：

谁知造物工施报，于今怕说官兵到，
无分玉石付昆炎，逢人一样供颠倒。
天生佳丽独何辜，暮暮朝朝忍毒痛，
妇女明知非党恶，可堪天罚戮妻孥！

陈君为先祖业师，本一拘谨老儒，以孝廉出为守令，而乃同情于附逆妇女，作此"冤死节也"之乐府，末云：

天心厌乱怜娇小，落花满地罡风扫，
二千馀人同死亡，国殇无算哀鸿少。
（原注：金陵贼败，同时自尽妇女二千馀人。）

诗虽不佳，但其论是非不论顺逆之仁恕的精神却是甚可佩服。

我觉得中国人特别有一种杀乱党的嗜好，无论是满清的杀革党，洪宪的杀民党，现在的杀共党，不管是非曲直，总之都是杀得很起劲，仿佛中国人不以杀人这件事当作除害的一种消极的手段（倘若这是有效），却就把杀人当作目的，借了这个时候尽量地满足他的残酷贪淫的本性。在别国人我也不能保证他们必不如此，但我相信这在中国总是一种根深蒂固的遗传病，上自皇帝将军，下至学者流氓，无不传染得很深很重，将来中国灭亡之根即在于此，决不是别的帝国主义等的关系。最奇怪的是智识阶级的吴稚晖忽然会大发其杀人狂，而也是智识阶级的蔡胡诸君身在上海，又视若无睹，此种现象，除中国人特嗜杀人说外，别无方法可以说明。

其实，恶人之所好，是谓拂人之性，自然是很危险的，对于有些人的沉默也很可以谅解，而且，就是我们本来也何必呢？从前非宗教大同盟风靡一世的时候，我本不是什么教徒，只觉得这种办法不很对，说了几句闲话，结果是犯了众怒，被乱骂一通，还被共产派首领称为资本主义的走狗！这回的说闲话，差不多也要蹈前回的覆辙，《新锋》上有居庸关外的忠实同志已经在那里通信说这是赤化了，吓得山叔老人赶紧爬下火山去，是的，我们也可以看个样，学个乖，真的像瓶子那样地闭起嘴来罢！火山之上是危险的，那么站到火山之下来罢，虽然喷起火来是一样的危险，总比站在山上要似乎明哲一点？听说中国有不知七十二呢还是八十一个旧火山，站来站去总避不开他们的左近，不过只要不去站在山顶上就算好了罢。怎么说才好？不说最好：这是一百分的答案。但不知道做得到否，这个我自己还不能定，须得去东安市场找那学者们所信用的问心处去问他一问才好。喔，尾巴写得这样长了，“带住”罢。

（十六年九月二十日，于京师）

双十节的感想

本年的双十节我同一个友人往中央公园去看光社展览会，一路上遇见好几件事情，引起了一点感想，现在列记于下，不知读者中有和我同感者否？

今年的双十节在北京特别郑重，也不知道为什么缘故，从八日起就挂旗，一直挂了三天，虽然仍旧是些肮脏破烂的五色旗，究竟也表示得郑重，比平常的国庆日热闹得多了。这颇令我喜欢。我初来北京的这一年，正遇见张辫帅，亲眼见枪弹从头上飞过，不知道差了几个米里密达。今年呢，大家对于这个国旗知道这样尊重了，即使市民们没有诗人的热情，叫它做情人或阿嬷，总是要挂它三天了；无论是什么军阀，也声声口口叫我中华民国了。这样看来，中华民国——至少中华民国这个名称总可以保存，我所最怕的复辟这件事不至于再会发生的了。这是我所以喜欢的原因。

我们走进了中央公园的大门，我很吃了一惊（我的朋友也说吃了一惊，虽然他的吃惊的原因与我的有点小小不同），在出入口的中间摆了几张桌子，上边堆满了印刷品，有三位女士（我记得其中有一位是断发的）和两位先生，在那里很忙地拣集各种印刷品，递给在旁边摊着手等着的人们。人类是富于模仿性的，而且老实说，贪得的性又是谁会没有呢，所以我也走近前去伸出手来，我的朋友自然也伸着手。等了一刻，总算各抓到一把，欣欣然地走进铁栅门，右边站着一位警察，吩咐道："好好儿地收起来，不要丢在地上！"我只答应了一声"喳！"却不明白他吩咐的意思是在敬惜字纸呢，还是为什么。我们既拿到了这个东西，便不去看光社，先找一家茶摊坐下，一面喝着龙井，把那些纸片细细地研究，才知道这是三四方面军团宣传部的出品，种类甚多，我最运气，得到十种，我的朋友却只有八种。我的十种可以分作三类，计双十节类四，阎锡山类五，以及告农民类一是也。关于宣传文现在且按下不表，单讲我吃惊的理由是什么呢？这并不为别的，我只觉得这几位青年似乎都是我的熟人，正如我的朋友所感到的那样，仿佛觉得这两位女士说不定就是我们的学生。这当然未必会是真的，总之或者是坐冷板凳太久之故，有点头脑胡涂了，所以如此错觉罢，——是的，我后来坐在茶桌旁看走过的一个个的青年又觉得似乎就是在大门口的几位，于是可以见我老眼的昏迷了。我的朋友说他初看见的时候，想到有一年有青年学生们在太和殿发给传单之事，所以吃了一惊；不过这一层我却没有感到，固然是因为我没有到太和殿去，一半也因为我较多世故，知道这是截然两件事，连联想都不想到了。老实说，这是我比我的朋友还要较为聪明的地方。

末了还是去看光社的照相展览会。在那里与好些艺术家点了头，刚看到 Dr. Shen 的作品的时候，偶然回过头去，却不意忽然地“隔着玻璃看见”了它！（依据严侯官《英文汉诂》，“最凡之名”Collective Noun 为“罔两”属，独用单数。）从董事会的后窗望出去，在端门的西边，甬道旁的几间小屋面前，有一群人在那里正用晚餐，大抵都穿着长衫，有的带呢帽，有的顶着瓜皮帽，而流品不齐，看去大都像是店铺的伙计，却来这个处所野餐，这也奇了！难道是趁了国庆节来“辟克尼克”的么？——非也，有本地的朋友告诉我，这乃是政府的公仆，国民的监督，上海滩上所谓包打听，而中古英文称曰 Spie 者是也。喔，喔，我今天真好运气，见了好些世面，好物事，而光社展览品不与焉！原来这是这样的，下次我在马君的屋里遇到书店掌柜，就不免要神经过敏，言动要特别谨慎些也不可知，在书店掌柜们或者是有点不敬，但我实在觉得有如两颗蚕豆之不可辨别，为做明哲起见不得不尔，至于在街上走时满眼皆是此辈，尤其不敢妄谈国事等等，那更是适当的了。

日子过去了，感想也渐淡薄下去了，特别是不愉快的印象，虽然总不会淡薄到没有。但是好的一方面却比较地长久留存一点：张少帅部下的女宣传员是剪发的，宣传文是白话的，觉得很有一番新气象，北方的禁剪发禁白话的政令大约只是所谓旧派的行为，不见得能够成功，想到这里仿佛又可以乐观起来了罢？

（民国十六年十月十二日夜）

回家之后，把宣传文全套研究了三日三夜，不怕宣传部列位疑心我要夺伛们的饭碗，我实在觉得不很出色，不很有力。说到这一点，倒不能不推重那日本人的北京汉文报——Notorious 的《顺天时报》。大家知道《顺天时报》是日本帝国主义的机关报，专替本国军阀政府说话，但为日支共存共荣计，也肯为别国反动势力尽义务，充当名誉（?）宣传员，到底因为有教育有训练的缘故，这些忠义的“外臣”的工作有时竟比内臣还要切实有效。照这几天的报纸看来，登载“某方消息”多么起劲，浦口各处据它说都已克服了，此外某处某处也都“将”占据了，这都是官报所未见的，而忠勇的《顺天时报》独能如此竭力效命，岂不殊堪嘉尚么？该报社长及主笔实在应该各赠勋五位，照洪宪朝某博士例，列为外臣，与“入籍教授”相对，未始不是熙朝盛事，只可惜衮衮诸公没有见到，未免有功高赏薄之恨罢了。——我又想到宣传部招考条例，月薪是二十至七十元，那也未免太少，难怪宣传成绩不很有力，不能与该《顺天时报》相比了。

（十四日附记）

《酒后主语》小引

现时中国人的一部分已发了风狂，其馀的都患着痴呆症。只看近来不知为着什么的那种执拗凶恶的断杀，确乎有点异常，而身当其冲的民众却似乎很麻木，或者还觉得舒服，有些被虐狂（Masochism）的气味。简单的一句话，大家都是变态心理的朋友。我恐怕也是痴呆症里的一个人，只是比较的轻一点，有时还要觉得略有不舒服；凭了遗传之灵，这自然是极微极微的，可是，嗟夫，岂知就是忧患之基呢？这个年头儿，在风狂与痴呆的同胞中间，哪里有容人表示不舒服之馀地。你倘若有牢骚，只好安放在肚子里，要上来的时候，唯一的方法是用上好黄酒将他浇下去，和儿时被老祖母强迫着吞仙丹时一样。这个年头儿真怪不得人家要喝酒。但是普通的规则，喝了酒就会醉，醉了就会喜欢说话，这也是没有法子的事。只要说的不犯讳，没有违碍字样，大约还不妨任其发表，总要比醒时所说的胡涂一点儿。我想为《语丝》写点文章，终于写不成，便把这些酒后的胡思乱想录下来，暂且敷衍一下。前朝有过一种名叫《茶馀客话》的书，现在就援例题曰《酒后主语》罢。

民国十五年七月二十六日灯下记。

《土之盘筵》小引[①]

垒柴为屋木，和土作盘筵。

——路德延《孩儿诗》

有一个时代，儿童的游戏被看作犯罪，他的报酬至少是头上凿两下。现在，在开化的家庭学校里，游戏总算是被容忍了；但我想这样的时候将要到来，那刻大人将庄严地为儿童筑“沙堆”[②]，如筑圣堂一样。

我随时抄录一点诗文，献给小朋友们，当作建筑坛基的一片石屑，聊尽对于他们的义务之百分一。这些东西在高雅的大人先生们看来，当然是“土饭尘羹”，万不及圣经贤传之高深，四六八股之美妙，但在儿童我相信他们能够从这里得到一点趣味。我这几篇小文，专为儿童及爱儿童的父师们而写的，那些“蓄道德能文章”的人们本来和我没有什么情分。

可惜我自己已经忘记了儿时的心情，于专门的儿童心理学又是门外汉，所以选择和表现上不免有许多缺点，或者令儿童感到生疏，这是我所最为抱歉的。

（一九二三年七月十日）

【锺校】

①原题为“土之盘筵”，系周氏为译作《土之盘筵》所作的小引。

【原注】

②沙堆（Sand Pile）见美国霍耳论文，在《儿童生活与教育之各方面》内。

小书

寒假中整理旧稿，想编一种《苦雨斋小书》，已成就两册，其一是《冥土旅行》及其他三篇，其二是《玛加尔的梦》。重读《冥土旅行》一过，觉得这桓灵时代的希腊作品竟与现代的《玛加尔的[1]梦》异曲同工，所不同者只因科罗连珂曾当西比利亚的政治犯，而路吉亚诺思乃是教读的“哲人”（Sophistes）而已。在人性面前，二千年的时光几乎没有什么威力。然而我们青年非常自馁，不敢读古典文学，恐怕堕落，如古代圣徒之于女人；有人译一篇上古诗文，又差不多就有反革命之嫌疑。我想，这其实何至于此呢？据我看来，有时古典文学作者比现在的文士还要更明智勇敢，或更是革命的；我们试翻阅都吉迪台思的历史，欧利比台思的戏剧，当能看出他们的思想态度还在欧战时的霍普忒曼诸人之上，就是一例。中国青年现在自称二十世纪人，看不起前代，其实无论哪一时代（不是中国）的文人都可以作他们的师傅，针砭他们浅薄狭隘的习气。旧时代的思想自然也有不对的，这便要凭了我们的智力去辨别他；倘若我们费了许多光阴受教育，结果还连这点判断力都没有，那么不是这种教育已经破产，就一定我们自己是低能无疑了。

（十六年二月十日）

【锺校】

①原无“的”字，今增。

古文秘诀

明陶奭龄著《小柴桑喃喃录》两卷，据自序上说乃“柴桑老人录所以训子侄之言也”。其书仿佛模拟《颜氏家训》，并不是什么了不得的大著述。十年前在乡间，很有点“乡曲之见”，喜欢搜集明清越人的著作的时候，因为这是陶石梁的著书，又是崇祯八年（1635）刻本，所以从大路口的旧书店里把他带回家来了。今天偶然拿出来翻阅，在上卷第五页看见这一节文章，觉得很有意思。

> 元末闽人林钎为文好用奇字，然非素习，但临文检书换易，使人不能晓，稍久，人或问之，并钎亦自不识也。昔有以意作草书，写毕付侄誊录，侄不能读，指字请问，伫视良久，恚曰，何不早问？所谓热写冷不识，皆可笑。

我于是想起徐文长的话来了。我见过明刻汤海若的选集两卷，名曰《问棘邮草》，是徐渭批释，张汝霖校的。《牡丹亭》文章的漂亮大家都是知道的，“良辰美景奈何天”这几节我幼时还读熟能背，现在看他的正经诗文却是怎样地古奥不通。上卷里有一篇《感士不遇赋》，都是些怪话，徐文长在题目下批上“逼骚矣”三字，表示称赞之意，于末后却注上这几句：

> 不过以古字易今字，以奇语易今语，如论道理却不过只有些子。

但这决不是什么贬词，实在只是发表怎样作古文的奥义罢了，因为他在篇首眉批中这样地说过：

> 有古字无今字，有古语无今语时却是如此。

在这里我们可以看出作古文的人的几项意见，（1）此刻作文也须如此，因为古时如此；（2）作文重在古字古语，道理不打紧；（3）其方法则在于以古字易今字。我虽是不会作古文的，却深信这确是向来作古文的不传之秘法，现在偶然在两部四库不收的“闲书”上碰巧发见，从此度得金针，大家想去逼骚逼杜都没有什么困难了。我并不想注册专利，所以公布出来，聊以嘉惠后学。

末了我因此又得了一个副产物的大发见，便是作古文的都是在作文章而不是说话。我当初以为作古文也是说话，如我们作文的样子，不过古文家把“嘁，刘二，给我拿饭来！”这一句话改作“咨[1]汝刘仲糍盛予”而已，现在才知道不然：他们如这样说，并不是真是叫[2]拿饭来（这样说时刘二本来也不会懂），实在只因古人有过这一类的话所以也学说一句。第一个说是说话，是表现意思，无论他用怎样的词句；第二个说即是作文章，是猴子学人样了。我们能够鉴赏真的古文，不管他怎么古，但是见了那些伪古文便满身不舒服，即使不至于恶心，就是这个缘故。

（十四年三月）

【锺校】

①“咨”原作“姿”。

②“是叫”原作“叫是”。

新名词

革命家主张文学革命，把改造国语的责任分配给文人，其实他们固然能够造成新文体，至于造出新名词却大半还是新闻家的事，文人的力量并不很大。然而世上的新闻家大抵与教育家相像，都是有点低能的，所以成绩不很高明，有时竟恶俗得讨厌。例如“模特儿”与“明星”这两个字，本是很平常的名词，一个是说人体描写的模型，一个是说艺术界的名人，并不限于电影，而且因了古典文学的 Aster 的联想，又别有一种优美的意味，但经上海的新闻家一用，全然变了意义，模特儿乃是不穿裤的姑娘，当然不限于 Atelier（美术习作室）里，明星则是影戏的女优，且有点儿恶意了。在我们东邻文明先进国的日本，关于这一点也不曾表示出多大的进步。十七八年前文学上的自然主义这名称，即因道学家的反对而俗化，后来几乎成为野合的代名词，到近来这几年始渐废止。一方面英语译音的新名词忽然盛行，如新式妇女不称 Atarasoiki Onna 而曰 Modan Caalu，殊属恶劣可笑，其他如劳动节之称 Meedee，情书之称 Labuletta 之类，不胜枚举，有一种流行的通俗杂志，其名即为 Kingu（大抵是说杂志之“王”罢?），此种俗恶名词在社会上的势力可以想见了。有本国语可用而必译音，译又必以英语为唯一正宗，殊不可解。学会英文而思路不通，受了教育而没有教化，日本前车之鉴大可注意。近来东大的藤村博士主张中学废止英文，我极表赞同，虽然这不是治本的办法，但治本须使大家理性发达，则又是一种高远的理想，恐怕没有实现的日子也。

（十六年五月十六日）

牛山诗

志明和尚作打油诗一卷，题曰《牛山四十屁》，这是我早就知道的，但是书却总未有见到，只在《履园丛话》卷二十一中看见所录的一首。

近来翻检石成金的《传家宝》，在第四集中发见了一卷《放屁诗》，原来就是志明的原本，不过经了删订，只剩了四分之三，那《履园丛话》里的一首也被删去，找不着了。我细看这一卷诗，也并不怎么古怪，只是所谓“寒山诗”之流，说些乐天的话罢了。里边也有几首做得还有意思，但据我看来总都不及《履园丛话》的一首，——其词曰：

春叫猫儿猫叫春，听他越叫越精神，
老僧亦有猫儿意，不敢人前叫一声。

我因此想到，石成金的选择实在不大可靠，恐怕他选了一番倒反把较好的十首都删削去了。

（十六年三月）

旧诗呈政

北京近来又有点入于恐怖时代了。青年们怕受无妄之灾，皇皇不可终日，只有我们这班老人，不但已经“不惑”，而且也可以知天命了，还能安居于危邦乱世，增加一点阅历。正想乘天气阴沉的时候写一点短文，表示满足感激之至意，奈腰痛未愈，不能如意，只好重录七年前的一首旧诗，改换题目上的一个字，算作闲话，聊以塞责云尔。

（十六年四月九日）

智人的心算

“二五得一十”，

别人算盘上都是这样，

《笔算数学》上也是这样。

但是我算来总是十一。

难道错的偏是我么？

×

二十四史是一部好书，
中间写着许多兴亡的事迹。
但在我看来却只是一部立志传：
刘项两人争夺天下，
汉高祖岂不终于成功了么？

×

堵河是一件危险的事，
古来的圣人曾经说过了，
我也亲见间壁的老彼得被洪水冲去了。
但是我这回不会再被冲去，
我准定抄那老头儿的旧法子了。

（十一年六月二十日旧作）

蔼理斯的诗

承衣萍君赠我一本蔼理斯小传，系戈耳特堡（Isaac Goldberg）所著，他另有一部大的，这是《小蓝皮书》之第二一三册，虽只有六十页，说的颇得要领。我们现在只知道蔼理斯的研究批评，他却还做过一部小说，和许多诗。南非女作家须拉纳尔（Olive Schreiner）曾说蔼理斯是在基督与山魈中间的一个交叉，戈耳特堡更确切的说，在他里边是有一个叛徒与一个隐士。这便是那个在心里的叛徒，使他做这一首诗记念俄国女子苏菲亚贝洛夫斯奇亚（Sophia Perovskia）的，苏菲亚因暗杀事件于一八八一年四月十六日“正法”。诗大意曰：

她不欲与那些人共其命运，

那些将世界造[①]成罪恶之窝的人们，

但她愿意接受他们的报酬，

那奇异的王冠的棘刺；

她敢于劈开生命之自由的面包，
倒出生命之酒来，与人们共饮；
努力赔偿了历代所欠的负债，
直到置了一个札尔于死地，
她死了，为了生命的缘故。
英雄与烈士仍在爱，在受苦；
正如从地里的铁厂出来的火花一般，
他们被投在天空去照那最黑的暗夜。
这历来如此，也将永久如此，
在这忧患世界的铁砧上
上帝搁上人心加以槌击的时候。

在《新民丛报》时代，因了《世界十女杰》的小册子的传播，苏菲亚之名曾脍炙人口，但在近来似乎很少人知道了。记得董秋芳君所译《争自由的波浪》中似有一篇讲到苏菲亚的文章，但也懒得去查了。

（十六年四月十日）

【鄢校】

①“造”原作“进”。

马太神甫

我自己知道不是批评家，同时对于中国的许多所谓批评家也不能有多大的信任。他们只是胡说霸道，他们一无所知，单有着一个“素朴的信仰”（“Simple Faith”）。读捷克人扬珂拉夫林所著《戈歌里评传》，见记戈歌里晚年迷信马太神甫的一章里有这一节话：

> 戈歌里从巴勒斯丁回来后，就去觐[1]见马太神甫。伊凡谢格罗夫对于这个名人曾有研究，纪录二人初见的情形很是奇异，几乎令人难信。
>
> “你是什么教？”神甫见戈歌里后严厉地问。
>
> “我是正教。”
>
> “你不是新教么？”
>
> “不，我不是新教。的确不是。我是正教。……我是戈歌里。”
>
> “在我看来你只是一只猪。你不问我请求上帝的恩惠和我的祝福，你这是算什么正教徒！”

这虔敬的马太神甫如此回答。

这种记载我们不能无条件地相信。但是，经过谨慎考虑之后，我们可以说，这种情形大抵是会有的。虽然关于马太神甫传说不一，我们总结起来可以这样地说，他是那种原始性格，是用整块所造成的，他向着一方面走，就只因为他的内生活还未分化，还是单纯的缘故。这正是他的褊狭，使他的意思与道德方面都能强固。他的意思与道德确是严酷的。他独断地相信自己，在他的严厉的生活上是坚忍的，但他的禁欲主义说不定即是精神上的权力要求的变相。

这所说的是宗教的狂信者，但在思想文艺方面也同样地有这种人。马太神甫对戈歌里所说的几句话差不多就是现代所谓批评家们共同的口吻。我真疑惑，是不是当来的文艺与学术真要信仰了。

（十六年二月）

【鄢校】

①“觐”原作“亲”。

道学艺术家的两派

我最爱那“不道德”的诗人惠耳伦（Paul Verlaine），尤其是法朗西（France）小说中所描写的那个老罪人，我真想发命令说：“葛思达斯，进天堂来!”倘若我有这个权力。然而我因此很讨厌那道学家，以及那道学的“艺术家”（Pharisaic“Artists”）。这种道学艺术家可以分作两类，却是一样的讨厌：我所最讨厌的东西除了这个之外只有非戏子而喜高声唱戏的人们了（但在我耳目所及之外唱着我也不去管他）。这两类如具体的说，可以称作（1）《情波记》派与（2）《赠娇寓》派。

《情波记》的著者是什么人，现在可以不说，因为我们不是在评论个人，只是“借光”请来代表他这一派的思潮。这一派的教条是：假如男女有了关系，这都是女的不好，男的是分所当然，因为现社会许可男子如是，而女子则古云“倾城倾国”，又曰“祸水”。倘若后来女子厌弃了他，他可以发表二人间的秘密，恫吓她逼她回来，因为夫为妻纲，而且女子既失了贞当然应受社会的侮辱，连使她失贞的也当然在内。这些态度真不配说有一毫艺术气，但是十足地道学气了，道学云者即照社会公众所规定许可而行，自觉满足，并利用以损人利己之谓也。所谓拆白党的存在之理由也即在此，不过他们不自称艺术家，稍有不同耳。这类《情波记》派的思想如不消灭，新的性道德难有养成的希望，因为他是传统的一个活代表。

《赠娇寓》的妙诗想大家不曾忘记罢？他是传统的又一个活代表，所以也是真正的老牌道[1]学家。大家或者要问，那样猥亵的诗怎样会是道学的呢？我说，猥亵我是决不反对的，而且还仿佛有点欢迎的样子，但是要猥亵得好，即是一则要有艺术趣味，二则要他是反道学的，与现行的礼教权威相抗的，这才可取；若是照现社会所许可而说猥亵话，那与《情波记》的利用男性的权利一样地是卑劣的道学根性。只看诗中“杂事还堪续《秘辛》”一句便表示道学气无复馀蕴，因为杨升庵做过一篇《杂事秘辛》，所以敢续他一下子：第一个敢做的是艺术家，跟着走的便无意思，他不是冒险只是取巧了。野蛮社会里对于男女私情惩办极严，却有敢尝试的人，可以称作殉情，没有这个勇气而循俗去狎妓或畜妾，却不免是卑怯的渔色。这个譬喻可以拿来用在艺术上，我们承认《雅歌》或《杂事秘辛》或《沉沦》是艺术作品，但不能不拒绝传统的肉麻诗于门外，请他同《情波记》一类归在所谓道学艺术项下去。近来青年缺少革命气，偶有稍新或近似激烈的言行，仔细一看却仍是传统思想的变相，上边所说两派思潮即其一例，特为指出其谬，“或于世道人心不无裨益云尔”。

（十四年三月）

【锺校】

①此处原衍“德”字，已删。

风纪之柔脆

我有一个马粪纸糊成的小匣，内藏从报纸上剪下的各种妙文，长篇巨制如圣心主笔之《孙文真死矣》评，吉光片羽如“该辜鸿铭”之小脚美论，搜罗俱备，以供无聊赖时之消遣与动感情时之取材。今日无事不免又打开来看，却发见了一片不知何年何月的上海报上的小新闻。其文曰：

查禁女孩入浴堂洗浴

淞沪警察厅昨发通令云，案据保安队长陈伟报称，窃查淞沪城一带各浴堂，每有十岁上下之女孩，入内洗浴，虽属年龄幼稚，究属有关风纪，应请饬区查禁等情，据此，除分行[①]外，合行通令知照，仰即油印布告分贴各浴堂内，一律查禁，仍将办理情形，具复备查云。

在咱们“七岁不同席”的礼义之邦这是平常不过的事，本不值得特别剪下保存，但我所佩服者是陈伟队长的两句文章，“虽属年龄幼稚，究属有关风纪”，说的多么老练[2]圆稳，虽然属字重出，关纪两字也失粘，须得改作“究为风纪有关”才好。这原是讲文章，至于意思则我本来不很懂，因为风纪是怎样的东西，在我的粗脑里完全不明白，是属于物理学的呢，还是属于化学？真是“黑漆皮灯笼”，胡里胡涂之至。我以前只听人家说，“某人与某人相好，……出了风化案件”，知道男女相好与社会风纪有密切的关系，——怎么那一面刚配好，这一面（即在风纪上）就立刻出毛病，这个微妙的感应理由自然终于不大了解，——现在才知道更神秘了，只要一个十岁左右的女孩进浴堂去洗澡，于风纪上就发生危险：仿佛这个风纪比以前变成更嫩更脆更易损了。这是什么缘故？难道风纪经了淞沪警察厅保安队的严密保护，所以像娇[3]养的小儿一样愈加怯弱下去的么？

友人三放君是个老实的绅士，他见我不明白便告诉我说：“这公文的意思并没有什么难懂，无非说浴堂里的男人们看了十岁左右的女孩未免动情，将使他们出去多做坏事，于是而风纪有关了。”我相信他所说是真话，然而这一来却更使我迷惑，因为我还不大相信中国男子堕落至于如此。（这恐怕是我乐天太过之一种毛病。）十岁左右，这岂不是说以十岁为中心，或左而少一岁为九，或右而多一岁为十一乎？虽准之古圣王的礼法已多二以至四岁，早非列入“易损品”内不可，但以常情论之，则渠们实在只是“孩”而女者，并不是“女”之孩者，在常人决不视为性的对象；今使保安队长之言而信，事实上确与风纪有关，是即证中国人之变态，乃有此种“嗜幼”（Paidophilia）之倾向，如此病的国民其能久于人世乎？

吾愿此仅系道学家张皇之词，其结果只是一个人有点变态，于民族前途尚无大妨碍耳。然而我们上稽古人之传统，旁考同胞之言行，殊不敢使一人独负其责，终乃不能不承认中国人之道德或确已堕落至于非禁止十岁左右女孩入浴堂不能维持风纪矣，呜呼，岂不深可寒心乎哉！

（十四年四月）

【锺校】

①原无“行”字，今增。

②“练”原作“炼”。

③“娇”原作“骄”。

萨满教的礼教思想

四川督办因为要维持风化，把一个犯奸的学生枪毙，以昭炯戒。

湖南省长因为求雨，半月多不回公馆去，即“不同太太睡觉”，如《京副》上某君所说。

弗来则博士（J. G. Frazer）在所著《普须该的工作》（*Psyche's Task*）第三章迷信与两性关系上说：

> 他们（野蛮人）想像，以为只须举行或者禁戒某种性的行为，他们可以直接地促成鸟兽之繁殖与草木之生长。这些行为与禁戒显然都是迷信的，全然不能得到所希求的效果。这不是宗教的，但是法术的；就是说，他们想达到目的，并不用恳求神灵的方法，却凭了一种错误的物理感应的思想，直接去操纵自然之力。

这便是赵恒惕求雨的心理，虽然照感应魔术的理论讲来，或者该当反其道而行之才对。

同书中又说：

在许多蛮族的心里，无论已结婚或未结婚的人的性的过失，并不单是道德上的罪，只与直接有关的少数人相干；他们以为这将牵涉全族，遇见危险与灾难，因为这会直接地发生一种魔术的影响，或者将间接地引起嫌恶这些行为的神灵之怒。不但如此，他们常以为这些行为将损害一切禾谷瓜果，断绝食粮供给，危及全群的生存。凡在这种迷信盛行的地方，社会的意见和法律惩罚性的犯罪便特别地严酷，不比别的文明的民族，把这些过失当作私事而非公事，当作道德的罪而非法律的罪，于个人终生的幸福上或有影响，而并不会累及社会全体的一时的安全。倒过来说，凡在社会极端严厉地惩罚亲属奸，既婚奸，未婚奸的地方，我们可以推测这种办法的动机是在于迷信；易言之，凡是一个部落或民族，不肯让受害者自己来罚这些过失，却由社会特别严重地处罪，其理由大抵由于相信性的犯罪足以扰乱天行，危及全群，所以全群为自卫起见不得不切实地抵抗，在必要时非除灭这犯罪者不可。

这便是杨森维持风化的心理。固然，捉奸的愉快也与妒忌心有关，但是极小的一部分罢了，因为合法的卖淫与强奸社会上原是许可的，所以普通维持风化的原因多由于怕这神秘的“了不得”——仿佛可以译作[①]多岛海的“太步”。

中国据说以礼教立国，是崇奉至圣先师的儒教国，然而实际上国民的思想全是萨满教的（Shamanistic 比称道教的更确）。中国决不是无宗教国，虽然国民的思想里法术的分子比宗教的要多得多。讲礼教者所喜说的风化一语，我就觉得很是神秘，含有极大的超自然的意义，这显然是萨满教的一种术语。最讲礼教的川湘督长的思想完全是野蛮的，既如上述，京城里“君师主义”的诸位又如何呢？不必说，都是一窟陇的狸子啦。他们的思想总不出两性的交涉，而且以为在这一交涉里，宇宙之存亡，日月之盈昃，家国之安危，人民之生死，皆系焉。只要女学生斋戒——一个月，我们姑且说，便风化可完而中国可保矣，否则七七四十九日[②]之内必将陆沉。这不是野蛮的萨满教思想是什么？我相信要了解中国须得研究礼教，而要了解礼教更非从萨满教入手不可。

（十四年九月二日）

【锺校】

①原无“作”字，今增。

②原无“日”字，今增。

乡村与道教思想

一

改良乡村的最大阻力，便在乡人们自身的旧思想，这旧思想的主力是道教思想。

所谓道教，不是指老子的道家者流，乃是指有张天师做教王，有道士们做祭司的，太上老君派的拜物教。平常讲中国宗教的人，总说有儒释道三教，其实儒教的纲常早已崩坏，佛教也只剩了轮回因果几件和道教同化了的信仰还流行民间，支配国民思想的已经完全是道教的势力了。我们不满意于“儒教”，说他贻害中国，这话虽非全无理由，但照事实看来，中国人的确都是道教徒了。几个“业儒”的士类还是子曰诗云的乱说，他的守护神实在已非孔孟，却是梓潼帝君伏魔大帝这些东西了。在没有士类来支撑门面的乡村，这个情形自然更为显著。《新陇》杂志里说，在陕西甘肃住的人民总忘不了皇帝，“你碰见他们，他们不是问道，紫微星什么时候下凡，就是问道，徐世昌坐江山坐得好不好？”我想他们的保皇思想，并不是从“率土之滨莫非王臣”或“三月无君则吊”这些经训上得来的，他们的根据便只在“真命天子”这句话。这是玄穹高上帝派来的，是紫微星弥勒佛下凡的，所以才如此尊重！中国乡村的人佩服皇帝，是的确的，但说他全由儒教影响，是不的确的。他们的教主不是讲《春秋》大义的孔夫子，却是那预言天下从此太平的陈抟老祖。

我常看见宋学家的家庭里，生员的儿子打举人的父亲，打了之后，两个人还各以儒业自命，所以我说儒教的纲常本已崩坏了。在乡村里，自然更不消说，乡间有一种俗剧，名叫《目连戏》，其中有一节曰《张蛮打爹》，张蛮的爹说：“从前我打爹的时候，爹逃就完了，现在他打我，我逃他还追哩。”这很可以表示民间道德的颓废了。可是一面“慎终追远”却颇考究，对于嗣续问题尤为注意，不但有一点产业的如此，便是“从手到口”的穷朋友，也是一样用心。《新生活》二十八期的《一个可怜的老头子》里，老人做了苦工养活他的不孝的儿子，他的理由是“倘若逐了他出去，将来我死的时候哪个烧钱纸给我呢？”

孔子原是说“祭如在”，但后来儒业的人已多回到道教的精灵崇拜上去，怕若敖氏鬼的受饿了。乡村的嗣续问题，完全是死后生活的问题，与族姓血统这些大道理别无关系了。

此外还有许多道教思想的恶影响，因为相信鬼神魔术奇迹等事，造成的各种恶果，如教案，假皇帝，烧洋学堂，反抗防疫以及统计调查，打拳械斗，炼丹种蛊，符咒治病种种，都很明显，可以不必多说了。但有一件事，从前无论哪个愚民政策的皇帝都不能做到，却给道教思想制造成功的，便是相信“命”与“气运”。他们既然相信五星联珠是太平之兆，又相信紫微星已经下凡，那时同他们讲民主政治，讲政府为人民之公仆，他们哪里能够理解？又如相信资本家都是财神转世，自己的穷苦因为命里缺金，那又怎敢对于他们有不平呢？项羽亡秦，并不因他有重瞳异相的缘故，实在只为他说，“彼可取而代也！”把自己和秦始皇一样看待，皇帝的威严就消灭了。中国现在到处是大乱之源，却不怕他发作，便因为有这“命”的迷信。人相信命，便自然安分，不会犯上作乱，却也不会进取；“上等社会”的人可以高枕无忧，但是想全部的或部分的改造社会的人的努力，却也多是徒劳，不会有什么成绩了。

以上是我对于乡人的思想的一点意见，至于解决的方法，却还没有想出。就原始的拜物教的变迁看来，有两条路：其一，发达上去，进为一神的宗教；其二，被科学思想压倒，渐归消灭。所以有人根据了第一条路，想用基督教来消灭他，这原是很好的方法，但相差太远，不易融化，不过改头换面，将多神分配作教门圣徒，事实上还是旧日的信仰。第二条路更是彻底了，可是灌输科学思想的方法很有应该研究的地方，须得专门的人出来帮助，这一篇里不能说了。

（一九二〇年七月十八日，在北京，刊《新生活》第三十九期）

二

上文是六年前所写，那一天正是长辛店大战，枪炮声震天，我还记得很清楚，至于这是谁和谁打，可是忘记了，因为京畿战争是那么多，那么改变得快。什么都变得快，《新生活》也早已停刊了，所没有改变的就只是国民的道教思想。我以前曾指出礼教的根本由于性的恐怖之迷信，即出于萨满教，那么现今军阀学者所共同提倡的实在也就是道教思想。我拿出旧稿来看，仿佛觉得是今天做的，所以忍不住要重登他一回，不过我的意思略有变更，觉得上文末尾所说的两种办法都是不可能的。我要改正的是，“彻底”是决没有的事，传教式的科学运动是没有用的，最好的方法还只是普及教育，诉诸国民的理性。所可惜者，现今教育之发展理性的力量似乎不很可信，而国民的理性也很少发展的希望。我不禁想起英国茀来则（Frazer）教授著《普须该的工作》（*Psyche's Task*）里的《社会人类学的范围》文中的话来，要抄录他几句。社会人类学亦称文化人类学，是专研究礼教与传说这一类的学问，据他说研究有两方面，其一是野蛮人的风俗思想，其二是文明国的民俗。他说明现代文明国的民俗大都即是古代蛮风之遗留，也即是现今野蛮风俗的变相，因为大多数的文明衣冠的人物在心里还依旧是个野蛮。他说：

> 我现在所想说明的是，为什么在有可以得到知识的机会之人民中间，会有那各种政治的，宗教的，道德的迷信遗留着。这理由是如此：那些高等思想，常是发生于上层，还未能从最高级一直浸润到最下级的心里。这种浸润大抵是缓慢的，到得新思想达到底层的时候（倘若果真能够达到），那也已变成古旧，在上层又另换了别的了。假如我们能够把两个同国同时代但是智力相反的人的头揭开来，看一看他们的思想，那恐怕

是截不相同，好像是两个种族的人。有一句话说得好，人类是梯队式地前进，这就是说，他们的行列不是横排的，但是一个个的散行进行，大家跟着首领都有若干不同的距离。这不但是民族中间如此，便是同国同时代的个人中间也是这样的。正如一个民族时常追过同时的别民族，在同一国家内一个人也不断地越过他的同僚，结果是凡能脱去迷信的拘束者成为民族中的最先进的人，一般走不快的则还是让迷信压在他的背上，缚住他的脚。我们现在丢开譬喻，直说起来，迷信之所以遗留者，因为这些虽然已使国内的明白人感到憎恶，但与别一部分的人的思想感情还正相谐合，他们虽被上等的同胞训练过，有了文明的外表，在心里还仍旧是一个野蛮。所以，例如那些对于大逆及魔术的野蛮刑罚，凶恶的奴制，在这个国里，直到近代还容许着。这些遗风可以分作两类，即是公的或私的，换言之，即看这是规定在法律内，或是私下施行，无论是否法律所默许。我刚才所举的例是属于前项的。没有多久，巫在英国还是当众活焚，叛逆者当众剖腹，蓄奴当作合法制度，还留存得长久一点。这种公的迷信的真性质不容易被人发见，正因为他是公的，所以直到被进步的潮流所扫去为止，总有许多人拥护这些迷信，以为是保安上必要的制度，为神与人的法律所赞许的。

普通所谓民俗学，却大抵是以私的迷信为限。在文明国里最有教育的人，平常几乎不知道有多少这样野蛮的遗风馀留在他的门口。到了上世纪这才有人发见，特别因了德国格林兄弟的努力。自此以后就欧洲农民阶级进行统系的研究，遂发见惊人的事实，各文明国的一部分——即使不是大多数——的人民，其智力仍在野蛮状态之中，即文化社会的表面已为迷信所毁坏。只有因了他的特殊研究而去调查这个事件的人，才会知道我们脚底下的地已被不可见之力洞穿得多么深了。我们似乎是站在火山之上，随时都会喷出烟和火来，把若干代的人辛苦造成的古文化的宫阙亭院完全破灭。勒南（Renan）在看了巴斯多木的希腊废庙之后，再与义大利农民的丑秽蛮野相比，说道："我真替文明发抖，看见他是这样的有限，建立在这样薄弱的基础[①]上，单依靠着这样少数的个人，即使是在这文明主宰的地方。"

倘若我们审查这些为我国民所沉默而坚定地执守住的迷信，我们将大吃一惊，发见那生命最长久的正是那最古老最荒唐的迷信，至于虽是同样地谬误却较为近代，较为优良的，则更容易为民众所忘却。……

够了，抄下去怕要太长了。总之，照他这样说来，民众终是迷信的信徒，是不容易济度的。弗来则教授又说：

实际上，无论我们怎样地把他变妆，人类的政治总时常而且随处在根本上是贵族的。（案我很想照语源译作“贤治的”。）任使如何运用政治的把戏总不能避免这个自然律。表面上无论怎样，愚钝的多数结局是跟聪敏的少数人走，这是民族的得救，进步的秘密。高等的人智指挥低等的，正如人类的智慧使他能制伏动物。我并不是说社会的趋向是靠着那些名义上的总督，王，政治家，立法者。人类的真的主宰是发展知识的思想家，因为正如凭了他的高等的知识，并非高等的强力，人类主宰一切的动物一样，所以在人类中间，这也是那知识，指导管辖社会的所有的力。……

这或者是唯一的安慰与希望罢。

（民国十五年十月二日，时北京无战争）

【鄢校】

①“础”原作“碍”。

王与术士

在“此刻现在”这个黑色的北京，还有这样馀裕与馀暇，拿五六块钱买一本弗来则（J. G. Frazer）的《古代王位史讲义》来读，真可以说有点近于奢侈了。但是这一笔支出倘若于钱袋上的影响不算很轻，几天的灯下的翻阅却也得了不少的悦乐。这是一九〇五年在坎不列治三一学院演讲的稿本，第三版的《金枝》（*The Golden Bough*）中说的更为详尽，其第一份《法术与王的进化》两册，即是专讲这个问题的，但那一部大书我们真是嗅也不敢一嗅，所以只好找这九篇讲义来替代，好像是吞一颗戒烟丸。他告诉我们法术（Magic）的大要，术士怎样变成酋长，帝王何以是神圣不可侵犯：简单的一句话，帝王就是术士变的。这一点社会人类学上的事实给予我们不少的启示，特别是对于咱们还在迷信奉天承运皇帝之中华民国的国民。

君是什么东西？我们现在比黄宗羲知道得更明确了。他本来是一个妖言惑众的道士，说能呼风唤雨，起死回生，老百姓信赖他，又有点怕他，渐渐的由国师而正位为国君，他的符牌令旗之类就变了神器和传国之宝。无论如何克圣克神允文允武的皇帝，一经照出原形，也就只是赛康节一流人，虽然或者还可以做军师，总觉得不配做君师了。君为臣纲，现在已经过时了，至少在知识阶级总要明白这一点。皇帝这东西的发生本来不是偶然的，于当时的文化过程上正是必要而且还很有益的，不过这正如婴儿的襁褓，年纪稍大的时候便缚手缚脚地不好穿了。著者在第三讲里曾这样说：

法术的职业既影响及于野蛮社会之制度，大抵统治之权遂归于最有才能者之手中，此即将权力从多数移转于一人，亦即由民众政治——实乃老人们的少数政治移转于独裁政治，盖野蛮社会率由元老会议而非以壮年男子全体管理之也。此种改变，无论原因如何，或上代主宰的性质如何，总之是很有益的。君主之兴起，在人类脱离野蛮状态上殆为一必要的条件。世上更没有别人像你们所谓民主的野蛮民族那样为习俗与传统所束缚者，也没有别的社会那样的进步迟缓困难者。以为野蛮是最自由的人类的旧说，正与事实相反，野蛮人虽不是一个看得见的主人的奴隶，但对于过去，对于先祖的鬼魂，他是一个完全的奴隶，他们跟住他从生到死，执了铁棍统治着他。凡他们所做的都是模范，不文的法律，他须得盲目地无言地遵从。所以有才智的人绝无机会可以去改革一点旧习惯。最能干的人被最弱最笨的拉倒，因为一个不能升高，一个却可以跌倒，自然以低等的立为标准。

……人群发展之势力一旦开始发动（这是不能永久迫压的），文明的进步就比较地急速了。一个人崛起握了大权，他便可以在他的一生中成就好些改革，这在以前就是若干代的时光也还不能做成的；而且假如他是一个特别有智慧精力的人，他也自然会利用这些机会。就是暴君的胡为乱想也有用处，足以破坏那沉重地压在野蛮人身上的习惯的锁链。……

这并非过言，上古的专制政治是人类的良友，而且又是，虽然听去有点似乎古怪，自由的良友。因为在最绝端的专制，最厉害的暴政之下，比那表面似乎自由，而个人的景况自摇篮以至坟墓全由习俗的铁模铸好了的野蛮生活，更有自由行动的馀地，即自由地去想自己的思想，定自己的运命。

哈利孙女士（J. E. Harrison）在她的《希腊宗教研究结论》中“法术与神皇”这一节里，也简单地说及：

> 这个改变似乎是一个损失，因为成人的民主团体的统治换了一个独裁君主了。但是历史到处证明，真的自由在有才能的个人崛起占权时同时发生，全部落的民治只是一个空名，实在乃是元老专政（Gerontocracy）的暴政，几个老人为青年们授戒，强迫他们承受部落的传统。

元老政治比专制还要有害，在现今高唱圣教，以若干老人统治中国的时代，这句话不由的觉得很是刺耳。在现今我们当然不再梦想明主，但族长更不见得可喜，国民大会也是别一种的元老专政，因为最弱最笨的正是老人的正统孙子。事实与科学决不是怎么乐观的。我读这本小书也不禁怅然，觉得仿佛背上骑着一个山中老人，有如亚拉伯的水手辛八[1]。

（十六年四月二日）

【原注】

①水手辛八（Sinbad）的故事见《天方夜谈》，又有单行译本，名《航海述奇》，上海广智书局发行，辛八名本此。

求雨

北京军民长官率领众和尚求雨，各报均有记载，《顺天时报》还附有官绅排班长跪的照相，不知意思是美是刺，但总令我联想起日前该报的卫道特刊即春丁祭孔的照片来，觉得中日两国的帝制思想的浓厚了。

宗教的情绪或者是永远的，但宗教的形式是社会时代的产物，是有变化的。上古时代只有家长是全权的人，那时的宗教也只是法术，他自己便是术士，控制自然以保障生存都是他的事，其中重要的一件也就是“致雨”。帝制成立，致雨的职务归于酋长（因为他原是术士变的），再转而属于祭师，宗教代法术而兴起，致雨不复全凭“感应术”的原则去擂鼓撒水以象征雷雨，或用令牌符咒强制执行，却跪下去叩头如捣蒜，请求玄穹高上帝开恩，于是由自力的致雨一变而为完全他力的“求雨”了。当初是家长的观点，觉得自然或其鬼（Daimones）都是同他平等的，他有力量可以指挥抵御他们；后来的观点乃是臣民奴隶的，鬼神是皇帝的老子，不然也是他的伯叔兄弟，总之都非以主子论不可。帝制在有些地方还存在，有些地方已经废去了，但它的影响还是很大，这种主奴关系的宗教观念十分坚固地存着，日本不必说了，在中国大多数也还相信天帝的摄理与跪拜的效力，——中华民国对于天廷还严谨地遵守帝制。（有些青年在名片上印一小制字，那是别一问题，只是小疏忽罢了。）正如中国向来的“会党”制度大半是在补偿崩坏的家族主义的要求一样，民国以来勃兴的同善社一类的东西，据我看来，也多是对于帝制的追慕之非意识的表现，因复辟绝望，只能于现世以外去求满足，从天上去找出皇帝及其所附属的不测的恩威来。我不是非宗教派，但对于这些君主制度的宗教仪式觉得不大喜欢，无论属于哪一教派：这不能应时改善些么？不能由主仆隶属而变为情人似的关系的么？或者说，宗教的要求第一是卑下。这自然是的，但我想情人间卑下有时岂不也很充分，而且还比君臣更天然更彻底。是的，男女间的专制恐怕甚于暴君，但这是两相情愿的，故没齿无怨：人如有喜欢专制的本能，那么很可以在这方面去消纳，减少社会上帝制的空气，不亦善哉。

［附记］末后所云专制，只是说 Sadistic 与 Mazochistic 之倾向而已。合并声明。

（十六年六月一日）

再求雨

六月三十日《世界日报》载长辛店通讯：

入夏以来，天旱不雨，弄得秋收无望，昨天长辛[1]店绅商等便联合各界，求雨三天。求雨的形式，是用寡妇二十四名，童男女各十二名，并用大轿抬了龙王游行，用人扮成两个忘八，各商家用水射击他，鼓乐喧天，很是热闹。

前回北京也求过一回雨，形式是用许多绅商排班跪在地上，许多和尚作乐念经，这回所用的更是奇妙了，是寡妇两打，童男女各一打，忘八一双，虽然佢们的用法未曾说明。案绅商是贵重的东西，长跪乞恩，自足感动天廷，锡予甘霖，理由很是充足，但长辛店的那些家伙是什么用意呢？水淋甲鱼，大约是古时乞雨用蛇医的遗意，因为他是水族，多少与龙王敖广有点瓜葛，可以叫他去转达一声。那个共计四打的寡妇童男女呢？我推想这是代表"旱"的罢？经书上说过，“若大旱之望云霓也”，或者用那一大批人就是表示出这个意思来的？希望江绍原先生于暑假之中分出一部分工夫来研究一下求雨与性的问题，一定会得到很有趣的结果。

（十六年七月三日）

【锺校】

①“辛”原作“幸”，下同。

“半春”

中国人的头脑不知是怎么样的，理性大缺，情趣全无，无论同他讲什么东西，不但不能了解，反而乱扯一阵，弄得一塌胡涂。关于涉及两性的事尤其糟糕，中国多数的读书人几乎都是色情狂的，差不多看见女字便会眼角挂落，现出兽相，这正是讲道学的自然的结果，没有什么奇怪。但因此有些事情，特别是艺术上的，在中国便弄不好了。最明显的是所谓模特儿问题。孙联帅传芳曾禁止美术学校里看“不穿裤子的姑娘”，现在有些报屁股的操觚者也还在讽刺，不满意于这种诲淫的恶化。维持风教自然是极不错的，但是，据我看来，他们似乎把裸体画与春画，裸体与女根当作一件东西了，这未免使人惊异他们头脑之太简单。我常听见中流人士称裸体画曰“半春”，也是一证，不过这种人似乎比较地有判断力了，所以已有半与不半之分。最近在天津的报上见到一篇文章，据作者说，描画裸体中国古已有之，如《杂事秘辛》即是，与现代之画盖很相近云。我的画史的知识极是浅薄，但据我所知道却不曾听说有裸体画而细写女根的部分者。在印度的瑜尼崇拜者，以及，那个，相爱者，那是别一个问题，可以不论；就一般有教养的人说起来，女根不会算作美，虽然也不必就以为丑，总之在美术上很少有这种的表现。率直地一句话，美术上所表现者是女性美之裸体而非女根，有魔术性之装饰除外，如西洋通用的蹄铁与前门外某银楼之避火符。法国文人果尔蒙（Remy de Gourmont）在所著《恋爱的物理学》第六章“雌雄异形”之三中说：

> 女性美之优越乃是事实。若强欲加以说明，则在其唯一原因之线的匀整。尚有使女体觉得美的，乃是生殖器不见这一件事。盖生殖器之为物，用时固多，不用时则成为重累，也是瑕疵；具备此物之故，原非为个人，乃为种族也。试观人类的男子，与动物不同而直立，故不甚适宜。与人扭打的时候，容易为敌人所觊觎。在触目的地位，特有馀剩的东西，以致全身的轮廓美居中毁坏了。若在女子，则线的谐调比较男子实几何学的更为完全也。

照这样说来，艺术上裸女之所以为美者，一固由于异性之牵引，二则因线之匀整，三又特别因为生殖器不显露的缘故。中国人看裸体画乃与解剖书上之局部图等视，真可谓异于常人，目有 X 光也。报载清肃王女金芳麿患性狂，大家觉得很有趣味，群起而谈，其实这也何足为奇，中国男子多数皆患着性狂，其程度虽不一，但同是“山魈风”（Satyriasis）的患者则无容多疑耳。

（十六年二月二十六日）

野蛮民族的礼法

三年前的笔记里有这样的一条，系阅英国弗来则所著《普须该的工作》（Frazer：*Psyche's Task*）时所记之一：

野蛮礼法对于亲属有规避之例。非洲班都诸部落男子避其妻母，并及妻党，不得相见，此外玛撒等诸族亦然。美洲加里福尼半岛及智利土人，英属几尼亚之加列勃人等亦同，妻党之外并及中表，唯以异性为限，苏门答腊土人亦避妻党。其意盖以防微杜渐，著者故以不见可欲则心不乱解之也。班都族之亚康巴人又父避其女，自女成人时始，至嫁后乃止；苏门答腊之鲁蒲人翁媳不相见；加罗林群岛土人则父女母子兄弟姊妹互避，不同坐，不共杯盏，男子长成则外宿 Fel（未婚男子公共宿所）中；黑岛群岛之少年亦居外舍，避其母及姊妹，互避名字，并名之部分

(非名字而中含有其一部分的一切言词)亦讳之,母子食不授受,置地令自取;又苏门答腊之巴尔达人规避之例亦同。著者引其所著《族徽与外婚》(*Totemism and Exogamy*)云:“巴尔达人规避之俗,非出于道德之整肃,正由于道德之颓弛;巴尔达人以为男女独遇,即成私通,……荷兰教士报告中曾云,此种规则虽迹近荒谬,但在其地实为必要。”案中国古时所定男女七岁异席,授受不亲,并考《孟子》嫂溺援之以手之文,礼俗亦正相近。又今妇女亦尚多讳言其名,当亦因名为身之一部,准感应魔术由偏及全之律,易于因缘为奸耳。

这篇笔记我本来没有发表的意思,近来看见浙江省议会里什么人的一篇查办第一师范男女共学的计画的议案,竭力主张男女的隔离,我所以将各地规避的成例绍介给他们,以供参考。倘若他们承认这办法在中国“实为必要”如荷兰教士所说,那我也不同他们多辩,不过最后要重复申明一声,那些实行男女隔离的模范礼法的是苏门答腊的土人们呵。

以上是民国九年冬天所写,登在《新青年》八卷五号上面,已经是七年前的事了。到了此刻现在,在写笔记的十年之后，觉得这种礼法在中国实是必要，所以不辞重复再行公布一次，——这回却是一点都没有讽刺之意，确是老老实实地，因为，我想，中国人岂但只是苏门答腊的土人们而已呢？

（中华民国十六年九月十七日）

从犹太人到天主教

——她走到她父亲的园里，
摘下一个又红又绿的苹果，
拿这诱那可爱的休公子，
诱他进到屋里。

×

——她引他走过一重暗门，
一重重地走过了九重，
她把他放在一张桌上，
像一只猪似的宰了他。

×

——最初流出浓浓的血，
随后流出了那稀薄的，
随后流出心里的鲜血，
里边再也没有馀留了。

×

——她用一饼铅箔卷了他，
叫他好好地睡着，
她把他抛在圣母井里，
有三十丈深的井里。

这是英国叙事民歌《休公子》（*Sir Hugh*）的第六至九节。全篇共十七节，说林肯地方有童子二十四人在那里拍球，球落在犹太人家里，休进去，被犹太人杀死，其母求得尸[①]体葬之，寺钟自鸣，空中闻诵经声云。第十三节叙老母觅子处，语颇凄楚，最为世所知：

——她走到犹太人的园里，
猜他在采摘苹果，——
倘若你在这里，我的休儿啊，
请你对我说话。

据说这是一二五五（南宋理宗宝祐三年）的事情，英诗人屈塞（Chaucer）在《坎忒伯利故事》中又借了尼公的口讲过一遍，更使他有名了。这篇故事当作文学看，颇有趣味，但里边却含有一个极野蛮的迷信。犹太人谋杀休公子，到底为什么呢？有人说是把他钉在十字架上，以侮弄基督，但普通则说是杀了童子沥取鲜血，当作逾越节的羔羊用。大家知道《出埃及记》上说起，耶和华除灭以色列人的仇敌，叫他自己的人民用羊血涂门为记，他就逾越过去，不加灾害，以后每年举行这个节日，这一回不过轮到休公子身上，做了无辜的羔羊的替身罢了。这小小一件故事不打紧，在事实上却发生了不少之悲剧，欧洲有些半开化的地方如匈加利俄罗斯之类，直到近来还相信犹太人要攫去基督教的童男女沥血祀神，引起许多次反犹太的惨杀行为。犹太人在上古时代究竟是否用人于社，我不知道，或者用过也难说吧，但中世纪以来似乎没有这回事，至少在被虐杀的这几回总没有证据，这个责任是完全在迫害基督教徒的人的肩上。

基督教是博爱的宗教，但他有一个古老的传统，上帝有时候还很严厉，而且同戏剧上缺少不得净丑一样，又保存着一位魔鬼，于是而邪术与圣道对立，变成文化上的一个大障碍。《出埃及记》二十二章十八节说："行邪术的女人不可容她存活！"相信有邪术，自然就有反邪术之运动，然而其实他的丑恶也并不下于邪术，倘若说世界上真有邪术。据英国勒吉（W. E. Lecky）说，法国宗教审问所曾在都鲁思将行邪术者四百人同时正法，义大利珂摩省内一年内计共杀一千人，日内瓦地方则在三个月内将行邪术者五百人活焚云。从这一笔总账上看起来，相信犹太人要刺休公子的血而加以私刑这一件事不但很不重要，而且也还可以算是当然的了。

世界总是在进化的，近二三百年来思想解放，学术发达，宗教上的迷信也消散，发现其博爱的本色，现代的基督教已经与中世纪的很有些不同了。但是运命是最奇妙的东西，以前说乡下的低能老婆子或犹太人行邪术去搜来烧死的人，现在却反被指为行邪术，引起极大的反对了："洋鬼子"挖心肝眼珠做药的传说在中国流传了几十年，直到现在还发出福州天主教士杀孤儿熬药的新闻，不但本地学生界都相信以至发生直接行动，就是北京的新闻界也似乎深信不疑，登载纪事以及论说，表示愤激之意。这件事实在太妙了。我们如回想基督教在中世纪的狂信的迫害，看到现在翻过来倒受了不白的恶名，正合于"请君入瓮"这一句老话，或者也觉得好玩；但是以我的常识（这自然也有失败的时候）看来，总不能相信现代基督教徒真会有蒸"孤儿露"的事情！一面因为同胞还相信人肉可以做药，又使我感到满身的不愉快。相信有邪术的人才会去处死行邪术者，自己说人家用人肉做药，亦即是自己相信人肉可以做药。无论"国粹"的医书上怎样地称道天灵盖、紫河车、红铅等的功用，无论斯威夫忒（Swift）如何劝贫穷的父母把周岁孩子卖给"盒子铺"去而梁山泊也有人肉包子，但我总不相信在现代医术上孤儿肉会有什么治病的效力，——如我们外行话不能信用，可以去请问专门的医学博士。挑了十几个死尸要进福州城去到底为什么，这些死尸到底是否被谋死的，这些事须得由本地合法的机关切实查明，才能明了真相，此刻不能速断，但是拳匪以前的迷信到现在还是通行，而且还能得到一部分智识阶级的信用，这不得不说是一种怪现象，或是不祥之兆。这种故事用作文艺的材料，如希律时代的“婴儿杀戮”一样，未始没有意思，倘若当作事实，一点不怀疑地去信用他，中国智识阶级的头脑如不是太幼稚，或者也是太老了罢。

（十六年一月二十六日）

【鄢校】

①“尸”原作“死”。

非宗教运动

这个运动我不知道现在还在否？倘若是有的，我们可以来谈谈它；倘若没有了，我们也不妨来谈谈它，反正总是有过的。

他们若是非一切宗教，那也还有风趣，还说得过去，正如哲学的无政府主义一样，虽然我不明白人的宗教要求是否有一天全会消灭。

他们若是只非一派的宗教，而且又以中外新旧为界，那么这只是复古潮流的一支之表现于宗教方面者罢了。

我们最近在北京接到有光纸排印的唐时国师印度密宗不空和尚奉旨所译《护国般若波罗密多心咒》，其词曰：（京音）“阿拉代咖拉代阿拉大咖拉代吗哈普拉经娘八拉密特苏哇哈。”据说，“每晨至少虔诵一百另八遍，展转劝导，免难获福，功德不可思议”。颁发这些有光纸传单的善人居士自然不会含有资本家的色彩，但说合于科学窃恐也是未必。非宗教者对于这些不加一点非难，是否因为它（佛教）古而宽容之，虽然本来也是外国的异端。

同善社等等“道教”——非李耳先生的教派，乃用作 Shamanism 的意义——的复活是大家知道的事实，也不见非宗教者以一矢相加遗。“孔教”也将复活起来了，公私立学校内不久将如教会学校的强迫做礼拜，不但设一两组“查经班”，还要以经书为唯一的功课，自小学以至于大学：非宗教者亦有所闻否？《群强报》上已记载的很明白，关外已在那里这样办了：凡事必由关外而至关内，历史明明白白地告诉我们（这是汉族的丑奴性），所以孔教也将重由山海关进来无疑。非宗教家与反孔先生于意云何？——吾过矣！使吾言而信，中国的所谓非宗教实即复古潮流之一支，然而其运动之（非意识的）目的原不过执殳前驱为圣教清道，岂有倒戈相向之事耶！中国的非宗教运动即为孔教复兴之前兆，吾敢提出此大胆的预言与民国十四年内的事实挑战。

（十四年四月）

关于非宗教

一九二二年春间中国发生非宗教大同盟，有“灭此朝食”等口吻，我看了不以为然，略略表示反对，一时为世诟病，直到现在还被……等辈拿来做影射的材料，但是我并不讳言，而且现在也还是这个态度。我以为宗教是个人的事情，信仰只是个人自由的行动之一，但这个自由如为政治法律所许可保护，同时也自当受他的节制。一切的行动在不妨害别人的时候可以自由，出了这个范围便要受相当的干涉，这是世间的通例，我想宗教也就是如此，固不必因为是宗教而特别优遇，也无须因为是宗教而特别轻视他。譬如一个人信仰耶和华，在自己的教堂里祈祷，当然应该让他自由，但他如在道旁说教，恐吓诱惑，强劝人入教等，警察就当加以禁止；一个人在家吃三官素，拜财神菩萨，也可以不问，但他如画符念咒，替人家治病，或者在半夜三更祭神大放爆竹，那就应带区究办了。因为我不是任何宗教家，所以并不提倡宗教，但同时也相信要取消宗教是不可能的；我的意思是只想把信仰当做个人的行动之一，与别的行动一样地同受政治法律的保障与制裁，使他能满足个人而不妨害别人。前回江绍原君批评冯友兰博士的《人生哲学》的时候，我也对绍原说过，我倒是颇赞同冯博士的意见的，所不同者冯博士是以哲学为根据，我只是凭依我这最平凡的一点儿常识罢了。

非宗教者如为破除迷信拥护科学，要除灭宗教这东西本身，没收教会，拆毁寺庙，那我一定还是反对，还提出我的那中庸为主张来替代这太理想的破坏运动。但是，假如这不算是积极的目的，现在来反对基督教，只当作反帝国主义的手段之一，正如不买英货等的手段一样，那可是另一问题了。不买英货的理由，并不因为这是某一种货，乃是因为英国的货，所以不买，现在反基督教的运动如重在当作反帝国主义的手段，并不因为是宗教的缘故而反对他，那么非宗教的意见虽仍存在，但在这里却文不对题，一点都用不着了。我们虽相信基督教本身还是一种博爱的宗教，但理论与事实是两件事，英国自五卅以来，在上海沙基万县汉口等处迭施残暴，英国固忝然自称基督教国，而中外各教会亦无一能打破国界表示反对者，也系事实。今当中国与华洋帝国主义殊死斗之时，欲凭一番理论一纸经书，使中国人晓然于基督教与帝国主义之本系截然两物，在此刻总恐怕不是容易的事吧。城门失火，殃及池鱼，对于基督教固然不能不说是无妄之灾，但是没有法子，而且这个责任还应由英国负之，至少也应当由欧洲列强分负其责。

我所说的反对基督教运动，是指由政治的见地，由一种有组织的负责的机关破坏或阻遏外国宗教团体的事业进行而言，若福州厦门一带的反教事件，纯系愚民的暴动，当然不算在内。说教士毒死孤儿，或者挖了眼睛做药，都是拳匪时代的思想，现在却还流行着，而且还会占这样大的势力，实在可为寒心。在这一点，现在做政治的反基督教运动的人或者倒不可不多加考虑，这剂剧药里的确也不是没有馀毒。

（一九二七年一月二十四日，于北京）

寻路的人

赠徐玉诺君

我是寻路的人。我日日走着路寻路，终于还未知道这路的方向。

现在才知道了：在悲哀中挣扎着正是自然之路，这是与一切生物共同的路，不过我们意识着罢了。

路的终点是死，我们便挣扎着往那里去，也便是到那里以前不得不挣扎着。

我曾在西四牌楼看见一辆汽车载了一个强盗往天桥去处决，我心里想，这太残酷了，为什么不照例用敞车送的呢？为什么不使他缓缓的看沿路的景色，听人家的谈论，走过应走的路程，再到应到的地点，却一阵风的把他送走了呢？这真是太残酷了。

我们谁不是坐在敞车上走着呢？有的以为是往天国去，正在歌笑；有的以为是下地狱去，正在悲哭；有的醉了，睡了。我们——只想缓缓的走着，看沿路景色，听人家谈论，尽量的享受这些应得的苦和乐。

至于路线如何，或是由西四牌楼往南，或是由东单牌楼往北，那有什么关系？

玉诺是于悲哀深有阅历的，这一回他的村寨被土匪攻破，只有他的父亲在外边，此外的人都还没有消息。他说，他现在没有泪了。——你也已经寻到了你的路了罢。

他的似乎微笑的脸，最令我记忆，这真是永远的旅人的颜色。我们应当是最大的乐天家，因为再没有什么悲观和失望了。

（一九二三年七月三十日）

两个鬼

在我[1]的心头住着 Du Daimone，可以说是两个——鬼。我踌躇着说鬼，因为他们并不是人死所化的鬼，也不是宗教上的魔，善神与恶神，善天使与恶天使。他们或者应该说是一种神，但这似乎太尊严一点了，所以还是委屈他们一点称之曰鬼。

这两个是什么呢？其一是绅士鬼，其二是流氓鬼。据王学的朋友说人是有什么良知的，教士说有灵魂，维持公理的学者们也说凭着良心，但我觉得似乎都没有这些，有的只是那两个鬼，在那里指挥我的一切的言行。这是一种双头政治，而两个执政还是意见不甚协和的，我却像一个钟摆在这中间摇着。有时候流氓占了优势，我便跟了他去彷徨，什么大街小巷的一切隐密无不知悉，酗酒，斗殴，辱骂，都不是做不来的，我简直可以成为一个精神上的"破脚骨"。但是在我将真正撒野，如流氓之"开天堂"等的时候，绅士大抵就出来高叫“带住，着即带住！”说也奇怪，流氓平时不怕绅士，到得他将要撒野，一听绅士的吆喝，不知怎的立刻一溜烟地走了。可是他并不走远，只在衖头衖尾探望，他看绅士领了我走，学习对淑女们的谈吐与仪容，渐渐地由说漂亮话而进于摆臭架子，于是他又赶出来大骂道：“Nohk oh dausangtzr keh niarngsaeh, fiaulctōng tserntseuzeh doodzang kaeh moavaeh toang yuachu！”（案此流氓文大半有音无字，故今用拼音，文句也不能直译，大意是说“你这混帐东西，不要臭美，肉麻当作有趣”。）这一下[②]子，棋又全盘翻过来了。而流氓专政即此渐渐地开始。

诺威的巨人易卜生有一句格言曰：“全或无。”诸事都应该澈底才好，那么我似乎最好是去投靠一面，“以身报国”似的做去，必有发达之一日，一句话说，就是如不能做“受路足”的无赖，便当学为水平线上的乡绅。不过我大约不能够这样做。我对于两者都有点舍不得，我爱绅士的态度与流氓的精神。绅士不肯“叫一个铲子是铲子”，我想也是对的，倘若叫铲子便有了市侩的俗恶味，但是也不肯叫作别的东西那就很错了。我不很愿意在作文章时用电码八三一一，然而并不是不说，只是觉得可以用更好的字，有时或更有意思。我为这两个鬼所迷，着实吃苦不少，但在绅士的从肚脐画一大圈及流氓的“村妇骂街”式的言语中间，也得到了不少的教训，这总算还是可喜的。我希望这两个鬼能够立宪，不，希望他们能够结婚，倘若一个是女流氓，那么中间可以生下理想的王子来，给我们作任何种的元首。

（十五年七月）

【锺校】

①本文最早发表在1926年8月9日《语丝》91期，后收入《谈虎集》，首句均作“在我们的心头……”，但8月16日《语丝》92期作者发表《〈两个鬼〉刊误》：“首句‘在我的心头住着Du Daimone’，被‘手民先生’误作‘在我们的心头……’，大有拉人下水之嫌，特此声明改正。”据此改。

②此处原衍“之”字，已删。

拈阄

近日检阅旧稿，有《我最》这一篇小文，前半已经过了时，没有用了，但后半却还有意思，想保存他，今暂且改录在这里，作为一节闲话。

今日在抽屉底里找出祖父在己亥年（1899）所写的一本遗训，名曰《恒训》，见第一章中有这样一节："少年看戏三日夜，归倦甚。我父斥曰，汝有用精神为下贱戏子所耗，何昏愚至此！自后逢歌戏筵席，辄忆前训，即托故速归。"

我读了不禁觉得惭愧，好像是警告我不要多同无聊人纠缠似的。无论去同正人君子或文人学士厮打，都没有什么意思，都是白费精神，与看戏三日夜是同样的昏愚。虽然我不是什么贤孙，但这一节祖训我总可以也应该身体力行的。让我离开了下贱戏子，去用我自己的功罢。

我的工作是什么呢？只有上帝知道。我所想

知道一点的都是关于野蛮人的事，一是古野蛮，二是小野蛮，三是“文明”的野蛮。我还不晓得是哪一样好，或者也还只好来拈阄。拈阄，拈阄！……不知道是哪一样好。倘若是他的意思，叫我拈到末一个阄，那么南无三宝！我又得回到老局面里去，岂不冤哉！……这且不要管他，将来再看罢。拈阄，拈阄！等拈出阄来再看。我总希望不要拈着第三个阄，因为那样做是昏愚。

这是十四年九月二十七日的话，到现在已经是一年半了。阄呢，还得重拈。这回我想拣出那第一个来，若是做得到。

（十六年三月二十日）

我学国文的经验

我到现在做起国文教员来，这实在在我自己也觉得有点古怪的，因为我不但不曾研究过国文，并且也没有好好地学过。平常做教员的总不外这两种办法，或是把自己的赅博的学识倾倒[①]出来，或是把经验有得的方法传授给学生，但是我于这两者都有点够不上。我于怎样学国文的上面就压根儿没有经验，我所有的经验是如此的不规则，不足为训的，这种经验在实际上是误人不浅，不过当做故事讲也有点意思，似乎略有浪漫的趣味，所以就写他出来，送[②]给《孔德月刊》的编辑，聊以塞责。收稿的期限已到，只有这一天了，真正连想另找一个题目的工夫都没有了，下回要写，非得早早动手不可，要紧要紧。

乡间的规矩，小孩到了六岁要去上学，我大约也是这时候上学的。是日，上午，衣冠，提一腰鼓式的灯笼，上书"状元及第"等字样，挂生葱一根，意取

“聪明”之兆，拜“孔夫子”而上课，先生必须是秀才以上，功课则口授《鉴略》起首两句，并对一课，曰“元”对“相”，即放学。此乃一种仪式，至于正式读书，则迟一二年不等。我自己是哪一年起头读的，已经记不清了，只记得从过的先生都是本家，最早的一个号叫花塍，是老秀才，他是吸雅片烟的，终日躺在榻上，我无论如何总记不起他的站立着的印象。第二个号子京，做的怪文章，有一句试帖诗云，“梅开泥欲死”，很是神秘，后来终以风狂自杀了。第三个的名字可以不说，他是以杀尽革命党为职志的，言行暴厉的人，光复的那年，他在街上走，听得人家奔走叫喊“革命党进城了！”立刻脚软了，再也站不起来，经街坊抬他回去；以前应考，出榜时见自己的前一号（坐号）的人录取了（他自己自然是没有取），就大怒，回家把院子里的一株小桂花都拔了起来。但是从这三位先生我都没有学到什么东西，到了十一岁时往三味书屋去附读，那才是正式读书的起头。所读的书我还清清楚楚地记得，是一本“上中”，即《中庸》的上半本，大约从“无忧者其唯文王乎”左近读起。书房里的功课是上午背书上书，读生书六十遍，写字；下午读书六十遍，傍晚不对课，讲唐诗一首。老实说，这位先生的教法倒是很宽容的，对学生也颇有理解，我在书房三年，没有被打过或罚跪。这样，我到十三岁的年底，读完了《论》《孟》《诗》《易》及《书经》的一部分。“经”可以算读得也不少了，虽然也不能算多，但是我总不会写，也看不懂书，至于礼教的精义尤其茫然，干脆一句话，以前所读之经于我毫无益处，后来的能够略写文字及养成一种道德观念，乃是全从别的方面来的。因此我觉得那些主张读经救国的人真是无谓极了，我自己就读过好几经（《礼记》《春秋》《左传》是自己读的，也大略读过，虽然现在全忘了），总之就是这么一回事，毫无用处，也不见得有损，或者只耗废若干的光阴罢了。恰好十四岁时往杭州去，不再进书房，只在祖父旁边学做八股文试帖诗，平日除规定看《纲鉴易知录》，抄《诗韵》以外，可以随意看闲书，因为祖父是不禁小孩看小说的。他是个翰林，脾气[3]又颇乖戾，但是对于教育却有特别的意见：他很奖励小孩看小说，以为这能使人思路通顺，有时高兴便同我讲起《西游记》来，孙行者怎么调皮，猪八戒怎样老实，——别的小说他也不非难，但最称赏的却是这《西游记》。晚年回到家里，还是这样，常在聚族而居的堂前坐着对人谈讲，尤其是喜欢找他的一位堂弟（年纪也将近六十了罢）特别反复地讲“猪八戒”，仿佛有什么讽刺的寓意似的，以致那位听者轻易不敢出来，要出门的时候必须先窥探一下，如没有人在那里等他去讲猪八戒，他才敢一溜烟地溜出门去。我那时便读了不少的小说，好的坏的都有，看纸上的文字而懂得文字所表现的意思，这是从此刻才起首的。由《儒林外史》《西游记》等渐至《三国演义》，转到《聊斋志异》，这是[4]从白话转到文言的径路。教我懂文言，并略知文言的趣味者，实在是这《聊斋》，并非什么经书或是《古文析义》之流。《聊斋志异》之后，自然是那些《夜谈随录》等的假聊斋，一变而转入《阅微草堂笔记》，这样，旧派文言小说的两派都已入门，便自然而然地跑到《唐代丛书》里边去了。不久而“庚子”来了。到第二年，祖父觉得我的正途功名已经绝望，照例须得去学幕或是经商，但是我都不愿，所以只好“投笔从戎”，去进江南水师学堂。这本是养成海军士官的学校，于国文一途很少缘分，但是因为总办方硕辅观察是很重国粹的，所以入学试验颇是严重，我还记得国文试题是“云从龙风从虎论”，复试是“虽百世可知也论”。入校以后，一礼拜内五天是上洋文班，包括英文科学等，一天是汉文，一日的功课是，早上打靶，上午八时至十二时为两堂，十时后休息十分钟，午饭后体操或升桅，下午一时至四时又是一堂，下课后兵操。在上汉文班时也是如此，不过不坐在洋式的而在中国式的讲堂罢了，功课是上午作论一篇，馀下来的工夫便让你自由看书，程度较低的则作论外还要读《左传》或《古文辞类纂》。在这个状况之下，就是并非预言家也可以知道国文是不会有进益的了。不过时运真好，我们正苦枯寂，没有小说消遣的时候，翻译界正逐渐兴旺起来，严幾道的《天演论》，林琴南的《茶花女》，梁任公的《十五小豪杰》，可以说是三派的代表。我那时的国文时间实际上便都用在看这些东西上面，而三者之中尤其是以林译小说为最喜看，从《茶花女》起，至《黑太子南征录》止，这其间所出的小说几乎没有一册不买来读过。这一方面引我到西洋文学里去，一方面又使我渐渐觉到文言的趣味，虽林琴南的礼教气与反动的态度终是很可嫌恶，他的拟古的文章也时时成为恶札，容易教坏青年。我在南京的五年，简直除了读新小说以外别无什么可以说是国文的修养。一九〇六年南京的督练公所派我与吴周二君往日本改习建筑，与国文更是疏远了，虽然曾经忽发奇想地到民报社去听章太炎讲过两年“小学”。总结起来，我的国文的经验便只是这一点，从这里边也找不出什么学习的方法与过程，可以供别人的参考，除了这一个事实，便是我的国文都是从看小说来的，倘若看几本普通的文言书，写一点平易的文章，也可以说是有了运用国文的能力。现在轮到我教学生去理解国文，这可使我有点为难，因为我没有被教过这是怎样地理解的，怎么能去教人。如非教不可，那么我只好对他们说，请多看书。小说，曲，诗词，文，各种；新的，古的，文言，白话，本国，外国，各种；还有一层，好的，坏的，各种：都不可以不看，不然便不能知道文学与人生的全体，不能磨炼出一种精纯的趣味来。自然，这不要成为乱读，须得有人给他做指导顾问，其次要别方面的学问知识比例地增进，逐渐养成一个健全的人生观。

写了之后重看一遍，觉得上面所说的话平庸极了，真是“老生常谈”，好像是笑话里所说，卖必效的臭虫药的，一重一重的用纸封好，最后的一重里放着一张纸片，上面只有两字曰“勤捉”。但是除灭臭虫本来除了勤捉之外别无好法子，所以我这个方法或者倒真是理解文章的趣味之必效法也未可知哩。

（一九二六年，九月三十日，于北京）

【鄢校】

①“倒”原作“到”。

③“气”原作“皮”。

【锺校】

②“送”原作“这”。

④“是”原作“自”。

妇女运动与常识

现在的中国人民，不问男女，都是一样的缺乏常识，不但是大多数没有教育的人如是，便是受过本国或外国高等教育的所谓知识阶级的朋友也多是这样。他们可以有偏重一面的专门学问，但是没有融会全体的普通智识，所以所发的言论就有点莫名其妙，终于成为新瓶里装的陈的浑[①]酒。这样看来，中国人民正是同样的需要常识，并不限于女子，不过现在因为在“妇女运动号”上做文章，所以先就女子的方面立说罢了。

妇女运动在中国总算萌芽了，但在这样胡里胡涂，没有常识的人们中间，我觉得这个运动是不容易开花，更不必说结实了；至少在中坚的男女智识阶级没有养成常识以前，这总是很少成功的希望的。妇女运动是怎样发生的呢？大家都知道，因为女子有了为人或为女的两重的自觉，所以才有这个解放的运动。中国却是怎样？

大家都做着人，却几乎都不知道自己是人；或者自以为是“万物之灵”的人，却忘记了自己仍是一个生物。在这样的社会里，决不会发生真的自己解放运动的。我相信必须个人对于自己有了一种了解，才能立定主意去追求正当的人的生活，希腊哲人达勒思（Thales）的格言道，“知道你自己”（Gnōthi seauton），可以说是最好的教训。我所主张的常识，便即是使人们“知道你自己”的工具。

平常说起常识，总以为就是所谓实用主义的教育家所提倡的那些东西，如写契据或看假洋钱之类，若是关于女子的那一定是做蛋糕和绣眼镜袋了。我的意思却是截不相同。女子学做蛋糕原来也是好的（其实男子也正不妨学做），但只会做蛋糕等事不能就说是尽了做人的能事了，因为要正经的做人，还有许多事情应该知道。倘若不然，那么只能无意识的依着本能和习惯过活，决不会有对于充实的生活的要求了。正当的人生的常识，据我的意见，有这几种是必要的，分为五组，列举于下，并附以说明。

A　具体的科学

〇第一组　关于个人者

（甲）理论的

一、人身生理（特别注意性的知识）

二、心理学

（乙）实际的

一、医学大意

二、教育

〇第二组　关于人类及生物者

（甲）

一、生物学（进化论遗传论）

二、社会学（文化发达[②]史）

三、历史

（乙）

一、善种学

二、社会科学

〇第三组　关于自然现象者

（甲）

一、天文

二、地学

三、物理

四、化学

（乙）

实业大要

B　抽象的科学

〇第四组　关于科学基本者

一、数学

二、哲学

C 创造的艺术

○第五组

(甲)

一、艺术概论

二、艺术史

(乙)

一、文艺

二、美术

三、音乐

以上开了一大篇账，一眼看去，仿佛是想把百科知识硬装到脑里去，有如儒者之主张通天地人，或者不免似乎有点冥顽，其实是不然的。这个计划本来与中学课程的意思相同，不过学校功课往往失却原意，变成专门的预备，以致互相妨碍，弄得一样都没有成绩；现在所说的却是重在活用，又只是一种大要，所以没有什么困难而有更大的效果。譬如第一组的人身生理，目的是在使学者知道自身的构造与机能，不必一定要能谙记全身有几块骨头等，只要了解大体，知道痰不能裹食，食不能裹火，或者无论怎样“静坐”，小肚里的气决不会涌上来，从头顶上钻出去，那就好了。能够有善于编辑的人，尽可以在一百页的书里说明生理的基本事件，其馀的或者还可简短一点，所以这繁多的项目也不成问题的了。

第一组的知识以个人本身为主，分身心两部；生理又应注重性的知识，这个道理在明白的人早已了解（在胡涂人也终于说不清楚），所以可以无需再加说明。

第二组是关于生物及人类全体的知识，一项的生物学叙述生物共通的生活规则，以及进化遗传诸说，并包含普通的动植物及人类学（形质方面的）。二项社会学即总括广义的人类学与民俗学，实即为人类文化的研究，凡宗教道德制度技术一切的发达变迁都归纳在内，范围很是广大，其专事纪录者为历史。以上两组的知识最为切要，因为与我们关系至为密切，要想解决切身的重要问题，都非有这些知识做根柢[3]不可。譬如有了性的知识可以免去许多关于性的黑暗和过失；有了文化史的知识，知道道德变迁的陈迹，便不会迷信天经地义，把一时代的习惯当作万古不变的真理了。所以在人生的常识中，这两组可以算是基本的知识。

第三组是关于天然现象的知识，第四组是科学的基本知识，可以不加说明。以上四组分为A、B两部，都是科学知识，他们的用处是在于使我们了解本身及与本身有关的一切自然界的现象，人类过来的思想行为的形迹，随后凭了独立的判断去造成自己的意见，这是科学常识所能够在理智上给予我们的最大的好处了。

第五组特别成为一部，是艺术一类，他们的好处完全是感情上的。或者有人疑惑，艺术未必是常识里所必需的东西，但我觉得并不如此。在全人生中艺术的分子实在是很强的，不可轻易的看过。我曾在《北京女高师周刊》上一篇文章里说过：

> 我们的天性欲有所取，但同时也欲有所与；能使我们最完全的满足这个欲求的，第一便是文学。我们虽然不是文学专家，但一样的有这欲求；不必在大感动如喜悦或悲哀的时候，就是平常的谈话与访问，也可以说是这个欲求的一种明显的表示。因为这个缘故，文学于我们，当作一种的研究以外，还有很重要的意义与密切的关系，因为表现自己和理解他人在我们的现代生活里是极重要的一部分。

虽然所说的只是文学，本来可以包括艺术的全体。所谓艺术的常识并不是高深的鉴赏与批评，只是“将艺术的意义应用在实际生活上，使大家有一点文学的风味，不必人人是文学家而各能表现自己与理解他人；在文字上是能通畅的运用国语，在精神上能处处以真情和别人交涉”。在中国，别的几组的知识，或者还容易养成，至于这一种却是十分为难，虽然也是十分需要，因为向来把艺术看的太与人生远隔了，所以关于这一项很须注意才行。

养成这些常识，大抵在中国以外的各国，有适用的书物，没有什么困难，但中国便不能如此顺遂。书籍中说是没有一本适宜的，大约并不为过；生理教科书里都是缺少一篇的，可以想见科学家对于人身的观念了。社会学类更没有一本好书，说也奇怪，除了严幾道的一二译本外竟没有讲到文化发达的书了。爱尔乌特所编的《社会学》在美国虽然怎样有名，在现在这个目的上是不适用的。我们所要求的是一种文化史大纲，仿佛威士德玛克的《道德思想的起源与发达》，泰勒的《原始文化》一流的著作，而简要赅括，能够使我们了解文化的大概的一部书。别的方面，大约也是这样。中国不能说是没有专门学者，本来不应该还有这样的“常识荒”的现象，但事实总是事实，我们也就不能不归咎于学者的太专门了，只是攀住了一只角落，不能融会贯通的一瞥人文的全体，所以他们的见识总是有点枝枝节节的，于供给全的人生的常识不免不甚适合了。在中国没有这样的一套常识丛书，也没有养成全的个人的一种学院的时候，我们这种希望原只能当作理想，说了聊以快意，但如能涉猎外国书物，也可以达到几分目的。这虽然不是很容易的事，但为做人的大问题的缘故，不能太辞劳悴了；而且我们也还梦想有好事的人们出来，去担任编丛书设学院的事，所以这一个养成常识的主张也还不能算是十分渺茫的高调罢。

这一年来，中国妇女问题的声浪可以说是很高了，不喜欢谈恋爱问题的人，也觉得参政之类是可以谈的了，但是一方面却又有顽固的反动，以为女子是天生下来专做蛋糕的，这个道理同火一般的明白，更不成什么问题。我也承认运动解放的女子里有多数还未确实的自觉，但对于那些家政万能的学者更要表示不满。究竟他们是否多少了解自己，还是很人的疑问，更不必说知道女子了。我不知道他们根据什么（大约是西国的风俗?），便断定女子只应做蛋糕，尤其不懂有什么权利要求女子给他们做蛋糕。这真是一个笑话罢了。倘若以为这是日常生活里的需要，各人都应知道，那么也不必如此郑重的提倡，也不能算作常识的项目，更不能当作人生的最高目的。我希望现在主持妇女运动的女子和反对妇女运动的男子都先去努力获得常识，知道自己是什么，人与自然是什么，然后依了独立的判断实做下去，这才会有功效。——然而那些“蛋糕第一”的学者们，大约未必肯见听从，他们大约永远不会知道“自己是什么”的了。

（一九二三年一月）

【锺校】

①“的浑”两字原加引号，已删。

②“发达”原作“达发”。

③“柢”原作“抵”。

论做鸡蛋糕

近来对于女子教育似乎有两派主张，一派是叫女学生要专做鸡蛋糕，一派是说不应该做。这两派的人自然各有理由，不肯相下，现在姑且不去管他，照我个人的意见说来，我却是赞成做鸡蛋糕的。

本来鸡蛋糕这东西是点心中颇好吃的一种，从店铺里买来的一定价钱不很便宜，那么倘若自己能做，正是极好的事，所以我对于女学生做鸡蛋糕学说表示赞成。但是，我得声明，我不是正统的鸡蛋糕学派，因为他们的理由是老爷爱吃鸡蛋糕故太太应做之，说得冠冕一点是夫为妻纲思想的遗风，这是我所始终反对的。我的主张本来并不限于女子，便是男子也该会做鸡蛋糕，不但是鸡蛋糕，便是煮饭洗衣男子也该会做，不过现在是谈女子教育，所以只就这一方面立论罢了。

我并不是学教育的，也不曾熟知中国女子，因此我不能以什么教育家或是丈夫的资格来陈述她们的缺点，提议教育上的补救方法。我只是以旁观的地位，就见闻所得，说一句老实话，觉得现代女子的确有一个缺点，即缺乏知识之实用。我决不说世风日下，以为旧妇女比新的要好要能干：胡涂的经验与空洞的知识一样是无用的。若是做真的鸡蛋糕等等，多谢有些学校及杂志的提倡，恐怕新妇女的手段未必怎么不及她们的老辈，所可惜的是对于人生这一个大鸡蛋糕她们也同老姑母们一样的没有办法。我说她们应该懂的是这个鸡蛋糕的做法。

处理人生的方案我想是没有人可以拟定传授的，须得各自去追求才对，但是这上面必要的常识却是可以修得。这可以分为普通知识之获得及其实用来说。在现在这个过渡时代里，只凭了传统的指导去生活，固然也还可暂时敷衍过去，不过这不是我所希望于青年男女者，所以应毋庸议，虽然那种生活法或者倒是颇安全而且舒服的，倘若那个人的个性不大发达，没有什么思想。为现代的新青年计，人生的基本知识是必要的，大要就是这几种学科：

一，自然科学类，内有天文学，地质学，生物学三种。

二，社会科学类，内只人类学一种，但包含历史等在内。

一眼看去，这都是专门学问，非中学课程中所有，要望青年男女得到这种知识，岂非梦话。这个情形我原是知道的，不过我的意思是只要了解大意便好，并不是专攻深造，大约不是很难的事。我的空想的计画是，先从生物学入手，明了了生物的生理及其一生的历史，再从进化说去看生物变迁之迹，就此过渡到地质学方面，研究我们所住的这块地的历史及现状，以后再查考地球在太阳系的位置，并太阳系与别的星星的关系，那就移到天文学上去了。这是右翼，左翼是人类学，青年先从这里知道民族分类的情形，再注意于“社会人类学”的一部分，明白社会组织以及文化道德的发达变迁，于是这号称万物之灵的人类的历史大旨可以知道了。此外在右翼还可加入理化数学，左翼加入政治经济，但如有了上边的基本知识也就足以应用，不但《女儿经》及其他都用不着，就是不读圣经贤传，在一生里也可以没有什么过恶了。这种常识教科书，倘若有适当的人来编，我想不是什么难事，或者只要二十万言就可以写成四本书，此外单行小册自然愈多愈好。只可惜中国人于编书一事似乎缺少才能，我看了那些刊行的灌输知识的丛书，对于上面所说的乐观的话觉得未免有点过分。

我们假定这些知识已经有了，但是如不能利用，还是空的。本来凡有知识无一不是有益有用的，只要人能用他。中国人因为奴性尚未退化，喜因而恶创，善记忆而缺乏思索，虽然获得新知识也总是堆积起来，不能活用。古希腊哲人云，“多识不能益智”，正是痛切的批评。据英国故部丘（S. H. Butcher）教授说，希腊的“多识”（Polymathié）一语别有含义，系指一堆事实，记在心里，未曾经过理知的整理之谓。中国人的知识大抵如此，我常说这好像是一家药材店，架上许多抽屉贮藏着各种药品，一格一格的各不相犯，乌头附子与茯苓生地间壁放着，待有主顾时取用。中国人的脑子里也分作几隔，事实与迷信同时并存，所以学过生理的人在讲台上教头骨有几块，生病时便相信符水可以止痢，石燕可以催生，而静坐起来“丹田”里有一股气可以穿过横隔膜，钻通颅骨而出去了。现在当一反昔日之所为，把所得的知识融会贯通，打成一片，组织起一种自己的人生观，时时去与新得的知识较量，不使有什么分裂或矛盾，随后便以这个常识为依凭，判断一切日常的事件与问题。这样做去，虽然不能说一定可以安身立命，有快乐而无烦闷，总之这是应当如此的，而且有些通行的谬误思想，如天地人为三才，天上有专管本国的上帝，地球是宇宙之中心，人身不洁，性欲罪恶，道德不变，有什么天经地义，等等谬见，至少总可以免除了罢。我对于文明史的研究全是外行，但我相信，凡不必要的束缚与牺牲之减少即是文明的信征，反是者为野蛮。一民族的文明程度之高下，即可以道德律的宽严简繁测定之，而性道德之解放与否尤足为标准，至于其根本缘因则仍在于常识的完备，趣味的高尚，因是而理知与感情均进于清明纯洁之域。中国号称礼教之邦，而夷考其实，社会上所主张的道德多是以传统迷信为根基的过去的遗物（现在亦并不实行，只是借此以文过饰非，或为做文章的资料），一般青年却都茫然不知辨别，这是很可叹的事，所以常识之养成在此刻中国实为刻不可缓的急务，愿大家特别注意，不要再沉湎于自己骗自己的“东方精神文明”的鸦片烟酒里了。

我临了重复的说，现代女子的确太缺乏知识，不要说知识实用了。在贤母良妻式的女学校“求学”的女学生，不愁不会做鸡蛋糕，但是此外怎样？结婚，育儿，当然是可能的，向来目不识一丁字的女人不是都能尽职么？难道这于学问有什么相干？是的，我要说，什么事都要学，单凭本能与经验是不中用的。圣经上说，“未有学养子而后嫁者也”，这正是贤者千虑之一失，现在应当倒过来说，未有嫁而后学养子者也。想做贤母良妻之人，不知道女人，男人，与小儿是什么东西，这岂不是笑话？这个问题说起来很长，与本文只是一部分的关系，现在且不说下去了，只劝告诸君，侯勃忒夫人（Mrs. S. Herbert）的《两性志》（*Sex-lore*，A. & C. Black）与《儿童志》（*Child-lore*，Methuen & Co.）二书可以一读，即使不读另外关于两性及儿童心理的书。

（民国十五年七月二十日，于北京）

北沟沿通信

某某君：

一个月前你写信给我，说蔷薇社周年纪念要出特刊，叫我做一篇文章，我因为其间还有一个月的工夫，觉得总可以偷闲来写，所以也就答应了。但是，现在收稿的日子已到，我还是一个字都没有写，不得不赶紧写一封信给你，报告没有写的缘故，务必要请你原谅。

我的没有工夫作文，无论是预约的序文或寄稿，一半固然是忙，一半也因为是懒，虽然这实在可以说是精神的疲倦，乃是在变态政治社会下的一种病理，未必全由于个人之不振作。还有一层，则我对于妇女问题实在觉得没有什么话可说。我于妇女问题，与其说是颇有兴趣，或者还不如说很是关切，因为我的妻与女儿们就都是女子，而我因为是男子之故对于异性的事自然也感到牵引，虽然没有那样密切的关系。我不很赞同女子参政运动，我觉得这只在有些宪政国里可以号召，即使成就也没有多大意思，若在中国无非养成多少女政客女猪仔罢了。想来想去，妇女问题的实际只有两件事，即经济的解放与性的解放。然而此刻现在这个无从谈起，并不单是无从着手去做，简直是无可谈，谈了就难免得罪，何况我于经济事情了无所知，自然更不能开口，此我所以不克为《蔷薇》特刊作文之故也。

我近来读了两部书，觉得都很有意思，可以发人深省。他们的思想虽然很消极，却并不令我怎么悲观，因为本来不是乐天家，我的意见也是差不多的。其中的一部是法国吕滂（G. Le Bon）著《群众心理》，中国已有译本，虽然我未曾见，我所读的第一次是日文本，还在十七八年前，现在读的乃是英译本。无论人家怎样地骂他是反革命，但他所说的话都是真实，他把群众这偶像的面幕和衣服都揭去了，拿真相来给人看，这实在是很可感谢虽然是不常被感谢的工作。群众还是现在最时新的偶像，什么自己所要做的事都是应民众之要求，等于古时之奉天承运，就是真心做社会改造的人也无不有一种单纯的对于群众的信仰，仿佛以民众为理性与正义的权化，而所做的事业也就是必得神佑的十字军。这是多么谬误呀！我是不相信群众的，群众就只是暴君与顺民的平均罢了，然而因此凡以群众为根据的一切主义与运动，我也就不能不否认，——这不必是反对，只是不能承认他是可能。妇女问题的解决，似乎现在还不能不归在大的别问题里，而且这又不能脱了群众运动的范围，所以我实在有点茫然了。妇女之经济的解放是切要的，但是办法呢？方子是开了，药是怎么配呢？这好像是一个居士游心安养净土，深觉此种境界之可乐，乃独不信阿弥陀佛，不肯唱佛号以求往生，则亦终于成为一个乌托邦的空想家而已！但是，此外又实在是没有办法了。

还有一部书是维也纳妇科医学博士鲍耶尔（B. A. Bauer）所著的《妇女论》，是英国两个医生所译，声明是专卖给从事于医学及其他高等职业的人与心理学社会学的成年学生的，我不知道可以有那一类的资格，却承书店认我是一个 Sexologiste，也售给我一本，得以翻读一过。奥国与女性不知有什么甚深因缘，文人学士对于妇女总特别有些话说，这位鲍博士也不是例外，他的意见倒不受佛洛依特的影响，却是有点归依那位《性与性格》的著者华宁格耳的，这于妇女及妇女运动都是没有多大好意的。但是我读了却并没有什么不以为然，而且也颇以为然，虽然我自以为对于女性稍有理解，压根儿不是一个憎女家（Misogyniste）。我固然不喜欢像古代教徒之说女人是恶魔，但尤不喜欢有些女性崇拜家，硬颂扬女人是圣母，这实在与老流氓之要求贞女有同样的可恶：我所赞同者是混和说，华宁格耳之主张女人中有母妇娼妇两类，比较地有点儿相近了。这里所当说明者，所谓娼妇类的女子，名称上略有语病，因为这只是指那些人，她的性的要求不是为种族的继续，乃专在个人的欲乐，与普通娼妓之以经济关系为主的全不相同。鲍耶尔以为女子的生活始终不脱性的范围，我想这是可以承认的，不必管他这有否损失女性的尊严。现代的大谬误是在一切以男子为标准，即妇女运动也逃不出这个圈子，故有女子以男性化为解放之现象，甚至关于性的事情也以男子观点为依据，赞扬女性之被动性，而以有些女子性心理上的事实为有失尊严，连女子自己也都不肯承认了。其实，女子的这种屈服于男性标准下的性生活之损害决不下于经济方面的束缚，假如鲍耶尔的话是真的，那么女子这方面即性的解放岂不更是重要了么？鲍耶尔的论调虽然颇似反女性的，但我想大抵是真实的，使我对于妇女问题更多了解一点，相信在文明世界里这性的解放实是必要，虽比经济的解放或者要更难也未可知：社会文化愈高，性道德愈宽大，性生活也愈健全，而人类关于这方面的意见却也最顽固不易变动，这种理想就又不免近于昼梦。

反女性的论调恐怕自从“天雨粟鬼夜哭”以来便已有之，而憎女家之产生则大约在盘古开天辟地以后不远罢。世人对于女性喜欢作种种非难毁谤，有的说得很无聊，有的写得还好，我在小时候见过唐代丛书里的一篇《黑心符》，觉得很不错，虽然三十年来没有再读，文意差不多都忘记了。我对于那些说女子的坏话的也都能谅解，知道他们有种种的缘由和经验，不是无病呻吟的，但我替她们也有一句辩解：你莫怪她们，这是宿世怨对！我不是奉“《安士全书》人生观”的人，却相信一句话曰“远报则在儿孙”，《新女性》发刊的时候来征文，我曾想写一篇小文题曰“男子之果报”，说明这个意思，后来终于未曾做得。男子几千年来奴使妇女，使她在家庭社会受各种苛待，在当初或者觉得也颇快意，但到后来渐感到胜利之悲哀，从不平等待遇中养成的多少习性发露出来，身当其冲者不是别人，即是后世子孙，真是所谓天网恢恢疏而不漏，怪不得别人，只能怨自己。若讲补救之方，只在莫再种因，再加上百十年的光阴淘洗，自然会有转机，像普通那样地一味怨天尤人，全无是处。但是最后还有一件事，不能算在这笔账里，这就是宗教或道学家所指点的女性之狂荡。我们只随便引佛经里的一首偈，就是好例，原文见《观佛三昧海经》卷八：

若有诸男子　　年皆十五六
盛壮多力势　　数满恒河沙
持以供给女　　不满须臾意

这就是视女人如恶魔，也令人想起华宁格耳的娼妇说来。我们要知道，人生有一点恶魔性，这才使生活有些意味，正如有一点神性之同样地重要。对于妇女的狂荡之攻击与圣洁之要求，结果都是老流氓（Rouè）的变态心理的表现，实在是很要不得的。华宁格尔在理论上假立理想的男女性（FM），但知道在事实上都是多少杂糅，没有纯粹的单个，故所说母妇娼妇二类也是一样地混和而不可化分，虽然因分量之差异可以有种种的形相。因为娼妇在现今是准资本主义原则卖淫获利的一种贱业，所以字面上似有侮辱意味，如换一句话，说女子有种族的继续与个人的欲乐这两种要求，有平均发展的，有偏于一方的，则不但语气很是平常，而且也还是极正当的事实了。从前的人硬把女子看作两面，或是礼拜，或是诅咒，现在才知道原只是一个，而且这是好的，现代与以前的知识道德之不同就只是这一点，而这一点却是极大的，在中国多数的民众（包括军阀官僚学者绅士遗老道学家革命少年商人劳农诸色人等）恐怕还认为非圣无法，不见得能够容许哩。古代希腊人曾这样说过，一个男子应当娶妻以传子孙，纳妾以得侍奉，友妓（Hetaira原语意为女友）以求悦乐。这是宗法时代的一句不客气的话，不合于现代新道德的标准了，但男子对于女性的要求却最诚实地表示出来。义大利经济学家密乞耳思（Robert Michels）著《性的伦理》（英译在“现代科学丛书”中）引有威尼思地方的谚语，云女子应有四种相，即是：

街上安详　（Matrona in strada,）

寺内端庄　（Modesta in chiesa,）

家中勤勉　（Massaia in casa,）

□□颠狂　（Mattona in letto.）

可见男子之永远的女性便只是圣母与淫女（这个佛经的译语似乎比上文所用的娼妇较好一点）的合一，如据华宁格耳所说，女性原来就是如此，那么理想与事实本不相背，岂不就很好么？以我的孤陋寡闻，尚不知中国有何人说过（上海张竞生博士只好除外不算，因为他所说缺少清醒健全），但外国学人的意见大抵不但是认而且还有点颂扬女性的狂荡之倾向，虽然也只是矫枉而不至于过直。古来的圣母教崇奉得太过了，结果是家庭里失却了热气，狭邪之巷转以繁盛；主妇以仪式名义之故力保其尊严，又或恃离异之不易，渐趋于乖戾，无复生人之乐趣，其以婚姻为生计，视性为敲门之砖，盖无不同，而别一部分的女子致意于性的技巧者又以此为生利之具，过与不及，其实都可以说殊属不成事体也。我最喜欢谈中庸主义，觉得在那里也正是适切，若能依了女子的本性使她平匀发展，不但既合天理，亦顺人情，而两性间的有些麻烦问题也可以省去了。不过这在现在也是空想罢了，我只希望注意妇女问题的少数青年，特别是女子，关于女性多作学术的研究，既得知识，也未始不能从中求得实际的受用，只是这须得求之于外国文书，中国的译著实在没有什么，何况这又容易以“有伤风化”而禁止呢？

我看了鲍耶尔的书，偶然想起这一番空话来，至于答应你的文章还是写不出，这些又不能做材料，所以只能说一声对不起，就此声明恕不做了。草草不一。

十一月六日，署名。

抱犊谷[①] 通信

我常羡慕小说家，他们能够捡到一本日记，在旧书摊上买到残抄本，或是从包花生米的纸上录出一篇东西来，变成自己的绝好的小说。我向来没有这种好运，直到近来才拾得一卷字纸，——其实是一个朋友前年在临城附近捡来的，日前来京才送给我。这是些另另碎碎的纸张，只有写在一幅如意笺上的是连贯的文章，经我点窜了几处，发表出来，并替他加上了一个题目。这是第一遭，不必自己费心而可以算是自己的作品，真是侥幸之至。

这篇原文的著者名叫鹤生，如篇首所自记，又据别的纸片查出他是姓吕。他大约是“肉票”之一，否则他的文件不会掉在失事的地方，但是他到抱犊谷以后下落终于不明：孙美瑶招安后放免的旅客名单上遍查不见吕鹤生的名字。有人说，看他的文章颇有非圣无法的气味，一定因此为匪党所赏识，留在山寨里做军师了，然而孙团长就职时也不听说有这样一个参谋或佐官。又有人说，或者因为他的狂妄，被匪党所杀了也未可知；这颇合于情理，本来强盗也在拥护礼教的。总之他进了抱犊谷，就不复再见了。

（甲子除夕记）

癸亥孟夏，鹤生。

我为了女儿的事这几天真是烦恼极了。

我的长女是属虎的。这并不关系什么民间的迷信，但当她生下来以后我就非常担心，觉得女子的运命是很苦的，生怕她也不能免，虽然我们自己的也并不好。抚养我的祖母也是属虎，——她今年是九十九岁，——她的最后十年我是亲眼看见的，她的瘦长的虔敬的脸上丝丝刻着苦痛的痕迹，从祖父怒骂的话里又令我想见她前半生的不幸。我心目中的女人一生的运命便是我这祖母悲痛而平常的影像。祖母死了，上帝安她的魂魄！如今我有了一个属虎的女儿（还有两个虽然是属别肖的），不禁使我悲感，也并不禁有点迷信。我虽然终于是懦弱的人，当时却决心要给她们奋斗一回试一试，无论那障害是人力还是天力。要使得她们不要像她们的曾祖母那样，我苦心的教育她们；给她们人生的知识和技能，可以和谐而又独立地生活；养成她们道德的趣味，自发地爱贞操，和爱清洁一样；教她们知道恋爱只能自主地给予，不能卖买；希望她们幸福地只见一个丈夫，但也并不诅咒不幸而知道几个男子。我的计划是做到了，我祝福她们，放她们出去，去求生活。但是实际上却不能这样圆满。

她们尝过了人生的幸福和不幸，得到了她们各自的生活与恋爱，都是她们的自由以及责任。就是我们为父母的也不必而且不能管了，——然而所谓社会却要来费心。他们比父亲丈夫更严厉地监督她们，他们造作谣言，随即相信了自己所造作的谣言来加裁判。其实这些事即使是事实也用不着人家来管，并不算是什么事。我的长女是二十二岁了（因为她是我三十四岁时生的），现在是处女非处女，我不知道，也没有知道之必要，倘若她自己不是因为什么缘故来告诉我们知道。我们把她教养成就之后，这身体就是她自己的，一切由她负责去处理，我们更不须过问。便是她的丈夫或情人——倘若真是受过教育的绅士，也决不会来问这些无意义的事情。这或者未免太是乌托邦的了，我知道在智识阶级中间还有反对娶寡妇的事，但我总自信上边所说的话是对的，明白的人都应如此。

文明是什么？我不晓得，因为我不曾研究过这件东西。但文明的世界是怎样，我却有一种界说，虽然也只是我个人的幻觉：我想这是这样的一个境地，在那里人生之不必要的牺牲与冲突尽可能地减少下去。我们的野蛮的祖先以及野蛮的堂兄弟之所以为野蛮，即在于他们之多有不必要的牺牲与冲突。他们相信两性关系于天行人事都有影响，与社会的安危直接相关，所以取缔十分地严重，有些真出于意表之外。现在知道这些都是迷信，便不应再这样的做，我想一个人只要不因此而生添痴狂低能以贻害社会，其馀都是自己的责任，与公众没有什么关系。或者这又是理想的话，至少现在难能实现，但文明的趋势总是往这边走；或者这说给没有适当教养的男女听未免稍早，但在谈论别人的恋爱事件的旁观者不可不知这个道理，努力避去遗传的蛮风。

我现在且让一步承认性的过失，承认这是不应为的，我仍不能说社会的严厉态度是合于情理。即使这是罪，也只是触犯了他或她的配偶，不关第三者的事。即使第三者可以从旁评论，也当体察而不当裁判。“她”或者真是有“过去”，知道过一两个男子，但既然她的丈夫原许了（或者他当初就不以为意，也未可知），我们更没有不可原许，并不特别因为是自己的女儿。我不是基督教徒，却是崇拜基督的一个人：时常现在我的心目前面令我最为感动的，是耶稣在殿里“弯着腰用指头在地上画字”的情景。“你们中间谁是没有罪的，谁就可以先拿石头打她。”我们读到这里，真感到一种伟大和神圣，于是也就觉得那些一脸凶相的圣徒们并不能算是伟大和神圣。我不能摆出圣人的架子，说一切罪恶都可容忍，唯对于性的过失总以为可以原许，而且也没有可以不原许的资格。

那些伪君子——假道学家，假基督教徒，法利赛人和撒[②]都该人等，却偏是喜欢多管这些闲事，这是使我最觉得讨嫌的。假如我有一个敌人，我虽愿意和他拼个你死我活，但决不能幸乐他家里的流言，更不必说别人的事了。你们伪君子平常以此为乐，到底是什么意思？你们依恃自己在传统道德前面是个完人，相信在圣庙中有你的分，便傲慢地来侮蔑你的弟妹，说“让我来裁判你”，至少[③]也总是说，“让我来饶恕你”。我们不但不应裁判，便是饶恕也非互相饶恕不可，因为我们脆弱的人类在这世界存在的期间总有着几多弱点，因了这弱点，并不因了自己的优点才饶恕人。你们伪君子们不知道自己也有弱点，只因或种机缘所以未曾发露，却自信有足以凌驾众人的德性，更处处找寻人家的过失以衬贴自己的贤良，如把别人踏得愈低，则自己的身分也就抬得愈高，所以幸灾乐祸，苛刻的吹求，你们的意思就只是竭力践踏不幸的弟妹以助成你的得救！你们的仲尼耶稣是这样的教你的么？你们心里的淫念使你对于淫妇起妒忌怨恨之念，要拿石头打死她们，至今也还在指点讥笑她。这是怎样可怜悯可嫌恶的东西！你们笑什么？你们也配笑么？我不禁要学我所爱读的小说家那样放大了喉咙狠命的叫骂着说：

“…………”

［附记］这篇东西似乎未完，但因为是别人的文章，我不好代为续补。看文中语气，殆有古人所谓“老牛舐犊”之情，篇名题作《抱犊谷通信》，文义双关，正是巧合也。编者又记。

【鄢校】

①“抱犊谷”《自己的园地》作“抱犊固”即抱犊崮，在山东省枣庄市。

【锺校】

②“撒”原作“撤”。

③“少”原作“多”。

《诃色欲法》书后

案右文见《法苑珠林》卷七五，十恶篇六邪淫部二诃欲类中，上头冠以“《佛说日明菩萨经》云”八[①]字，查《阅藏知津》的西土圣贤撰集下，“《菩萨诃色欲法》，一纸欠，南宜北稿，姚秦天竺沙门鸠摩罗什译”。这就是上文的来源与说明。我翻印这篇东西的理由第一因为文章实在流畅，话也说的痛快，“不为此物之所惑也”！这真是掷地作金石声。第二因为现代似乎颇欢迎“厌女派”（Misogynistes）的文章，我也想来介绍一篇，但是终于只找到这篇刊文。我当初在《欲海回狂》上只见到一部分，很是惋惜，后来在西山养病，得见全豹，便把它抄了下来，纸尾还有年月的数目“二一七五”，这回居然得到发表的机会，但数目已经是“二五一一三〇”了。

我知道这篇色欲法有点诃得太旧，太是寺院气，现代的厌女哲学最新的是日耳曼派的了。基督教的不净观已经过了时，虽然它的影响当然还遗留在人心上，不管是怎么新教国：马丁路得反正也是把女人当作夜壶看的。自然，我们所要说的是哲学家，他们的思想头号新鲜的，例如叔本华咧，尼采咧，还有华宁格耳。房分略远一点，有摆伦与斯忒林堡，是著名文士，十分厌女人，也是十分喜欢女人的。但是最闻名的祖师总要算叔本华，他的《妇女论》是现代厌女宗的圣书。

不过，我是有点守旧癖的人，不大喜欢新的，翻版的东西。据他们说，叔本华的厌女哲学全是由于性爱缺陷之反动，好像失恋者的责骂，说得好时可以得人家的同情，却不大能够说服人，除非是他的同病。叔本华和他母亲的关系大家大约是知道的，她虽然没有像摆伦老太太似的把他的脚拗蹻，却也尽够不对了：这种情形据心理分析家说来是于子女有极大不幸的影响的。后来未必全然因为他的猫脸的关系吧，总之他没有娶妻，但冶游当然是常有的，所以终于患了梅毒，——这件事似乎使他更是深恶痛绝那可憎的女性了。他的前辈特煞特（De Sade）侯爵也是如此，因为不幸的结婚与恋爱关系，一变而为现代厌女宗的开山，又是“煞提死木死”（Sadismus 可译云“他虐狂”）的代表者。他的著作里充满这两种特色，但是文章似乎不很高明，不甚见知于世，除了那些医生之流。然而他的思想有些便都传授给叔本华先生了。据柏林皮肤生殖科医生医学博士伊凡勃洛赫在《现代的两性生活》上说，《妇女论》中的意见有许多与煞特侯爵所说相同，论中最精采的一节，痛嘲女人形体的丑恶云（借用张慰慈先生译文）：

> 只有那般为性欲所迷的男子，才把这一种短小的狭肩膀的，阔大腿的，短小腿的人种叫做优美的女性！

煞特侯爵在他的小说《朱力厄特》（*Juliette*）第三卷中说着同样的话：

> 从你所崇拜的一个偶像身上脱去了她的衣服。这就是那两条短而且弯的腿，使你这样地颠倒昏迷的么？

他又在一部小说上说，那些能够断绝情欲，不与那“堕落的虚伪的恶毒的东西”交接的男子，真是幸福的人。我不说叔本华是抄袭的诗人，但的确觉得他这些思想并不怎么新奇，虽然因了他的文章总还是值得读的。他说为性欲所迷，这实是平凡之至的话。生而为有性动物的人，有哪一件事不含有性欲的影响，就是看花，据赫孙（W. H. Hudson）[②]蔼理斯（Havelock Ellis）等人说，也有性的意味，花色之优劣以肉体联想为标准，花香则与性之气体等相近。人要不为她所迷，好似孙猴子想跳出我佛如来的掌心，有点不大容易。在我想来，涅槃之乐还不如喝一杯淡酒，读两首赞叹短小腿的人种的诗，不论古今：因为我是完全一个俗人，凡人。叔本华据说是热心于涅槃的，那自然也是很好，中国老小居士知道了一定要大乐，东方文化去救西洋可见并不始于欧战之后。（其实，基督教也是我们东方的，更是古已有之。但是此刻现在这且莫谈。）那么，日明师父的确是他的前辈，我们能够编订他的文章，抄进这个报里，可以说也与有光荣焉了罢。

勃洛赫医生（Dr. Bloch）却听了勃然大怒，在《厌女思想》一章中说：

> 叔本华，斯忒林堡，华宁格耳等，完全与特煞特同一精神，著书宣传对于女性之轻蔑；这个种子遇见了现代青年却正落在肥地上了。那些年青的傻子便都鼓起了“男性的傲慢”，觉得自己对于那劣性是“精神的武士”了；那些满足清醒了的荡子们也来学时髦，说厌女（当然都是暂时的），聊以维持他们的自尊。倘若我们要说“生理的低能”，让我们把这个名称加在这般讨厌的人们身上。正如乔治希耳特在《往自由的路》上所说，这样的男性的狂妄只是精神缺陷症的一种

变化。

喔，喔，勃大夫未免太不幽默一点了。我想，隆勃罗所的天才都有点风狂的话是不错的，但在艺术上这风狂却没有什么要紧，而且可以说是好的，因为他能够给我们造出大艺术来。不过，你自己如不是有点天分而想去学他们，或相信了他们的风话，那就有些危险，与相信普通风子的话没有多大差别。勃大夫的警告如给这些平凡的读者，那也是颇有益的，所以把它抄在这里，要请识者原谅。

喔，在《诃色欲法》后写“鞋子话”（用古文写大约是履言二字）不意竟有本文四倍以上之长，可谓胡涂矣，而且其中颇有“重女轻男”的嫌疑，更属不合，理合赶紧收束，写竟如上文。

一九二五年十一月三十日夜中，岂明谨识。

【锺校】

①“八”原作“六”。

【原注】

②赫孙所说见《鸟与人》（*Birds and Man*）一篇讲花的颜色的论文。

附：诃色欲法

（日明菩萨）

女色者世间之枷锁，凡夫恋着[①]，不能自拔。女色者世间之重患，凡夫困乏，至死不免。女色者世间之衰祸，凡夫遭之，无厄不至。

行者既得舍之，若复顾念，是为从狱得出，还复思入；从狂得正，而复乐之；从病得差，复思得病。智者怒之，知其狂而颠蹶，死无日矣。

凡夫重色，甘为之仆，终身驰骤，为之辛苦。虽复铁质寸斩，锋镝交至，甘心受之，不以为患。狂人乐狂，不是过也。

行者若能弃之不顾，是则破枷脱锁，恶狂厌病，离于衰祸，既安且吉，得出牢狱，永无患难。

女人之相，其言如蜜，而其心如毒。譬如渟[②]渊澄镜，而蛟龙居之；金山宝窟，而师子处之。当知此害，不可暂近。室家不和，妇人之由；毁宗败族，妇人之罪。实是阴贼，灭人慧明；亦是猎围，鲜得出者。譬如高罗，群鸟落之，不能奋飞；又如密网，众鱼投之，刳肠俎几；亦如暗坑，无目投之，如蛾赴火。是以智者知而远之，不受其害；恶而秽之，不为此物之所惑也。

【锺校】

①“着”原作“者”。

②“渟”原作“停”。

读报的经验

我们平常的习惯，每日必要看报，几乎同有了瘾一样，倘若一天偶然停刊，便觉得有点无聊。所以报纸与我们的确很有关系，如有好的报纸供我们读，他的好处决不下于读书。但是好的报纸却很难得，我想就经验上感到的缺点写几条出来，以供大家的参考，并希望五周年后的《晨报》能够渐成为理想的好报纸。

据自己的经验，拿起报来大抵先看附刊，——有些附刊很离奇的，也别有一种趣味。其中最先看的是杂感通信一类的小品，以次及于诗文小说。我们固然期望常有真的文艺作品出现，但这是不可勉强的事，所以不得不暂以现状为满足，只希望于青年思想界多有拨触，振作起一点精神来。玄学问题爱情定则这些辩论，虽然有人或者以为非绅士态度，我却觉得是很好的。附刊的职分，在“多做文学思想上的事业”，但系日刊而非专门的杂志，所以性质应当轻松一点，虽然也不可过于挖苦或痛骂。现在通行的几种附刊，固然还大有可以改良发展的馀地，不过大都还过得去，我们且不必求全责备的去说了。

其次，我们所注意的，是政治新闻。自己虽然毫无政见，对于别人的政论也没甚趣味，但关于这一方面的事情总有点知道的必要，所以每天照例的要看一遍。既然如上边所说，对于政治本无趣味，平常看报倒也随便过去，并不想在这些报道里边求得什么大道理，但在没有新闻可看的时候却又很觉得寂寞了。恰巧中国报界有一种奇妙的习惯，无论政治上社会上闹着什么大乱子，倘若遇到什么令节良辰，便刻日停工休息，有时整一两个星期的全国没有一张报纸；我真奇怪，像我这样不谈政治的人，在那时候还不免时常觉得焦躁[①]，不知道时局是什么情形了，那些业谈政治的人们却处之晏然，似乎并没有什么不满意，究竟其故安在。中国过节的瘾实在很大，轰轰烈烈的外交运动到年底也要休假，商会的罢市也要节后举行，都是很好的前例，报界的一两个星期的停刊或者是当然的事也未可知。但我还希望中国报界中至少有一二家能够破除这个成例，来学一学邻国的“年中无休刊”；我知道这个牺牲一定不很小，不过真是热心办报的人未必便担受不起，何况其中又并非没有特别利益可得，只要中国人不至于过节过的如此入迷以致连报也不要看。即使退一步说，过年过节时不能照常出版，那么减少一半可，甚至每日只出号外似的一块，传达紧要新闻，亦无不可。在中国这样懒蛇似的国内政治以至军事行动到了过节也会休息，真正没有什么紧要新闻可以传达也未可知，但我总希望有一二家报馆起来改革，打破言论出版界的停滞的空气也好。

最后，我们看那社会新闻和广告，关于现在的社会新闻的编法，有好几处缺点可以举出来。其一是重复，常常有同一新闻，记的略有异同，先后重出，或者在一张报上登了出来。这是一个小毛病，看了却也不很愉快。其二是有头无尾，一个案件只在发生时记了一回，以后便无下文。中国的社会新闻大抵都是投稿，并不经过本社记者的查访，而且多只道[2]听途说，并不就本案关系人或关系官厅加以探询，所以多半不很确实，读者也只当作消闲材料，看过就算。先前孙美瑶旅长在临城闹事之后，报上说火车要改钟点，声明容后续访，而终于信息杳然；要乘火车的人当然会到车站去问改正的时刻，但报上记事有头无尾，总是一个缺点。这样的正经事尚且如此，别的小案件更不必说了。其三是太迎合社会心理，上两点关于编辑方法，这一点是关于材料的。中国人看新闻，多当他做《聊斋》看，只须检查旧《申报》或《点石斋画报》的题目，不是“怪胎何来”，便是“贞烈可风”或“打散鸳鸯”，就可明白。现在的报纸上不大看见这类的标题了，但查考他的内容还是同二十年前一样。论理，新闻上只要记载重大的事件与公众有利害关系的，或特殊事物之有趣味的便够了，如说某处学术讲演，某地强盗杀人，或三贝子花园的猴子生了小猴，中央公园的二月兰③开了之类，至于别的个人的私事一概不必登载。然而群众喜欢听讲人家的坏话，报纸为迎合社会心理起见，于是也多载所谓风化的新闻，攻讦的还不算在内。这类新闻表面上可以分为名教的与卑猥的两种，而根本上却是同样的恶劣而且不健全。他们叙述某贞女之“以一言之微竟尔殒身”，或“两块骨头”之在道士庙私会，有时更远及数千里外几个月前的个人隐密以充篇幅。这当然由于读者无形的要求，但从新闻上论究竟价值何在。据我想来，除了个人的食息以外，两性的关系是天下最私的事，一切当由自己负责，与第三者了无交涉，即使如何变态，如不构成犯罪，社会上别无顾问之必要，所以纪述那种新闻以娱读者，实在与用了性的现象编造笑话同是下流根性。或者说，这些事与风化有关，故有登载的价值。我殊不解，一位贵夫人的二十年前的禁欲，一对男女的不曾公布的同居，会于所谓风化的隆替生什么影响。世间如有风化，那只是一时代的两性关系的现象，里边含有贞女节妇，童男义夫，也含有那两块骨头以及其他，我们不能任意加以笔削。我并不是希望新闻记者去力斥守节之愚而盛称幽会之雅，因为这也是极谬的；我只希望记者对于这些事要有一点常识，不要把两性关系看得太神秘太重大，听到一点话便摇笔铺叙，记的津津有味，要知道这是极私的事没有公布的必要，那就好了。性的事实并不是不可记述的，不过那须用别一种方法，或艺术的发表为文学美术，或科学的为性的心理之研究，都无不可，却不宜于做在社会新闻上供庸众之酒醉饭饱后的玩弄。他们如有这种要求，可以不去理他；公众对手的报纸固然不好无视社会心理，但有许多地方也只能拒绝。至于有些报上载些介绍式的菊讯花讯，那本不在我们所说的报纸范围以内，自不必去说他的好坏了。

我于新闻学完全是外行，现在所说只是我个人的意见，没有什么根据，而且颇有恶人之所好的地方，未必容易实行，倘若能够因此引起极少数的局部的改革，那就是这篇小文的最大的成功了。

（十二年十一月）

【鄢校】

①“躁”原作“燥”。

②此处原衍“德”字，已删。

③“兰”原作“蓝”。

关于重修丛台的事

今年暑假中，燕京大学的王德曦黄文宝二君往邯郸去调查社会的状况，见到丛台故址，于是集款重修，教我写一篇文字。我于文章既非所长，又未尝亲到丛台，当然没有什么话可说，惟有关于保存古迹的事却略有一些意见，所以就写了下来。

保存古迹这一种运动，在开化的国里大抵是有的。保存的目的可以分作两重，一是美术的，二是历史的；但是古迹未必都有美术的价值，所以这第二重的意义便占了重要的位置。法国芒达伦贝尔（Montalembert）曾说，“长远的纪念造成伟大的国民”，可以算是简明的解释。这长远的记念的效用，并不在使人追慕古昔，想教地球逆转过来，乃是唤起一种自觉，瞻望过去即是意识将来，这是所以能使国民伟大的缘故。历史的古迹正如一块路程碑，立在民族的无限的行程的路旁，一方面纪录经过的里数，一方面也就表示辽远的前路，催促行道者去建立其次的路程碑。王羲之在《兰亭序》上说："后之视今，亦犹今之视昔。"这虽是达观的话，但若积极的用来，也就可以当作怀古的心情的一种解说了。

中国对于古迹是向来重视的，也常有修整保存的举动，但一般的意见不免偏于追慕古昔，而且保存也很不得法，这是极可惋惜的事。即如在我故乡的兰亭，原是有名的古迹，地方上也颇知注意，常加修理，所以屋宇也极整齐，然而布置不甚合宜，近来又由一个布商监工改造，以致俗恶不堪，游兰亭的人只在驴背上稍得领略山水之美，一到门前，却反而索然兴尽了。还有大同的石佛寺，现存无数雕像，本不愧为东亚伟大美术之一，但也多被修整所害：佛像一经俗工的髹漆，全化为喇嘛庙里的菩萨，使真的美术家见了恨不得撕去这些金碧，还他本来的残缺而有荣光的面目；又有"保护"石窟的兵警驻扎，更无形的帮助着破坏的自然力的进行。就这两件事看来，可见中国对于保存古迹的办法实在太欠讲究，因此也就知道对于保存古迹的道理不很分明了。

据王黄二君说，这回丛台的修葺，与先前的办法颇有不同，既不去故意的做出什么流觞曲水来，也并无一些金碧的涂饰，单是开辟一块地面，修理几间房屋，仿佛公园模样，可以供公众的游览：这方法却是极好的，丛台的来源未必引起大家很深的感兴，但邯郸就是很可记念的地方，从中提出一个丛台来做代表，也正是合宜的办法。保存美术的古迹，当然须用别种的计画，至于平常的历史遗迹，却只须如此也就十分适当了。

（一九二二年十一月三日，在北京记）

关于儿童的书

我的一个男孩，从第一号起阅看《儿童世界》和《小朋友》，不曾间断。我曾问他喜欢哪一样，他说更喜欢《小朋友》，因为去年内《儿童世界》的倾向稍近于文学的，《小朋友》却稍近于儿童的。

到了今年这些书似乎都衰弱了，不过我以为小孩看了即使得不到好处，总还不至于有害。但是近来见到《小朋友》第七十期“提倡国货号”，便忍不住要说一句话，——我觉得这不是儿童的书了。无论这种议论怎样时髦，怎样得庸众的欢迎，我以儿童的父兄的资格，总反对把一时的政治意见注入到幼稚的头脑里去。

我们对于教育的希望是把儿童养成一个正当的“人”，而现在的教育却想把他做成一个忠顺的国民，这是极大的谬误。罗素在《教育自由主义》一文上，说得很是透澈；威尔士之改编世界历史，也是这个意思，想矫正自己中心的历史观念。日本文学家秋田雨雀曾说，日本学校的历史地理尤其是修身的教训都是颠倒的，所以他的一个女儿只在家里受教育，因为没有可进的正当的学校。画家木村君也说他幼年在学校所受的偏谬的思想，到二十岁后费了许多苦功才得把他洗净。其实，中国也何尝不如此，只是少有人出来明白的反对罢了。去年为什么事对外“示威运动”，许多小学生在大雨中拖泥带水的走，虽然不是自己的小孩，我看了不禁伤心，想到那些主任教员真可以当得“贼夫人之子”的评语。小孩长大时，因了自主的判断，要去冒险舍生，别人没有什么话说，但是这样的糟蹋[1]，可以说是惨无人道了。我因此想起中古的儿童十字军来；在我的心里，这卫道的“儿童杀戮”实在与希律王治下的“婴儿杀戮”没有什么差别。这是我所遇见的最不愉快的情景之一。三年前，我在《晨报》上看见傅孟真君欧洲通信《疯狂的法兰西》后，曾发表一篇杂感叫《国荣与国耻》，其第五节似乎在现今也还有意义，重录于下：

> 中国正在提倡国耻教育，我以小学生的父兄的资格，正式的表示反对。我们期望教育者授与学生智识的根本，启发他们活动的能力，至于政治上的主义，让他们知力完足的时候自己去选

> 择。我们期望教育者能够替我们造就各个完成的个人，同时也就是世界社会的好分子，不期望他为贩猪仔的人，将我们子弟贩去做那颇仑们的忠臣，葬到凯旋门下去！国家主义的教育者乘小孩们脑力柔弱没有主意的时候，用各种手段牢笼他们，使变成他的喽啰，这实在是诈欺与诱拐，与老鸨之教练幼妓何异。……

总之我很反对学校把政治上的偏见注入于小学儿童，我更反对儿童文学的书报也来提倡这些事。以前见北京的《儿童报》有过什么国耻号，我就觉得有点疑惑，现在《小朋友》又大吹大擂的出国货号，我读了那篇宣言，真不解这些既非儿童的复非文学的东西在什么地方有给小朋友看的价值。在我不知道编辑的甘苦的人看来，可以讲给儿童听的故事真是无穷无尽，就是一千一夜也说不完，不过须用理知与想像串合起来，不是只凭空的说几句感情话便可成文罢了。鹿豹的颈子为什么这样长，可以讲一篇事物起原的童话，也可以讲一篇进化论的自然故事；火从哪里来，可以讲神话上的燧人，也可以讲人类学上的火食起原。说到文化史里的材料，几乎与自然史同样的丰富，只等人去采用。我相信精魂信仰（Animism）与王帝起源等事尽可做成上好的故事，使儿童得到趣味与实益，比讲那些政治外交经济上的无用的话不知道要好几十倍。这并不是武断的话，只要问小孩自己便好：我曾问小孩这些书好不好看，他说：“我不很要看，——因为题目看不懂，没趣味。譬如题目是‘熊和老鼠’或‘公鸡偷鸡蛋’，我就欢喜看。现在这些多不知说的是什么！”编者或者要归咎于父师之没有爱国的教练，也未尝不可，但我相信普通的小孩当然对于国货仇货没有什么趣味，却是喜欢管“公鸡偷鸡卵”等闲事的。要提倡那些大道理，我们本来也不好怎么反对，但须登在“国民世界”或“小爱国者”上面，不能说这是儿童的书了。

在儿童不被承认，更不被理解的中国，期望有什么为儿童的文学，原是很无把握的事情，失望倒是当然的。儿童的身体还没有安全的保障，哪里说得到精神？不过我们总空想能够替小朋友们尽一点力，给他们应得的权利的一小部分。我希望有十个弄科学，哲学，文学，美术，人类学，儿童心理，精神分析诸学，理解而又爱儿童的人，合办一种为儿童的定期刊，那么儿童即使难得正当的学校，也还有适宜的花园可以逍遥。大抵做这样事，书铺和学会不如私人集合更有希望；这是我的推想，但相信也是实在的情形，因为少数人比较的能够保持理性的清明，不至于容易的被裹到群众运动的涡卷里去。我要说明一句，群众运动有时在实际上无论怎样重要，但于儿童的文学没有什么价值，不但无益而且还是有害。

在理想的儿童的书未曾出世的期间，我的第二个希望是现在的儿童杂志一年里请少出几个政治外交经济的专号。

（一九二三年八月）

【锺校】

①“蹋”原作“塌”。

读《儿童世界游记》

一个在杭州的小朋友写信给我，末节说："喔喜喔！（从《儿童世界游记》里学了这句日本话，胡闹用来，似乎有趣。）"我看了也觉得有趣，便去买了一本《儿童世界游记》，翻开一看，不免有点失望，因为这一句话就解释错了。他说："喔喜喔，其意就是说你们好。"但我却想不出这句话来，只有通用的"阿哈育（Ohayo）"意思说早上好，是早晨相见问询的话。或者是英美人用了十足的英国拼法写作 Ohiyo，现在又把他照普通的罗马字拼法读了，所以弄错，也未可知。

日本人的姓名，在中国普通总是仍照汉文原字沿用，书中却都译音，似乎也还可商。"塔罗"当然是"太郎"，但"海鹿顾胜"想不出相当的人名，只有"花子"是女孩常用的名字，读作 Hanakosan（花姑娘），据中国那拉互易的例，这或者就是"海鹿顾胜”的原文了。

书中说，“木枕大如砖块”，又说“几盏纸灯”，这木枕与纸灯虽然都是事实，但现在已经不通行了。即使“箱枕”勉强可以称作木枕，但也只是旧式的妇女所用，太郎决不用这个东西的。又在拍球的图中，画作一个男小孩穿着女人的衣服，也觉得很奇怪。我想这些材料大约是从西洋书里采来，但是西洋人对于我们斜眼睛的东方人的事情，往往不大看得清楚，所以他们所记所画的东西，不免有点错误，我们读谦本图的地理读本的时候，便可约略觉得。这本游记又从他们采取材料，自然不免发生错误了。

但是另外有一件事情，西洋人大约不能负责的，便是游记里说：“有人说，日本人是秦朝时候徐福的子孙，这句话从前日本人也承认的，想来是不差。”一民族的始祖是谁，不容易断定的，以前虽然有种种推测，到后来研究愈深，结论还是缺疑。譬如汉族的问题，有人说是从巴比伦来的，有人说是从犹太来的，现代德国最有名的中国学者希尔德著《周代以前的古史》只说是不可考，实在是最聪明的见识。中国的家谱式的估定人家的始祖，未免太是附会，而且对于别人也要算是失礼的。

游记第一册的后半是讲菲列滨的，我不能说他讲的对不对。但是末了记述“村落中举行吃父典礼”，我想我们如不是确知菲列滨人现在真是“你一块我一块”的还在那里吃父，这一节就不应该有。

（十一年四月）

评《自由魂》

我今年不曾看过影戏，所以这“伟大影片《自由魂》”当然也不曾见到。我只在友人处看见一张《自由魂》特刊，忍不住要说几句话，但是我不愿妨害别人的营业，特地等到演了之后再来批评。

美国有的是钱，又有那些影界的名人，这影片一定排演得不错，——即使不好，我是个外行，又没有看过，也不配去开口。我所想说的是，根据特刊里所说的情节，这是一种不道德的影片。我本来是极端地反对凭了道德的见地去批评艺术的，但是我虽不承认文艺上说及私情便要坏乱风俗，却相信鼓吹强暴行为的作品是不道德的东西。凡有鼓吹的性质的，我都不认它为正当的文艺。《自由魂》是鼓吹扑灭黑种主义的影片，至少据说明是如此，所以我说它是不道德的。

《自由魂》原名“国家之产生”，主人公是白人朋纳，在影片第一段中为南军队长，与林肯对抗，反对解放黑奴，在第二段则组织三K党，“吊民伐罪”，荡平黑人，英雄美人照例团圆，而“从此美邦自由之光遂永永照彻于全国”。据这影片所[1]说，林肯解放黑奴正是国难之始，而三K党首领朋纳“尽歼众丑”，国事始定，国家于是产生。总之全篇的精神是反林肯的，我们如以林肯的行为为合于人道正义，便不能不承认这篇里所鼓吹的主义为不合了。我们原不能过于认真，在娱乐中间很拙笨地去寻求意义，但是这种宣传的影片自属例外，因为它的意义已经是很明了的了。

我不是能够打破种族思想的人。阑姆在《不完全的同情》文中说：

> 在黑人的脸上你可以时常见到一种温和的神气。在街道上偶然遇见，很和善的看人，对于这些脸面——或者不如说面具——我常感着柔和的恋慕。我爱富勒很美丽地说过的——那些“乌木雕成的神像”。但是我不愿和他们交际，不愿一同吃饭和请晚安，——因为他们是黑的。

（我不敢译阑姆的文章，这回是不得已，只算是引用的意思。）我现在对于黑的人也不免心里存着一种界限，至少觉得没有恋爱黑女的这个勇气，但是，这个为亲近的障碍者只是人种的异同，并不是物类的差别，就是说我们以黑人为异族，决不当他们是异类：我们无论怎样地不喜欢黑人，在人类前总是承认彼此平等的了。然而在《自由魂》中简直不把黑人当做人看，只是一群丑类（只有[2]一个尽忠白人的黑妪是例外），其举动盖无一而不“丑”，而且更残暴无匹，卒至“黑人之肉其足食乎”而三K党大举起义，“涤平诸丑”，大快人心！这种态度总不能算是正当，我决不敢恭维，虽然这是中国所崇拜的美国人的杰作，而且又是“价值千万”。

我觉得在戏剧中描写外国人是应该谨慎的事，在喜剧或影戏里尤其非极端注意不可。天下的人都有点排外性质，随时要发露出来，但在以群众为看客的滑稽或通俗作品上更容易发现，也更多流毒，助长民族间的憎恶。犹太人是有特别原因的，可以不算在内，他如俄国剧里的德人，美国剧里的中国人，中国剧里的日本人，都做得很是难看，实在是不应该的。这不但是诬蔑外国人，无形中撒布帝国主义的种子，而且形容得不对，也是极可笑的，因为描写外国人不是容易的事。我前天看到法国画家蒙治在北大展览的画，其中有一幅画着一个撑着日伞的日本女人，但其姿势很像满洲妇人，而其面目则宛然是一个西洋人。我每见西洋人所画远东的人物，觉得都有《天方夜谈》插画的神气，发生不愉快之感。大约画东方景色最适宜的还是东方人自己。因此我想如要做嘲骂讽刺的戏剧，最好也是去嘲骂讽刺自己的民族，那么形容刻画得一定不会错。自己谴责又是民族的伟大之征候，伟大的人不但禁得起别人的骂，更要禁得起自己的骂，至于专骂别人那是小家子相，我们所应切戒的。据特刊上说。《自由魂》的编演乃是美国政府所发起，旅华美侨又“狂热欢迎此片”，而特刊记者更申明“尤与我国现情相仿佛，大足供吾人之借鉴”，生怕中国人看了入迷，真会模仿起来，编演什么唐继尧组织三J党扑灭苗族（查我国现情与黑人相当者只有这些苗人）的影片，说不定引起扶汉灭苗的暴动（或义举），真是城门失火殃及池鱼，所以在这里顺便说及，希望大家注意，不要上朋[③]纳大师兄的当才好。

我看完了这篇“《自由魂》之说明”，不自禁地忽然联想起一部书来，这便是美国斯土活夫人所著的《黑奴吁天录》。本来这也是宣传的书，不能算是很好的文艺，但在宣传之中总是好的一方面的东西。美国如要“表扬该邦之民气”，何不编演老汤姆的故事；难道美国的精神不是林肯而是三K党，美国的光荣不是解放黑奴而是歼灭黑种么？或者不是，或者是的，我没有到过美国，不能知道。我也没有看见《自由魂》的实演，不能知道它的内容到底是怎样。我只凭了那张特刊说话，倘若批评得不对，与事实不符，那大半是做那篇林琴南式古文的说明的人之过，因为在这篇大文内的确是充满着对于帝国主义之憬憧与对于异民族之怨毒。

我们要知道黑人的生活真相，最好的方法还是去问黑人自己。法属刚果的黑人马兰所著小说《拔都华拉》（*Batouala*）是一部极好的书，能排成影片，倒是最适宜的。但可怜中国人只会编演《大义灭亲》，——我不知道所说的是什么，不过见了这名目便已恶心起来了。

（十三年四月）

【鄢校】

①此处原衍“可”字，已删。

②“有”原作“是”。

③“朋”原作“明”。

希腊人名的译音

从师大出来，在琉璃厂闲走，见商务分馆有一种《标准汉译外国地名人名表》，便买了一本回来。我对于译音是主张用注音字母的，虽然还不够用一点；但在现今过渡时代有许多人还不认识，用汉字也是不得已的办法，只要不把它译成中国姓名的样子。商务的这本表除采用通行旧译外，都用一定的字去表示同一的音，想把译名略略统一，这是颇有意义的事，其能成功与否那是别一问题。表中用字不故意地采取艳丽或古怪的字面，也不一定要把《百家姓》分配给外国人，都是它的好处。还有[①]一层，英德法义西各国人地名的音悉照本国读法，就是斯拉夫族的也大都如此，实行“名从主人”之例，也是可以佩服的。中国人向来似乎只知道有一个英吉利国在西海中，英文就是一切的外国文，英文发音是一切拼音的金科玉律，把别国本国或人名拼得一塌胡涂，现在明白起来了，姓张的不愿自称密司忒羌，也不愿把人家的姓名乱读，这本《表》可以说是这个趋势的表示，也可以当作提倡与号召。

然而，我看到古典人名的一部分却不能不感到失望。有许多希腊罗马的人名都还遵照英文的读法，因此译得很不正确。我们现在举几个希腊字为例。本来英国的希腊文化最初都由罗马间接输入，罗马与希腊语虽然是同系，字母却是不同，罗马人译希腊人名便换上一两个容易误会的字母，又迁就自己的文法把有些语尾也变更了，英国人从而用自己的发音一读，结果遂变成很离奇的名字。我们要"名从主人"地读，第一步须改正或补足缺误的语尾，再进一步依照那方板的德国派把它还原，用别的罗马字写出，读音才能的当。如希腊的两个大悲剧家，《表》上是这样写：

(1) Aeschylus　伊士奇

(2) Sophocles　索福克　或索福克俪

这都是英国式发音的旧译，是不对的。第一个应读作 Aiskhulos，若照商务汉译表的规定当云"爱斯屈罗斯"，其二作 Sophokles，汉译"索福克雷斯"。

其次，有神话上师徒两位，

(3) Dionysus　带奥奈萨斯

(4) Silenus　赛利那斯

其实，(3) 当作 Dionusos，汉译“第奥女索斯”，(4) Seilenos 汉译“舍雷诺斯”。

复次，这是两个美少年而变为花草者，即今之风信子与木水仙，大家都是相识的：

(5) Hyacinthus　亥阿辛塔斯

(6) Narcissus　那息萨斯

这位风信子的前身应作 Huakinthos，汉译“许阿琴托斯”，其他一位是 Narkissos，汉译“那耳岐索斯”。

最后我们请出两位神女来：

(7) Circe　塞栖

(8) Psyche　赛岐

第一个是有名的太阳的女儿，她有法术，把过路旅客变成猪子，还将英雄“奥度修斯”留住两年，见于史诗《奥度舍》(*Odyssey*)，她的本名乃是 Kirke，汉译“岐耳开”。——说也可笑，我在二十年前译过一本哈葛得、安度阑合著的小说，里边也把它读如 Sest，译为很古怪的两个字，回想起来，真是以今日之我与昨日之我战了。那第二个神女本名 Psukhe，译云“普绪嘿”。她的尊名因了“什科洛支”的名称通行世界（最近又要感谢福洛伊特），大家都有点面善，但她是爱神（Eros）自己的爱人，他们的恋爱故事保存在《变形记》(*Metamorphoses*) 中，是希腊神话里最美的一章，佩忒（Pater）的《快乐派马留斯》中也转述在那里。

这一类的古典人名译得不正确的还不少，希望再版或《地名人名辞典》出版时加以订正，不特为阅者实用计，也使这《表》近于完善，不负三年编纂与十一学者校阅之[2]功云尔。

（十四年五月二十日，于北京沟沿）

今日收到新月书店出版的潘光旦君版《小青之分析》，见第二章“自我恋”中亦说及 Narcissus，而译其音曰“耐煞西施”，则更奇了。其后又云：“至今植物分类学之水仙属即由此得名；Narcissus 希腊语原义为沉醉麻痹，殆指耐煞西施临池顾影时之精神状况也。”此不免如潘君自云，“因果之间不无倒置”。盖此种说明缘起之神话都是先有物而后有人及故事，故此美男子临流顾影的传说乃由水仙花演出，并非水仙花由此少年得名（Echo 之解释亦准此），又 Narkissos 一字从 Narkē 化出，义云麻痹，但此系因水仙属之有麻醉性，查英国 Skeat 语源字典即可知，而不是为美男子所造者也。从字义方面解析故事，本亦殊有趣味，但若稍涉差误牵强，便没有多少意思了。

（十六年十一月六日附记）

【鄢校】

①“有”原作“是”。

②“之”原作“乏”。

新希腊与中国

近来无事，略看关于新希腊的文艺和宗教思想的书，觉得很有点与中国相像。第一是狭隘的乡土观念。如有人问他是哪里人，他决不说希腊或某岛某省，必定举他生长的小地方的名字。即使他幼年出外，在别处住了二十三十年，那里的人并不认他为本地人，他也始终自认是一个“外江佬”（Xenos）。第二是争权。他们有一句俗语云，“好奴仆，坏主人”，便是说一有权势，便不安分。所以先前对土耳其的独立之战，因为革命首领争权，几乎失败。独立之后，政治家又都以首领自居，互相倾轧，议院每年总要解散一回。第三是守旧。本国的风俗习惯都是好的，结婚非用媒婆不可，人死了，亲人（女的）须要唱歌般的哭，送葬的人都与死尸行最后的亲吻。他们又最嫌恶欧化。第四是欺诈。据说那里的东西只有火车票报章和烟卷是有定价，其馀都要凭各人的本领临时商定。做卖买的赢了固好，输了贱卖了的时候也坦然的收了钱，心里佩服买主的能干。第五是多神的迷信。一个英国人批评他们说：

> 希腊国民看到许多哲学者的升降，但终是抓住着他们世袭的宗教，柏拉图与亚利士多德，什诺与伊壁鸠鲁的学说，在希腊人民上面，正如没有这一回事一般。但是荷马与以前时代的多神教却是活着。

详梦占卜，符咒神方，求雨扶乩，中国的这些花样，那里大抵都有，只除了静坐与采补。我讲了这些话，似乎引了希腊替中国解嘲，大有说“西洋也有臭虫”之意。其实是不尽然。我要说的是希腊同中国一样是老年国，一样有这些坏处，然而他毕竟能够摆脱土耳其的束缚，在现今成为一个像样的国度，这到底是什么缘故？

希腊人有一种特性，也是从先代遗留下来的，是热烈的求生的欲望。他不是只求苟延残喘的活命，乃是希求美的健全的充实的生活。宗教上从古代地母的秘密仪式蜕化来的死后灵肉完足与神合体的思想，说起来“此事话长”，不引也罢，且就国民生活的反影的文艺中引一个例。现代诗人巴拉玛思（Palamas）的小说《一个人的死》里，说少年美忒罗思（Metros）跌伤膝踝，医好之后，脚却有点跛了，他又请许多术士道姑之流，给他医直。一个大术士用脚把他的筋踢断，别一个来加以刀切手拗，又经道姑们鬼混了许久，于是这条腿已非割去不可，但他又不答应，随后因此死了。他为什么好了又请术士来踢断，断了又不肯割呢？他说："或者将我的腿医好，或者我死。"又说："用独只脚走还不如死。"小说中云："他或死了，或是终生残疾，这有什么不同呢？他们实在不大能够分辨出这两件坏事的差别。"他们对于生活是取易卜生的所谓"全或无"的态度，抱着热烈的要求。他们之所以能够在现代的世界上占到地位，便在于此。但是中国却怎样呢？中国人实在太缺少求生的意志，由缺少而几乎至于全无，只要看屡次的战乱或灾殃时候的情形的记载，最近如《南行杂记》第三"大水"的一节，也就可见一斑。自然先生原是"有求必应"的灵菩萨，他们如不大要活，当然着照所请。但是求生是生物的本能，何以竟会没有，所以我曾同一位日本医生谈起，他笑着不肯相信。然而中国人不大有求生意志，却又确是事实。——近来我忽然想到，或者中国人是植物性的，这大约可以说明上边的疑问。其实植物自然也要生活的，如白藤的那样生活法，的确可以惊异，不过我觉得将植物的生活来形容中国人，似乎比动物的更切当一点。

中国人近来常常以平和耐苦自豪，这其实并不是好现象。我并非以平和为不好，只因中国的平和耐苦不是积极的德性，乃是消极的衰耗的证候，所以说不好。譬如一个强有力的人，他有迫压或报复的力量，而隐忍不动，这才是真的平和。中国人的所谓爱平和，实在只是没气力罢了，正如病人一样。这样的没气力下去，当然不能“久于人世”。这个原因大约很长远了，现在且不管他，但救济是很要紧。这有什么法子呢？我也说不出来，但我相信一点兴奋剂是不可少的；进化论的伦理学上的人生[①]观，互助而争存的生活，尼采与托尔斯泰，社会主义与善种学，都是必要。不过中国又最容易误会与利用，如《新青年》九卷二号《随感录》中所说，讲争存便争权夺利，讲互助便要别人养活他，“扶得东来西又倒”，到底没有完善的方法。

（十年九月，在西山）

【锺校】

①原无“生”字，今增。

日本与中国

中国在他独殊的地位上特别有了解日本的必要与可能，但事实上却并不然，大家都轻蔑日本文化，以为古代是模仿中国，现代是模仿西洋的，不值得一看。日本古今的文化诚然是取材于中国与西洋，却经过一番调剂，成为他自己的东西，正如罗马文明之出于希腊而自成一家（或者日本的成功还过于罗马），所以我们尽可以说日本自有他的文明，在艺术与生活方面更为显著，虽然没有什么哲学思想。我们中国除了把他当作一种民族文明去公平地研究之外，还当特别注意，因为他有许多地方足以供我们研究本国古今文化之参考。从实利这一点说来，日本文化也是中国人现今所不可忽略的一种研究。

日本与中国交通最早，有许多中国的古文化——五代以前的文化的遗迹留存在那里，是我们最好的参考。明了的例如日本汉字的音读里可以考见中国汉唐南北古音的变迁，很有益于文字学之研究，在朝鲜语里也有同样用处，不过尚少有人注意。据前年田边尚雄氏介绍，唐代乐器尚存在正仓院，所传音乐虽经过日本化，大抵足以考见唐乐的概略。中国戏剧源流尚未查明，王国维氏虽著有《宋元戏曲史》，只是历史的考据，没有具体的叙述，所以元代及以前的演剧情形终于不能了然。日本戏曲发达过程大旨与中国不甚相远，唯现行旧剧自歌舞伎演化而来，其出自“杂剧”的本流则因特别的政治及宗教关系，至某一时期而中止变化，至今垂五百年仍保守其当时的技艺；这种“能乐”在日本是一种特殊的艺术，在中国看来更是有意味的东西，因为我们不妨推测这是元曲以前的演剧，在中国久已消灭，却还保存在海外。虽然因为当时盛行的佛教思想以及固有的艺术性的缘故多少使它成为国民的文学，但这日本近古的“能”与“狂言”（悲剧与喜剧）总可以说是中国古代戏剧的兄弟，我们能够从这里边看出许多相同的面影，正如今人凭了罗马作品得以想见希腊散佚的喜剧的情形，是极可感谢的事。以上是从旧的方面讲，再来看新的，如日本新文学，也足以供我们不少的帮助。日本旧文化的背景前半是唐代式的，后半是宋代式的，到了现代又受到欧洲的影响，这个情形正与现代中国相似，所以他的新文学发达的历史也和中国仿佛，所以不同者只是动手得早，进步得快。因此，我们翻看明治文学史，不禁恍然若失，如见一幅幅的推背图，预示中国将来三十年的文坛的运势。白话文，译书体文，新诗，文艺思想的流派，小说与通俗小说，新旧剧的混合与划分，种种过去的史迹，都是在我们眼前滚来滚去的火热的问题，——不过，新旧名流绅士捧着一只“甲寅”跳着玩那政治的文艺复古运动，却是没有，这乃是我们汉族特有的好把戏。我想我们如能把日本过去四十年的文学变迁的大略翻阅一遍，于我们了解许多问题上定有许多好处；我并不是说中国新文学的发达要看日本的样，我只是照事实说，在近二十五年所走的路差不多与日本一样，到了现今刚才走到明治三十年（1897）左右的样子，虽然我们自己以为中华民国的新文学已经是到了黄金时代了。日本替我们保存好些古代的文化，又替我们去试验新兴的文化，都足以资我们的利用，但是我们对于自己的阘茸堕落也就应该更深深的感到了。

中国与日本并不是什么同种同文，但是因为文化交通的缘故，思想到底容易了解些，文字也容易学些（虽然我又觉得日本文中夹着汉字是使中国人不能深彻地了解日本的一个障害），所以我们要研究日本便比西洋人便利得多。西洋人看东洋总是有点浪漫的，他们的诋毁与赞叹都不甚可靠，这仿佛是对于一种热带植物的失望与满意，没有什么清白的理解，有名如小泉八云也还不免有点如此。中国人论理应当要好一点，但事实上还没有证明：这未必是中国人无此能力，我想大抵是还有别的原因。中国人原有一种自大心，不很适宜于研究外国的文化，少数的人能够把它抑制住，略为平心静气的观察，但是到了自尊心受了伤的时候，也就不能再冷静了。自大固然不好，自尊却是对的，别人也应当谅解它，但是日本对于中国这一点便很不经意。我并不以为别国侮蔑我，我便不研究他的文化以为报，我觉得在人情上讲来，一国民的侮蔑态度于别国人理解他的文化上面总是一个极大障害，虽然超绝感情纯粹为研究而研究的人或者也不是绝无。

中日间外交关系我们姑且不说，在别的方面他给我们不愉快的印象也已太多了。日本人来到中国的多是浪人与支那通，他们全不了解中国，只皮相的观察一点旧社会的情形，学会吟诗步韵，打恭作揖，叉麻雀打茶围等技艺，便以为完全知道中国了，其实他不过传染了些中国恶习，平空添了个坏中国人罢了。别一种人把中国看作日本的领土，他是到殖民地来做主人翁，来对土人发挥祖传的武士道的，于是把在本国社会里不能施展的野性尽量发露，在北京的日本商民中尽多这样乱暴的人物，别处可想而知。两三年前木村庄八君来游中国时，曾对我说，日本殖民于辽东及各地，结果是搬运许多内地人来到中国，养成他们为肆无忌惮的，无道德无信义的东西，不复更适宜于本国社会，如不是自己被淘汰，便是把社会毁坏；所以日本努力移植，实乃每年牺牲许多人民，为日本计是极有害的事，至于放这许多坏人在中国，其为害于中国更不待言了。这一番话我觉得很有意思。还有一件，损人而未必利己的是在中国各处设立妖言惑众的[①]汉字新闻，如北京的《顺天时报》等。凡关于日本的事件他要宣传辩解，或者还是情有可原，但就是中国的事他也要颠倒黑白，如溥仪出宫事件，章士钊事件，《顺天时报》也发表许多暴论，——虽然中国的士流也发表同样的议论，而且更有利用此等报纸者，尤为丧心病狂。总之日本的汉字新闻的主张无一不与我辈正相反，我们觉得于中国有利的事他们无不反对，而有害于中国者则鼓吹不遗馀力，据普通的看法日本是中国的世仇，他们的这种主张是当然的也未可知（所奇者是中国当局与士流多与他们有同一的意见），我们不怪他这样的想，只是在我们眼前拿汉文来写给我们看，那是我们所不可忍的，日本如真是对于中国有万分一的好意，我觉得像《顺天时报》那样的报纸便应第一着自动地废止。我并不想提倡中日国民亲善及同样的好听话，我以为这是不可能的，但为彼此能够略相理解，特别希望中国能够注意于日本文化的缘故，我觉得中日两方面均非有一种觉悟与改悔不可。照现在这样下去，国内周游着支那通与浪人，眼前飘飐着《顺天时报》，我怕为东方学术计是不大好的，因为那时大家对于日本只有两种态度：不是亲日的奴厮便是排日的走卒，这其间更没有容许第三的取研究态度的独立派存在的馀地。

（民国十四年十月三日）

【锺校】

①原无“的”字，今增。

日本浪人与《顺天时报》

本年《京报副刊》的国庆特刊上我发表了一篇小文，名曰《日本与中国》，略说日本文化之研究于中国的学术文艺上有若何益处，并论及日本在中国的胡乱的言行伤害国人的感情，足以妨害此种研究之发达。日文《北京周报》一八一号译载此文，后附案语，以为我说北京的日本商民中颇多浪人及《顺天时报》言论荒谬均系误解，不日将著论辩驳。我还未见驳文，不知《北京周报》记者根据些什么来证明我的误解，但我自信所说的都是我的确信，现在特再略加说明。

我说浪人并不指日本封建时代的那种流浪的武士，或是无职业的游民；我只指那些以北京为殖民地的横行霸道的人。在北京的日本商民中间有没有这样的人，日本居留民自己当然比我们外人更为明白。我同他们绝少往来，不能详细打听，但闻前年在北京研究的日本某博士说及，这样的浪人便已有二三人。我自己也不是没有请教过，最近如五卅事件后北京鼓吹排斥英日，有一个店主对我的妻大吐气焰，说居留民大部分都是退伍兵，倘若冯军和学生有什么举动，便给他一个混战，北京就要全灭。——但是，这些近于狂易的话何必多引呢？我们固然不必真是逐字地相信这些浪人的话，因而引起无谓的怨恨，然而说听了这些暴言反而增加对于日本的好感，我恐总是未必的吧。千人中有两三个坏人，自然不能算“多”，倘若严格地从数字上计算；不过害群之马并不真在乎怎么多，就只是两三人我们觉得这已经很够了。

关于《顺天时报》我总还是这样想，它是根本应该取消的东西，倘若日本对于中国有万分之一的好意。我决不怪日本报纸发表什么暴论，我们即使不以为应当，至少是可以原谅的，只要它是用日本文写的：他们写给自己的同胞去看，虽然是说着我们，我们可以大度地不管。但是如用了汉文在中国内地发行，那可是不同了，它明明是写给我们看的了，报上又声声口口很亲热地叫“吾国”，而其观点则完全是日本人的。凭了利害截不相同或者竟是相反的外国人的标准，来批评指导中国的事情，自政治外交以至社会家庭，思想道德的问题，无不论列，即使真是出于好意，我们已经感到十分“可感谢的为难”，何况《顺天时报》之流都是日本军阀政府之机关，它无一不用了帝国的眼光，故意地来教化我们，使潜移默化以进于一德同风之域欤。日本的特别国情，我们充分地了解与尊重，但它要拿到中国来布施给我们，我们断乎不敢拜受。譬如溥仪出宫的事件，与日本没有什么关系，尽可不必多管（论理，他们应该为中国贺，但这自然是空不过的空想罢了），它却大放厥辞，就是康有为办的报恐怕也不过如此。北京的知识阶级为了私斗去利用《顺天时报》《正报》等固然是“丧心病狂”，那些每天拜读这样的谬论而视若固然的看户也可谓麻木不仁，就是我们容忍至今，不略示反对之意，此刻想来似乎也未免有点“昏愚”了。我们的反对原是很微弱的，未必能使不长进的国人反省而不阅，也不能希望现在的日本政府反省而停止：但明白的日本人一定会赞成我的反对，因为这实在也于日本有利的。

老实说，日本是我所爱的国土之一，正如那古希腊也是其一。我对于日本，如对于希腊一样，没有什么研究，但我喜欢它的所有的东西。我爱它的游戏文学与俗曲，浮世绘，瓷铜漆器，四张半席子的书房，小袖与驹屐，——就是饮食，我也并不一定偏袒认为世界第一的中国菜，却爱生鱼与清汤。是的，我能够在日本的任何处安住，其安闲决不下于在中国。但我终是中国人。中国的东西我也有许多是喜欢的，中国的文化也有许多于我是很亲密而舍不得的。或者我无意地采集两方面相近的分子而混和保存起来，但固执地不可通融地是中国的也未始没有：这个便使我有时不得不离开了日本的国道而走自己的路。这即是三上博士所说幸亏日本没有学去的那个传统的革命思想。因为这个缘故，无论我怎样爱好日本，我的意见与日本的普通人总有极大的隔阂，而且对于他们的有些言动不能不感到一种愤恨。愤的是因为它伤了我为中国人的自尊心，恨的是因为它摇动了我对于日本的憧憬。我还未为此而破坏了我的梦，但我不是什么超越的贤人，实在不能无所恨惜。我知道这是没法的，世上没有这样如意的事，只有喜悦而无恨惜：所以我也不再有什么怨尤，只是这样的做下去：可爱的就爱，可恨的就恨；似乎亲日，似乎排日，都无不可，而且这或者正是唯一可行之道。

中国人不了解日本，以为日本文化无研究之价值，日本语三个月可以精通，这种浅薄谬误的意见实有改正的必要。但我们固然不当以国际的旧怨而轻蔑日本的文化，却也不能因耽赏它的艺术而容忍其他无礼的言动。在我们平凡的人，只能以直报怨地分别对付，或者这也是一种以德报德的办法：我们珍惜日本文化，为感谢它给予我们的愉悦，保存它在中国的光荣，我们不仅赞叹随喜，还不得不排除那些将污损它的东西，反对在中国的日本浪人以及《顺天时报》一流的国际的“黄色新闻”。

（十四年十月二十日，于北京）

日本人的好意

五月二日《顺天时报》上有一篇短评，很有可以注意的地方，其文如下：

> 恻隐之心，人皆有之，恩怨是另一问题。贪生怕死，蝼蚁尚然，善恶也是另一问题。根据以上两个原则，所以我对于这次党案的结果，不禁生出下列的感想来。
>
> 李大钊是一般人称之为“学者”的，他的道德如何姑且不论，能被人称为“学者”，那末[1]他的文章他的思想当然与庸俗不同，如果肯自甘澹泊，不作非分之想，以此文章和思想来教导一般后进，至少可以终身得一部人的信仰和崇拜，如今却做了主义的牺牲，绝命于绞首台上，还担了许多的罪名，有何值得。
>
> 再说这一般党员，大半是智识中人，难道他们的智识连蝼蚁都不如么，难道真是视死如归的

么？要是果真是不怕死的，何不磊落光明的干一下子，又何必在使馆界内秘密行动哩？即此可知他们也并非愿意舍生就死的，不过因为思想的冲动，以及名利的吸引，所以竟不顾利害，甘蹈危机。他们却万不料到秘密竟会泄漏，黑幕终被揭穿的。俗话说得好，聪明反被聪明误，正是这一般人的写照。唉，可怜可惜啊。

奉劝同胞，在此国家多事的时候，我们还是苟全性命的好，不要再轻举妄动吧！

你看，这思想是何等荒谬，文章是何等不通。我们也知道，《顺天时报》是日本帝国主义的机关，外国人所写的中国文，实字虚字不中律令，原是可恕的，又古语说得好，“非我族类，其心必异”，意见不同也不足怪。现在日本人用了不通的文字，写出荒谬的思想，来教化我们，这虽是日本人的好意，我们却不能承受的。日本帝国主义的宣传队以新闻或学校为工具，阳托圣道之名，阴行奴化之实，《顺天时报》历年所做的都是这个工作，这回的文章亦其一例。日本人劝我中国的“同胞”要“苟全性命”，趁早养成上等奴才，高级顺民，以供驱使，免得将来学那“不逞鲜人”的坏样，辜负帝国教养之恩。但是我要奉告日本人，不劳你们费心，敝国已有国立的圣教会了。

据古圣人的遗训，有“志士不忘在沟壑，勇士不忘丧其元”诸说，与尊见不很相同。还有一层，照我们的观察，日本民族是素来不大喜欢“苟全性命”的，即如近代的明治维新就是一个明证：要是果真日本的“智识中人”都同蝼蚁一样，个个觉得去为主义而牺牲“有何值得”，还不如在征夷大将军德川列帅治下过个狗苟蝇营的生活，恐怕日本此刻也同中国一样早已为西方帝国主义所宰割，哪里还有力量来中国作文化侵略呢？日本之所以得有今日者，一半固然由于别的种种机缘，一半岂不是也由于那些维新志士，“不顾利害，甘蹈危机”，尊王倒幕，为幕府所骈诛而不悔，始得成功的么？日本人自己若不以维新志士为不如蝼蚁，便不应该这样来批评党案，无论尊王与共产怎样不同，但其以身殉其主义的精神总是同的，不能加以歧视。日本人自己轻视生死，而独来教诲中国人“苟全性命”，这不能不说是别有用意，显系一种奴化的宣传。我并不希望日本人来中国宣传轻重生死，更不赞成鼓吹苟全性命，总之这些他都不应该管：日本人不妨用他本国的文字去发表谬论或非谬论，但决用不着他们用了汉文写出来教训我们。

《顺天时报》上也登载过李大钊身后萧条等新闻，但那篇短评上又有“如肯自甘澹泊，不作非分之想”

等语。我要请问日本人，你何以知道他是不肯自甘澹泊，是作非分之想？如自己的报上记载是事实，那么身后萧条是澹泊的证据，还是不甘澹泊的证据呢？日本的汉字新闻造谣鼓煽是其长技，但像这样明显的胡说霸道，可以说是少见的了。日本人对于中国幸灾乐祸，历年干涉内政，“挑剔风潮”，已经够了，现今还要进一步，替中国来维持礼教整顿风化，厉行文化侵略，这种阴险的手段实在还在英国之上。英国虽是帝国主义的魁首，却还没有来办“顺天时报”给我们看，只有日本肯这样屈尊赐教，这不能不说同文之赐了。“逢蒙学射于羿，尽羿之道，思天下唯羿为愈己，于是杀羿。孟子曰，是亦羿有罪焉。”呜呼，是亦汉文有罪焉欤！

（十六年五月）

【锺校】

①“末”原作“未”。

再是《顺天时报》

日本汉文报是日本侵略扰乱中国之最恶辣的一种手段，《顺天时报》则是此类汉文报中之最恶辣的一种。我从前特地定阅，看看他们在那里怎样地胡说，有时候也找到点材料批评几句，可是近来真有点看不下去了。他除了做本国军阀政府的机关之外，又兼代中国的各反动势力鼓吹宣传，现在已成为某派的半官报。我本来也还不至于这样无定见，看了它的宣传便会感化，渐渐地变成三小子，但拿钱去买这样东西来看，天天读了要不舒服，生气，那是何苦呢？所以我决定不再看《顺天时报》这个天下最恶劣的东西了。日本汉文报之胡闹已是有目共见的事实，只要不是媚外的政府就应该依法取缔的，不必等我们来引经据典地揭发它的恶迹。虽然不看《顺天时报》了，我相信它如活着决不会改变，一定还是继续捣乱下去，我在这里无妨武断地说一句，我们也应该继续反对这侵略捣乱中国的日本汉文报，不必再去找寻新的证据，因为它的过去的恶事已经尽够了。

（十六年八月十五日）

去年正月里我曾写过一篇文章，里边讲到在中国的日本汉文报，有几句话颇有可供参考的地方，今抄录于此。

……但是比这个还有更危险的一件事，大家都没有觉到，这便是外国人来鼓吹中国的有害的旧思想，一样地替他们养成帝国主义的奴隶而其效率特大，比那些宣传外来的宗教者要“事半功倍”，因为这坏思想原是中国固有的。——这是日本人所做的教育言论事业，如东省的公学校，北京的汉文《顺天时报》。

日本的公学校的办法本来与教会的中学校没有多少不同，不过相信灶君门神的国教的中国人要他改信耶和华比较地还费点手脚，皇帝却是自己也有过而且正希望着再有起来的，所以叫他归依天皇却是顺水推舟，不但愚民感戴，便是绅士们也是乐意的了。至于在中国发行汉文报的手段，尤其是恶辣得可以。办学校还是公然的，固定的，有人愿意受这种顺民教育，还要他自己寻上门去，现在则你在家里坐着，每天会把那函授奴隶讲义似的汉文报分送来给你看，真正巧妙极了。恰巧又有不长进，不争气的同胞们，认贼作父地争先购读，真是世界无双的现象：中国人的昏愚即此可见一斑，这样地下去，真是“中国不亡是无天理”。

排日平议

近来排日运动又复开始，而且有日益漫延的趋势。这是当然的。对于世界列国，中国没有一个比日本更应亲善的，但也就没有像日本那样应该排斥的国家了。不问要研究过去的文化，或是建设现在的艺术，中国都不能疏忽了日本，因为千馀年来的交通，文化上发生一种不能分离的关系，凡欲研究本国的历史文化文学美术的人，如不知道那一国的这些情形，结果便是本国的东西也总是不很明了，有些难以了然的地方。正如希腊研究固然为罗马学者的基本学问，而希腊研究也可以从罗马去得到极大的参考和帮助，中国与日本在文化研究上的关系正是如此。日本的旧式汉学与近来新式支那学的勃兴，即是表明学术上这种的自觉，中国虽然向来看不起所谓东洋人（其实他看得起哪一国人呢?），民国以后却也渐注意于日本文化的考察，不能不说是一种好现象。不过这所说的单是学问艺术一方面，亲善固然是应该，而且还是必要，若从别方面来说，则为中国前途计，排日又别是绝对的应该与必要了。非民治的日本，军人与富豪执政的日本，对于中国总是一个威吓与危险，中国为自存起见，不得不积极谋抵抗他，排斥他的方法，其次是对付不列颠帝国。日本天天大叫“日支共荣共存”，其实即是侵略的代名词：猪肉被吃了在别人的身体里存着，这就是共荣共存。我以前曾说过：“日本人对我们说要来共存共荣，那就是说我要吃你，千万要留心。日本除了极少数的文学家美术家思想家以外，大抵都是皇国主义者，他们或者是本国的忠良，但决不是中国的好友。”日本的同志是谁？我们试看，谢米诺夫，袁世凯，段祺瑞，……再看他做的什么好事？出兵！西伯利亚，满洲，津沽，现在是山东，……无论日本怎样辩解，说这只是保护侨民的，谁又相信？即使保护侨民是可以出兵的（假如世界上有这个道理），即使别国都可以出兵，也没有人能相信日本不捣别的鬼：这都是有过证据，何况这回的出兵就是日本人也承认是侵害中国国权的？排日，所以我说，是当然的。排斥日货，自然是一种很好的手段，但只是一种，并不是唯一的手段。无论是否如日本纺织[1]业者所笑，排货是中国自身的自杀政策，或是能够给予日本资本家以多少损害，总之在中国此刻是应该厉行的策略，不过此外还必须有积极的根本方法。中国智识界应该竭力养成国民对于日本的不信任，使大家知道日本的有产阶级，军人，实业家，政治家，新闻家以及有些教育家，在中国的浪人支那通更不必说，都是帝国主义者，以侵略中国为职志的；我们不必一定怎么去难为他，但我们要明白，日本是中国最危险的敌人，我们要留心，不要信任他，但要努力随时设法破坏他们的工作。这是中国智识阶级，特别是关于日本有多少了解的人，在现今中国所应做的工事，应尽的责任。这不会立刻有效验，使实业家的钱袋就发生影响，但是在三年五年，十年二十年之后，一定会有一种效果，比不买绵纱还要平和而永久的效果，那时或者日本所受排货的损失固已过去，所得出兵的利益也已消灭了。吃了酸蒲陶，牙齿是要浮的：这是当然的道理，应有的觉悟。B 中将曾说过，出兵要引起排日，日本是有了觉悟而出兵的。既然如此，那就很好了。

我希望学问艺术的研究是应该超越政治的，所以中国的智识阶级一面毕生——不，至少在日本有军人内阁，以出兵及扶植反动势力为对华方针的时代，努力鼓吹排日，一面也仍致力于日本文化之探讨，实行真正的中日共荣，这是没有偏颇的办法。但是人终是感情的动物，我恐怕理性有时会被感情所胜，学术研究难免受政治外交的影响而发生停顿，像欧战时中国轻蔑德文一样，那真是中国文化进步上的一个损失。不过，这也没有法子。我们在此刻不能因为怕日本研究之顿挫而以排日为不正当。

（十六年六月）

【鄢校】

①“织”原作“绩”。

裸体游行考订

四月十二日《顺天时报》载有二号大字题目的新闻，题曰“打破羞耻”，其文如下：

> 上海十日电云，据目击者谈，日前武汉方面曾举行妇人裸体游行二次，第一次参加者只二名，第二次遂达八名，皆一律裸体，惟自肩部挂薄纱一层，笼罩全身，游行时绝叫“打破羞耻”之口号，真不异百鬼昼行之世界矣。

该报又特别做了一篇短评，评论这件事情，其第二节里有这几句话：

> 上海来电，说是武汉方面竟会有妇人举行裸体游行，美其名曰打破羞耻游行，此真为世界人类开中国从来未有之奇观。

我以为那种“目击”之谈多是靠不住的，即使真实，也只是几个谬人的行为，没有多少意思，用不着怎么大惊小怪。但《顺天时报》是日本帝国主义的机关报，以尊皇卫道之精神来训导我国人为职志的，那么苟得发挥他的教化的机会当然要大大利用一下，不管他是红是黑的谣言，所以我倒也不很觉得不对。不过该报记者说裸体游行“真为世界人类开中国从来未有之奇观”，我却有点意见：在中国是否从来未有，我不能断定，但在世界人类却是极常见的事。即如在近代日本，直到明治维新的五年（西历一八七一年），就有那一种特别营业，虽然不是裸体游行，也总不相远：Yare-tsuke，Sore-tsuke 的故事，现在的日本人大抵还不会忘记罢？据《守贞漫稿》所记，天保末（一八四一年顷）大坂庙会中有女阴展览，门票每人八文：

> 在官仓边野外张席棚，妇女露阴门，观者以竹管吹之。每年照例有两三处。
>
> 展览女阴在大坂唯此（正月初九初十）两日，江户则在两国桥东，终年有之。

明治十七年四壁庵著《忘馀录》（*Wasure-nokori*）亦在“可耻之展览物”一条下有所记录，本拟并《守贞漫稿》别条移译于此，唯恐有坏乱风俗之虞，触犯圣道，故从略。总之这种可笑之事所在多有，人非圣贤，岂能无过，从事于历史研究文明批评者平淡看过，若在壮年凡心未尽之时，至多亦把卷一微笑而已。如忘记了自己，专门指摘人家，甚且造作或利用流言，作攻击的宣传，我们就要请他自省一下。俗语云，人没有活到七十八十，不可便笑人头童齿缺。要我来暴露别人的缺点，实在是不很愉快的事，但我并不想说你也有臭虫所以说我不得，我只是使道貌岩岩的假道学现出真形，在他的《论语》下面也是一本《金瓶梅》罢了。

我并不很相信民众以及游行宣传等事，所以对于裸体游行这件事（假如[①]是真有的）我也觉得无聊，公妻我也反对，——我不知道孔教徒所厉声疾呼的公妻到底是怎样一种制度，在这里我只当作杂交（Promiscuity）讲。我相信，假如世界不退到暴民或暴君专制的地步，却还是发达上去，将来更文明的社会里的关于性的事情，将暂离开了尚脱不掉迷信的色彩之道德与法律的管辖，而改由微敏的美感或趣味所指挥。羞耻是性的牵引之一种因子，我以为是不会消灭的，即使因袭的迷信及道德有消灭之一日（这也还是疑问），裸体可以算是美，但就是在远的将来也未必为群众所了解：因此这裸体游行的运动，除了当作几个思想乖谬的人的一种胡闹以外，没有什么意义。我们现在当然以一夫一妻主义为适当的办法，但将来也不能确说不会有若何改变，不过推想无论变成什么样子，总未必会比现今更坏。杂交的办法，据有些人类学家考证，在上古时代未曾有过，在将来也难有实现的可能，因为人性不倾向于此种方法（或不免稍速断乎?），至少总不为女性之所赞许，而在脱离经济迫压的时代，如无女性的赞许则此办法便难实施。现在那里（倘如实有）盲目地主张及计划实行这不知哪里来的所谓公妻者，如不是愚鲁，便是俗恶的人，因为他相信这种制度可以实行。我反对这种俗恶的公妻主义，无论只是理论，或是实际：因此我是很反对卖淫制度的一个人。特别是日本现行的卖淫制度内，有所谓 Mawashi（巡回）者，娼妓在一夜中顺次接得多数的客，单在文字上看到，也感到极不愉快的印象。这样的公妻实行，在文明国家却都熟视若无睹，这是什么缘故呢？或者因为中间经过金钱交易，合于资本主义罢，正如展览之纳付八文钱，便可以不算是百鬼昼行了。近来有些日本的士女热心于废娼运动，这是很可喜的事，——一面却还有另一部分人来管敝国的道德风纪，那尤其是可大贺了罢！

临了，我要声明一句，这武汉的两次——第一次二人，第二次八人——裸体游行完全与我无关：不然说不定会有人去匿名告发，说我是该游行的发起人呢。特此郑重声明！

（中华民国十六年四月十五日）

又案，“唯自肩部挂薄纱一层笼罩全身”，也是“古已有之”的老调儿。在北欧的古书《呃达》（*Edda*）里有一篇传说，说亚斯劳格（Aslang）受王的试验，叫她到他那里去，须是穿衣而仍是裸体，带着同伴却仍是一个人，吃着东西却仍是空腹；她便散发覆体，牵着狗，嚼着一片蒜叶，到王那里，遂被赏识，立为王后。（见《自己的园地》五十）又罗伯著《历史之花》（Rope of Wendover，*Flowers of History*）中也有一条故事，伯爵[②]夫人戈迪娃（Lady Godiva）为康文忒利市民求免重税，伯爵不允，强之再三，始曰：“你可裸体骑马，在众人面前，通过市街，回来之后可以允许。”于是夫人解髻散发，笼罩全身，有如面幕，骑马，后随武士二名，行过市场，除两条白大腿外不为人所见云。故事的结末当然是伯爵钦服，下谕永远蠲免该市苛税。这种有趣虽然是假造的传说可见很是普通，其年寿也很老了，现在不过又来到中国复活起来，正如去年四月“克复北京”后各报上津津乐道的所谓《马惩淫》的新闻，一看就可以知道是抄的一节旧小说。自从武汉陷落，该处遂成为神秘古怪的地方，而一般变态性欲的中外男子更特别注意于该处的所谓解放的妇女，种种传说创造传播，满于中外的尊皇卫道的报上，简单地用胡适博士的一句术语来说，武汉妇女变成了箭垛式的英雄（或者迎合他们的意见称作英雌）了。本来照例应该说该游行者解散青丝笼罩玉体才好，但是大家知道她们是“新妇女”，都是剪去头发的，——这一件事早使卫道家痛心疾首寝食不安了很久，哪里就会忘记？——没有东西可以盖下来了。她们这班新妇女不是常戴着一块“薄纱”么？那么，拿这个来替代头发，也就可以了。遵照旧来规矩，采用上代材料，加上现今意匠，就造成上好时鲜出品，可以注册认为“新案特许”了。日本新闻记者制造新闻的手段毕竟高强，就是在区区一句话上也有这许多道理可以考究出来，真不愧为东亚之文明先进国也！吾辈迂拙书生，不通世故，对之将愧死矣。

【鄢校】

①原无“如”字，今增。

②“爵”原作“爸”。

希腊的维持风化

十月十三日《顺天时报》载西欧各国取缔妇女异装，其第二则系记希腊，原文云：

> 希腊政府因妇女着短裙于风化关系重大，特于二月十三日颁行新律，禁止妇女着短裙。凡已结婚之妇女及年在十四岁以上之未婚女子，其所着之裙距地面不得过英尺七寸半。今已实施此律，特派女检查员二人在街检查，如有违法者，实行拘捕处罚。其最可注意之点即希政府强迫为父者为其女负责，为夫者为其妻负责云。

这在我们爱好希腊的书呆子看来心里一定不免觉得诧异，这与我们所知道的书本上的希腊差得多么远呀！其实是我们错了，这也就是我们之所以为书呆子的地方也。

盖希腊之亡久矣，基督纪元前三三八年即为马其顿所并，继属罗马及土耳其，直至一八三四年始得独立，为奴隶者二千馀年。今之希腊已非复贝列克来思时之故物，文化湮没，蛮性复现，民种杂乱，异族为主，与中国颇相像，希腊的基督正教束缚人心或者比儒教也差不多同样地厉害。拜轮在《吊希腊》诗中云，“嗟尔奴僇之民兮，局促辕下如牛羊”（据刘半农君译文，在《新青年》二卷四号），的确骂得不错。独立后将及百年，终于还不能恢复他的元气，而且名虽自主，实际还不免要受别国的指挥，欧战以后，差不多成了大英帝国主义的跟班：在这样状况之下，希腊的腐化与反动原来是当然的了。我们根据了雅典文化去批评现代希腊，正如根据了周秦诸子思想来批评现代中国一样，无非表示其迂阔不知世故，毫无是处；我们要知道，希腊是一个久亡的古国，有如我们的中华，虽然独立而还是同于附庸，一群东方式的无文化的民族，戴着一套也是东方式的专断的政教，不过名称还叫作希腊罢了。

所以要了解希腊的近事，用现代中国的眼光看去，大抵可以十得八九，上边所记的禁短裙的用意也便可以完全领解，不但不须诧异而且还觉得极有道理了。至于所谓最可注意之点，那也不过是中国的父为子纲夫为妻纲的遗意，一点儿都没有什么奇怪。日本到底也还是东方民族，又负有替中国维持风教的责任，所以听见这类消息特别高兴，汇集发表，用心之深至可佩服。只可惜中国原是东方文明的代表，一切奇事怪话他都全备，虽有希腊的良法美意，在中国却已属陈言，因为京津的官宪早已实行过了也。但是，日本人替我们维持礼教的厚意，我们总是应当感谢的。

清朝的玉玺

玉玺这件东西，在民国以前或者有点用处，到了现在完全变了古董，只配同太平天国的那块宋体字的印一样送进历史博物馆去了。这回政府请溥仪君出宫，讨回玉玺，原是极平常的事，不值得大惊小怪：难道拿到了这颗印还好去做皇帝不成么？然而天下事竟有出于意表之外者，据《顺天时报》说："市民大为惊异，旋即谣言四起，咸谓……夺取玉玺尤属荒谬"，我真不懂这些"市民"想的到底是什么。我于此得到两种感想。其一是大多数都是昏虫。无论所述市民的意见是否可靠，总之他们都是遗民，迷信玉玺的奴隶，是的确的，所以别人可以影射或利用。舆论公意，无论真假，多是荒谬的，不可信托。其二是外国人不能了解中国的事情。外国人不是遗民，然而同他们一样的不是本国人，所以意见也一样的荒谬，或者不是恶意的，也总不免于谬误，至少是不了解。异国的人与文化，互相了解，当然并非绝不可能的事，但据我所知，对于中国大约不曾有过这样的人，——我们自然也还不曾了解过别人。我们也想努力的了解别国，但是见了人家的情形，对于自己的努力也就未免有点怀疑起来了。

《顺天时报》是外国人的报，所以对于民国即使不是没有好意，也总是绝无理解；它的好恶无不与我们的相反，虽说是自然的却也是很不愉快的事。它说优待条件系由朱尔典居中斡旋，现在修改恐列国不肯干休，则不但谬误，简直无理取闹了。我要问朱尔典和列国（以及《顺天时报》记者），当复辟的时候，你们为什么不出来干涉，说优待条件既由我们斡旋议定，不准清室破约举行复辟？倘若当时说这是中国内政，不加干涉，那么这回据了什么理由可以来说废话？难道清室可以无故破约而复辟，民国却不能修改对待已经复过辟的清帝的条件么？虽然是外国人，似乎也不好这样的乱说罢。——然而仔细一想，就是本国人，受过教育的人们中间，这样想的人也未必没有，那么吾又于外国人何尤？

（十三年十一月）

李佳白之不解

近日《顺天时报》转载“美国进士”李佳白的一篇文章，反对修改优待条件，有不解者五。他的记心真好，把辛亥逊位的事情记的清清楚楚，偏忘记了民国六年的十一天的复辟。好像外国人对于这事件都特别健忘似的，真令我“不解”。（听说那打倒复辟的本人也似乎忘记了这件事，或者这件事本不好记，用福洛伊特派学说分析一下，一定可以找出重大的理由来吧。）

李佳白虽然居留中国，“在清政府之下者为二十九年，在民国政府之下者为十三年”，但究竟是外国人，完全不能了解中国的事情；而且照例外国人居留中国愈久，其思想之乌烟瘴气亦必愈甚，李佳白自然不能逃此公例。仔细一想，李佳白的不解者五，实在已经不解得太少，因为据我想来他的不解本当不止此数也。

《顺天时报》是外国的机关报，他的对于中国的好意与了解的程度是可想而知的，他引李佳白同调所以正是当然。但我们也可以利用这些荒谬的议论。我们只要看这些外国机关报的论调，他们所幸所乐的事大约在中国是灾是祸，他们所反对的大抵是于中国是有利有益的事。虽然不能说的太决绝，大旨总是如此。我们如用这种眼光看去，便不会上他们的当，而且有时还很足为参考的资料。

（十三年十二月）

清浦子爵之特殊理解

子威兄：

今天看报知道日本子爵清浦奎吾来京了，这本来没有什么希奇，所奇者是他“自谓对中国文化具有他人所不及之特殊理解”。据电通社记述他的谈话，有这样的一节：

> 予自幼年即受儒教熏陶，对孔孟之学知其久已成为中国文化基础之伦理观念及道德思想，故特私心尊重，换言之，即予察中国自信当较一般常人颇具理解。

这是多么谬误的话。我相信中国国民所有的只是道教思想，即萨满教，就是以维持礼教为业的名流与军阀，其所根据以肆行残暴者也只是根于这迷信的恐怖与嫌恶，倘若不是私怨私利的时候。古昔儒家（并非儒教）的长处便是能把这些迷信多少理性化了，不过它的本根原是古代的迷信，而且他们都有点做官的嗜好，因此这一派思想终于非堕落分散不止。大家都以为是受过儒教“熏陶”，然而一部分人只学了他的做官趣味，一部分人只抽取了所含的原始迷信，却把那新发生的唯理的倾向完全抛弃了，虽然这一点在我看来是最可取的，是中国民族的一个大优点，假如夸大一点，可以说与古希腊人有点相像的。所以，现在中国早已没有儒家了，除了一群卑鄙的绅士与迷信的愚民。现今的改革运动，实在只是唯理思想的复兴。我不知道所谓东方文明与西方文明在什么地方有绝对的不同，我只觉得西方文明的基础之希腊文化的精髓与中国的现世思想有共鸣的地方，故中国目下吸收世界的新文明，正是预备他自己的“再生”。这似乎是极浅显的事情，但是那些相信东西文化是绝对不同，尤其以儒教为东方文化的精髓的人，则绝不能了解，他的对于过去现在将来的中国之判断也无一不谬误。可惜这一类的人又似乎是特别的多。

清浦子爵是素受儒教熏陶的，又是七十七岁的老人了，其不能理解真的中国是当然的，也更不必置辩，但是因为他是子爵，他的话恐怕一定很得许多人的信仰，所以我想略有纠正之必要，特别是为未来的“支那通”计。我想告诉他们，儒教绝不是中国文化的基础，而且现在也早已消灭了。他的注重人生实际，与迷信之理性化的一点或者可以说是代表中国民族之优点的，但这也已消灭，现代被大家所斥骂的“新文化运动”倒是这个精神复兴的表示。想理解中国，多读孔孟之书是无用的，最好是先读一部本国的明治维新史。无论两国的国体是怎么不同，在一个改革时期的气分总是相像的，正如青年期的激昂与伤感在大抵的人都是相像的一样。读了维新的历史，对于当时破坏尝试等等底下的情热与希望，能够理解，再来看现时中国的情状，才能不至于十分误会。倘若凭了老年的头脑，照了本国的标准，贸贸然到中国来，以为找到了经书中的中国了，随意批评一番，那不但是无谓的事，反而要引起两方面的误解，为息事宁人计，大可不必。

中国与日本最接近，而最不能互相了解，真是奇事怪事，——此岂非儒教在中作怪之故耶，哈哈。

十五年十月十七日。

支那民族性

《从小说上看出的支那民族性》，安冈秀夫著，本年四月东京聚芳阁出版，共分十章，列举中国人的恶劣根性，引元明清三朝的小说作证，痛加嘲骂。我承认他所说的都的确是中国的劣点。汉人真是该死的民族，他的不长进不学好都是百口莫辩的。我们不必去远引五六百年前的小说来做见证，只就目睹耳闻的实事来讲，卑怯，凶残，淫乱，愚陋，说诳，真是到处皆是，便是最雄辩的所谓国家主义者也决辩护不过来，结果无非只是追加表示其傲慢与虚伪而已。倘若人是应当如此的，那么中国人便是代表，全世界都将归他支配。如其不然，不仁不智不勇的人没有生存的馀地，那么我可以说中国不亡是无天理，且还是亡有馀辜。中国人近来又不知吃了什么迷心汤，相信他的所谓东方的文化与礼教，以为就此可以称霸天下，正在胡叫乱跳，这真奇极了。安冈的这本书应该译出来，发给人手一编，请看看尊范是怎样的一副嘴脸，是不是只配做奴才？

但是我不希望日本人做这样的一本书。我并不是说中国的劣点只应由本国人自己来举发，或者日本也自有其重大的劣点，我只觉得“支那通”的这种态度不大好，决不是日本的名誉。我们知道现代希腊的确有点坠落了，但欧美各国因为顾念古昔文化的恩惠，总不去刻薄的嘲骂她，即使有所纪录，也只是平心的说，保存他们自己的品格。我一眼看到桌上放着的一本“我们对于希腊罗马的负债”丛书，美国哈特教授的《希腊宗教及其遗风》，不禁发生好些感慨，人们的度量竟有这样的不同么！我们决无权利去对日本主张债权，据我说来有些地方或者倒反对不起她，如儒教的影响的确于日本朝鲜安南诸民族颇有毒害，但在日本方面看来中国确是有点像希腊罗马，不是毫无关系的路人。中国现在坠落到如此，日本看了应当很是伤心的，未必是什么很快意或好玩的一件事。我们不要日本来赞美或为中国辩解，我们只希望她诚实地严正地劝告以至责难，但“支那通”的那种轻薄卑劣的态度能免去总以免去为宜。我为爱日本的文化故，不愿这个轻薄成为日本民族性之一。

（十五年七月）

支那与倭

承霞村先生惠赠“将来小律师”某君所著《盲人瞎马之新名词》一本，至为感谢。这是民国四年出版的，我当初也曾听到这个名字，但是没有机缘买来一看，到现在似乎已经绝版了。著者痛恨“新名词之为鬼为祟，害国殃民，以启亡国亡种之兆，至于不可纪极”，故发愤作此册，“欲以报效国家社会于万一”，在现今所谓国家主义盛行的时代，仍不失为斩新的意思，可以得大众的同情，不必要我再来介绍。但是忠愤自忠愤，事实到底也还是事实，无论怎样总是改变不过来的，我现在想就某君论“支那”的这一节略略说明，当作闲话的资料。原文云：

支那（China）我译则曰蔡拿。此二字不知从何产生，颇觉奇怪。人竟以名吾国，而国人恬然受之，以为佳美，毫不为怪，余见之不啻如丧考妣，欲哭无声，而深恨国人之盲从也。考此二字之来源，乃由日人误译西洋语China蔡拿者也。

案查中国藏经中向有“支那撰述”的名称。宋沙门法云编《翻译名义集》卷七“诸国篇”中有“脂那”这一条，注曰：“一云支那，此云文物国，即赞美此方是衣冠文物之地也。……《西域记》云，摩诃至那，此曰大唐。”可知支那之名起于古印度，与《奥斯福英文字典》上所说一世纪时始见梵文中者正相合。“西洋语”不知何指，但看写作China而读如“蔡拿”，当系英吉利语无疑，武进屠寄氏亦曾主张支那原音应作畅那，与此说一致。但考《西域记》成于唐太宗贞观二十年，即西历六四六年，距七八九年诺曼人侵入英国尚早一百四十三年；即退一步而言《翻译名义集》，该书成于宋高宗绍兴丁丑，即西历一一五七年，是时古英文虽已发生变化，但China之尚未读成“蔡拿”，则可断言也。因为照英国斯威德（Henry Sweet）之“历史的英文法”所说，在十六世纪以前英文中的i字都读作“衣”，所以那时英文中如有这一个字，也只读作“启那”，决不会如某君所说的那样，与琼思（Jones）的现代英文国音字典所拼吻合也。

原书在同一篇中又说：

自唐朝呼日本曰倭，形其为东方矮人，因其

屡屡扰乱国境，故加之以寇。殊不知唐代之名，竟贻祸于今日，日人引以为奇耻大辱，与天地为长久，虽海苦石滥，亦刻刻不忘于心，铭诸杯盘，记于十八层脑里，子孙万代，无或昏忘。每一文学士作一字典，必于倭字注下，反复详加剖解，说其来由，记其耻辱。……吾因一倭字招人忌恨，割地丧权，来外交之龃龉，皆实其尤。（附注：校对无讹。）

案《前汉书·地理志》云，“乐浪海中有倭人，分为百馀国”，可见呼日本曰倭并不起于唐朝。据《说文解字》第八篇云：“倭，顺貌，从人，委声。诗曰，周道倭迟。”许君生在汉世，倘倭字有“形其为东方矮人”之义，他老人家也总应该知道，带说一句罢。“加之以寇”则又在唐朝以后。查倭寇之起在日本南北朝时代，西历十四世纪中叶，中国则为元末，距唐朝之亡已经有四百五十年之谱了，硬说割地丧权由于唐代的一字，真是冤乎枉也，我不能不代为辩护一声。日本人是否把倭字铭诸杯盘，我不得而知，但是字典我却查过几部，觉得“说其来由记其耻辱”的也不容易找到。字典中有倭字一条，这当然是汉和字典，我查服部与小柳二氏的，滨野的，简野的诸书（凑巧这些人不是文学博士便是布衣，没有一个文学士），只见大抵是这样写着：

倭人　古支那人呼日本人之称。

倭夷　古支那人呼日本人贱称，又倭奴，倭鬼。

这里所谓贱称显是指夷奴等字而言，与倭字没有什么关系，看“倭人”一条可知；其后且有“倭舞”之名，则系日本人自定，用以代“大和舞”（Yamato-mai）者。日本古训诂书之一为《倭训栞》，又古织物有“倭文织”一种，至今女子名倭文子（Shidzuko）者亦仍有之。著者谓日本讳倭字，至于为侵略中国之原因，愚未之前闻，不知其出于什么根据也。

本来做律师的人关于这些事情不很知道也还不足为病，我决不想说什么闲话，但是著者是堂堂鼓吹国粹，反对夷化的人，知己知彼，似乎也是必不可少的，故不惮词费，加以订正，以免盲人瞎马的危险。这个题目，照我作句上的趣味，本想写作“倭与支那”，但是一则因为文中次序有点不同，二则又因为恐怕要触爱国家之怒，所以改成现在这样，虽然这个调子我不大喜欢。

（民国十五年十二月十五日）

李完用与朴烈

在本年二月十三日的《读卖新闻》上见到这样一则纪事：

日韩合并之功臣李完用侯逝世

朝鲜总督府中枢院副议长李完用侯前因喘息病正在疗养，至十一日病状骤变，于同日下午一时死去。宫中得到李侯病笃的消息，下赐蒲桃酒一打以当慰问。侯爵家尚未发丧。又李侯乃是日韩合并的功臣。

十五日同新闻的晚报上又有这样的一大段纪事：

第三年初在法廷相见的朴烈夫妇

朝鲜人朴烈与金子文子（案此系日本人）将以大逆罪之被告于十六日上午十时在大审院刑事大法廷受特别裁判。在大震灾直后，大正十二年九月二日为警察厅所捕以来，至今已是第八百九十八日了。现将在曾经审过逆徒难波大助幸德秋水的同一法廷，在裁判长牧野菊之助之下开廷审理。大审院发出普通旁听券一百五十张，在东京的朝鲜人大部分都切望旁听，但均无法可想。法廷内外，由日比谷警署及宪兵队派军警防守。旁听人只能见朴氏夫妻之入廷及裁判长讯问住所姓名，此后即禁旁听，唯特别许可的人得以一直听到末了。犯人二人现在市谷未决监内等候明日之裁判。当局职权上当行的精神鉴定也被拒绝，帝国大学杉田博士因了文书及其他材料，继续作苦心之鉴定，至去年年底始告完成。藤井教诲主任二年半的教导也毫不见效（没有悔悟的意思）。朴烈起草作自叙传，大部分已脱稿，今正在耽读关于思想问题等的书籍。去年年底，朴烈之兄特地从朝鲜的乡间来到东京，在未决监与朴会面，日前已回朝鲜去了。又闻届时朴烈将穿朝鲜礼服出廷，文子则穿染有“族徽”的和服。这个大逆事件里面，还含有恋爱问题，所以更引起大众的兴味。朴烈与金子文子，金①重汉与新山初代等，一面计划着重大的阴谋，一面又浮沉于恋之漩涡里。或一传说谓因了恋爱的纠葛，此事件遂为警厅所闻知，以至暴露。新山初代在狱中病死，金重汉得预审免诉，只馀朴烈与金子文子今当出席于特别裁判之法廷。布施律师等前曾奔走欲为二人正式结婚，其后也未实行。手锁腰绳，头戴编笠，二人当在法廷重复相见。十六日为事实审理，十七日为检事的论告及律师的辩论，在二日间全部完结云。

我们读了上面的纪事而引起的第一个感想是，李完用是把朝鲜送给日本的一个朝鲜人，所以日本封他为侯爵，临死时还远迢迢地从日皇赐给蒲桃酒一打去慰问他。朴烈是对于日皇谋逆的一个朝鲜人，所以被问了大逆罪，将来审判的结果，自然也像逆徒难波或幸德一样的消为刑场之露，——这似乎更像幸德，因为他也夫妻共命的。这是我们感到的已然或是将然的事实。

我们第二个感想是，照理论上讲，我不知怎的总觉得李完用倒是确实的逆徒，朴烈虽然在国际礼仪（不过这在《顺天时报》的东邻记者们是向来不讲的，我们只是犯不着来学坏样）上不好怎样的赞美，但总可以说是烈士，更不必说是朝鲜的忠良了。朝鲜在日韩合并的时候固然出了不少的逆徒，但是安重根，朴烈，以及独立时地震时被虐杀的数百鲜人，流的报偿的血也已不少了，我对于这亡国的朝鲜不能不表示敬意，特别在现今这个中国，满洲情形正与合并前的朝鲜相似，而政客学者与新闻界的意见多与日本一鼻孔出气，推尊张吴，竭力为他们鼓吹宣传的时代。我相信中国可以有好些李完用，倘若日本（或别国）有兴致来合并中国，但我怀疑能否出一两个朴烈夫妇。朝鲜的民族，请你领受我微弱的个人的敬意，虽然这于你没有什么用处。我以前只知道你们庆州一带的石佛以及李朝的磁器，知道你的先民富有艺术的天分，现在更知道并世的朝鲜人里也还存在血性与勇气。

日本为生存竞争计或者不得不吞并朝鲜，朝鲜因为孱弱或者也总难保其独立，但我对于朝鲜为日本所陵践总不禁感到一种悲愤。中国从前硬要朝鲜臣服，现在的爱国家也还有在说朝鲜“本我藩属”的人，我听了很不喜欢。我是同江绍原先生一样主张解放蒙藏的，但同时也主张援助亚东各小民族（如安南缅甸）独立的，——这是说将来中国倘若有此力量。朝鲜我也希望他能独立，不属于中日，自然也不要属于苏俄。朝鲜的文化虽然多半是中国的，却也别有意义，他是中日文化的连络，他是中国文化的继承者，也是日本文化的启发者。在日本直接与中国交际之前，朝鲜是日本的唯一的导师，举凡文字，宗教，工业，文物各方面无不给与极大助力，就是近代德川朝的陶磁工艺也还是由于朝鲜工人的创始。我真不解以侠义自憙的日本国民对于他们文化的恩人朝鲜却这样的待遇，虽说这是强食弱肉的世界。日本对于不是李完用一流的朝鲜人给他加上一个极不愉快的名号，叫作“不逞鲜人”，——这就是那“不逞鲜人”的名称，养成日本人的恐怖与怨毒，以致在地震时残杀了那许多朝鲜人。我们看了朝鲜的往事，不能不为中国寒心。

（十五年二月）

【鄢校】

①“金”原作“路”，从下文改。

文明国的文字狱

日本是东亚的文明先进国，有许多办法是很值得我们中国去学样的。是的，两国的政体有点儿不同，日本是君主国，中国是共和国，但这是“实君共和”，或者应称为“多君共和”才对，压根儿没有多大差别，除了凶暴有馀而严密或未及。这末一点所以是应该学习的。

让我举出一两个好例来吧。海贼江连等夺取大辉丸，屠杀中俄朝鲜乘客二十馀人，发扬国威，振兴武士道之精神，故破案后江连仅判处十二年有期徒刑，听者欢声雷动，称“名裁判”不置，此其一。宪兵大尉甘粕于大震灾时诱大杉荣夫妇至司令部，手自绞杀，以绝无政府主义之根株，措国家于磐石之安，又为灭口起见，特将大杉六岁的外甥橘宗一一并绞死，移尸剥衣，以湮灭证据，苦心爱国，允为“国士”。故破案后判处十年有期徒刑，旋即蒙保释，发往奉天效力，此其二。此外解散各大学的研究社会科学团体，设置“学生监”，以防“思想恶化”，由内阁招集和尚道士会议，以谋“思想善导”，都是足以为法的，至于收用谢米诺夫以反赤化，则大家都已知道，算不得什么专卖特许的办法了。

近来看报，见有一件更新的办法，值得特别介绍。俗语云，“擒贼先擒王”，现在便是这个办法，不去零零碎碎地拿办无名的束发小生，只从鼎鼎大名的教授下手，于是而井上哲次郎博士将被告发，而人心亦将正而邪说亦将息了。井上哲次郎是贵族院议员，帝国大学教授，文学博士，年纪也将近七十了，平常也算是真正老派，与滑稽学者们远藤隆吉，建部遁吾，上杉慎吉等差不多少，说他是贼王，是恶化思想的首领，的确是大有语病，但总之不知是什么运命的恶戏，他为了在《我国体及国民道德》里的一句话，犯了不敬的大罪，动了普天的公愤了。老博士的革职查办当在不远，这在凡有血气的看来自然是千该万该的，哪里还容得怀疑或是犹豫呢？

却说说日本的神话，有三件建国之宝，一是八咫镜，二是天之丛云剑，三是八坂琼曲玉，称为“三种神器”。据说镜与曲玉是天照御神即太阳女神躲到岩窟里去的时候由众神所造，剑则系太阳的兄弟素盏呜尊在下界杀了八首大蛇，从蛇的身子里取出来的，又名草薙剑的便是。这虽都是神话，但据说这三件东西却都是实有的，至今还供养着，如书上所说："实为我天皇传国之神玺，与皇统共天壤无穷之御宝也。"好在我们不是弄历史学考古学人类学的人，不必去议论他的真伪，引起是非来，只要说明有什么一回事就得了。井上博士本来也不是弄那些东西的人，他的专门是哲学，因为我仿佛记得他做过些讲孔夫子的书，这回不知怎地做了那本《我国体及国民道德》，说及三种神器，轻轻的一句话，却闯下了弥天的大祸。查我所见的日本报上都不说明，只说该博士"云云"，但我从在中国发行的日文报上曾看到一条，比较明白一点，只可惜原报一时找不着了。大约是井上博士说，现在的神器里有两种是真的，其一已经烧失，留存的只是模造品，至于烧失的是哪一种，我记不清是剑呢还是镜了。

这可了不得！在我们不相干的人看去是一句灰色的温暾的话，在日本却是犯了不敬罪，是"摇动国民之信念"的东西了。前大东文化学院教授松平康国，佃信夫等于五日下午一时往访内阁总理大臣，责问政府对于井上博士不敬事件为何不严重查办，主张须令井上辞职以谢天下。同日下午二时，有大学生二人往访内务大臣，由次长接见，也是质问该不敬事件，因为答复不满意，便竟以老拳加于内务次长之头上。这两个人经警署拘去，查明一为中央大学生菱谷，一为日本大学生中滨，虽然日本大学声明没有这个学生，中央大学声称该生业于六月间退学云。二人同系大和魂联盟的团员。这样团体在我们看来是一种反动的暴力团，但在本地当然是宗旨纯正的尊王团体之一罢。同时司法方面也已开始活动，据说：

学术研究之自由固然承认，但将研究之结果出版，发表于社会，则已越出研究的范围，查出版法第二十六条，正属相当：凡出版将破坏政体紊乱国权之文书图画时，处著作者发行者印刷者以两月以上两年以下之轻禁锢，附加二十圆以上二百圆以下之罚金。但该博士如辞去一切公职，专表谨慎之意，则或只传案检察，免予起诉，亦未可知云。

你看这办的多么严重，多么精密，多么上下一心。文明国的文字狱到底与半开化的中国是不同的。中国的办法只是杀一儆百，除了偶然随便枪毙一两个之外，不知道有细磨细琢的好方法，无怪文化不进而被称为半开化也。窃意中国将来如能奋兴，得列于强国之林，这一点不可不注意，即提倡武士道以扼人之脖颈，设置学生监以阻人之思想，良法美意，固当积极仿行外，那种文字之狱亦应时常举行，以增威严，此愚作此一文之微意也。

（一九二六年十一月）

夏夜梦

序言

乡间以季候定梦的价值，俗语云春梦如狗屁，言其毫无价值也。冬天的梦较为确实，但以“冬夜”（冬至的前夜）的为最可靠。夏秋梦的价值，大约只在有若无之间罢了。佛书里说：“梦有四种，一四大不和梦，二先见梦，三天人梦，四想梦。”后两种真实，前两种虚而不实。我现在所记的，既然不是天人示现的天人梦或预告福德罪障的想梦，却又并非“或昼日见，夜则梦见”的先见梦，当然只是四大不和梦的一种，俗语所谓“乱梦颠倒”。大凡一切颠倒的事，都足以引人注意，有纪录的价值，譬如中国现在报纸上所记的政治或社会的要闻，哪一件不是颠倒而又颠倒的么？所以我也援例，将夏夜的乱梦随便记了下来。但既然是颠倒了，虚而不实了，其中自然不会含着什么奥义，不劳再请“太人”去占；反正是占不出什么来的。——其实要占呢，也总胡乱的可以做出一种解说，不过这占出来的休咎如何，我是不负责任的罢了。

一　统一局

仿佛是地安门外模样。西边墙上贴着一张告示，拥挤着许多人，都仰着头在那里细心的看，有几个还各自高声念着。我心里迷惑，这些人都是车夫么？其中夹着老人和女子，当然不是车夫了；但大家一样的在衣服上罩着一件背心，正中缀了一个圆图，写着中西两种的号码。正纳闷间，听得旁边一个人喃喃的念道：

……目下收入充足，人民军等应该加餐，自出示之日起，不问女男幼老，应每日领米二斤，麦二斤，猪羊牛肉各一斤，马铃薯三斤，油盐准此，不得折减，违者依例治罪。

饮食统一局长三九二七鞠躬

这个办法，写的很是清楚，但既不是平粜，又不是赈饥，心里[1]觉得非常胡涂。只听得一个女人对着一个老头子说道：

“三六八（仿佛是这样的一个数目）叔，你老人家胃口倒还好么?”

“六八二——不，六八八二妹，哪里还行呢！以前已经很勉强了，现今又添了两斤肉，和些什么，实在再也吃不下，只好拚出治罪罢了。”

“是呵，我怕的是吃土豆，每天吃这个，心里很腻的，但是又怎么好不吃呢。”

“有一回，还是只发一斤米的时候，规定凡六十岁以上的人应该安坐，无故不得直立，以示优待。我坐得不耐烦了，暂时立起，恰巧被稽查看见了，拉到平等厅去判了三天的禁锢。”

“那么，你今天怎么能够走出来的呢?”

“我有执照在这里呢。这是从行坐统一局里领来的，许可一日间不必遵照安坐条律办理。”

我听了这些莫名其妙的话，心想上前去打听一个仔细，那老人却已经看见了我，慌忙走来，向我的背上一看，叫道：

“爱克司兄，你为什么还没有注册呢。”

我不知道什么要注册，刚待反问的时候，突然有人在耳边叫道：

“干么不注册!”

一个大汉手中拿着一张名片，上面写道“姓名统一局长一二三”，正立在我的面前。我大吃一惊，回过身来撒腿便跑，不到一刻便跑的很远了。

二　长毛

我站在故乡老屋的小院子里。院子的地是用长方的石板铺成的；坐北朝南是两间“蓝门”的屋，子京叔公常常在这里抄《子史辑要》，——也在这里发疯；西首一间侧屋，屋后是杨家的园，长着许多淡竹和一棵棕榈。

这是“长毛时候”。大家都已逃走了，但我却并不逃，只是立在蓝门前面的小院子里，腰间仿佛挂着一把很长的长剑。当初以为只有自己一个人，随后却见在院子里还有一个别人，便是在我们家里做过长年的“得法”，——或者叫做“得寿”也未可知。他同平常夏天一样，赤着身子，只穿了一条短裤，那猪八戒似的脸微微向下。我不曾问他，他也不说什么，只是忧郁的却很从容自在的站着。

大约是下午六七点钟的光景。他并不抬起头来，只喃喃的说道：

“来了。”

我也觉得似乎来了，便见一个长毛走进来了。所谓长毛是怎样的人我并不看见，不过直觉他是个长毛，大约是一个穿短衣而拿一把板刀的人。这时候，我不自觉的已经在侧屋里边了；从花墙后望出去，却见得法（或得寿）已经恭恭敬敬的跪在地上，反背着手，专等着长毛去杀他了。以后的景致有点模糊了，仿佛是影戏的中断了一下，推想起来似乎是我赶出去，把长毛杀了。得法听得噗通的一颗头落地的声音，慢慢的抬起头来一看，才知道杀掉的不是自己，却是那个长毛，于是从容的立起，从容的走出去了。在他的迟钝的眼睛里并不表示感谢，也没有什么惊诧，但是因了我的多事，使他多要麻烦，这一种烦厌的神情却很明显的可以看出来了。

三　诗人

我觉得自己是一个诗人（当然是在梦中），在街上走着搜寻诗料。

我在护国寺街向东走去，看见从对面来了一口棺材。这是一口白皮的空棺，装在人力车上面，一个人拉着，慢慢的走。车的右边跟着一个女人，手里抱着一个一岁以内的孩子。她穿着重孝，但是身上的白衣和头上的白布都是很旧而且脏，似乎已经穿了一个多月了。她一面走，一面和车夫说着话，一点都看不出悲哀的样子。——她的悲哀大约被苦辛所冻住，所遮盖了罢。我想像死者是什么人，生者是什么人，以及死者和生者的过去，正抽出铅笔想写下来，他们却已经完全不见了。

这回是在西四北大街的马路上了。夜里骤雨初过，大路洗的很是清洁，石子都一颗颗的突出，两边的泥路却烂的像泥塘一般。东边路旁有三四个人立着呆看，我也近前一望，原来是一匹死马躺在那里。大车早已走了，撇下这马，头朝着南脚向着东的摊在路旁。这大约也只是一匹平常的马，但躺在那里，看去似乎很是瘦小，从泥路中间拖开的时候又翻了转面，所以他上边的面孔肚子和前后腿都是湿而且黑的沾着一面的污泥。他那胸腹已经不再掀动了，但是喉间还是咻咻的一声声的作响，不过这已经不是活物的声音，只是如风过破纸窗似的一种无生的音响而已。我忽然想到俄国息契特林的讲马的一生的故事《柯虐伽》，拿出笔来在笔记簿上刚写下去，一切又都不见了。

有了诗料，却做不成诗，觉得非常懊恼，但也微倖因此便从梦中惊醒过来了。

四　狒狒之出笼

在著名的杂志《宇宙之心》上，发现了一篇惊人的议论，篇名叫做《狒狒之出笼》。大意说在毛人的时代，人类依恃了暴力，捕捉了许多同族的狒狒猩猩和大小猿猴，锁上铁链，关在铁笼里，强迫去作苦工。这些狒狒们当初也曾反抗过，但是终抵不过皮鞭和饥饿的力量，归结只得听从，做了毛人的奴隶。过了不知多少千年，彼此的皮毛都已脱去，看不出什么分别，铁链与笼也不用了，但是奴隶根性已经养成，便永远的成了一种精神的奴族。其实在血统上早已混合，不能分出阶级来了，不过他们心里有一种运命的阶级观，譬如见了人己的不平等，便安慰自己道："他一定是毛人。我当然是一个狒狒，那是应该安分一点的。"因为这个缘故，彼此相安无事，据他们评论，道德之高足为世界的模范。……但是不幸据专门学者的考察，这个理想的制度已经渐就破坏，狒狒将要扭开习惯的锁索，出笼来了。出笼来的结果怎样，那学者不曾说明，他不过对于大家先给一个警告罢了。

这个警告出来以后，社会上顿时大起恐慌。大家——凡自以为不是狒狒的人们，——两个一堆，三个一攒的在那里讨论，想找出一个万全的对付策。他们的意见大约可以分作这三大派。

一，是反动派。他们主张恢复毛人时代的制度，命令各工厂"漏夜赶造"铁链铁笼，把所有的狒狒阶级拘禁起来，其正在赶造铁链等者准与最后拘禁。

二，是开明派。他们主张教育狒狒阶级，帮助他们去求解放，即使不幸而至于决裂，他们既然有了教育，也可以不会有什么大恐怖出现了。

三，是经验派。他们以为反动派与开明派都是庸人自扰，狒狒是不会出笼的。加在身上的锁索，一经拿去，人便可得自由；加在心上的无形的锁索的拘系，至少是终身的了，其解放之难与加上的时间之久为正比例。他们以经验为本，所以得这个名称，若从反动派的观点看去可以说是乐观派，在开明派这边又是悲观派了。

以上三派的意见，各有信徒，在新闻杂志上大加鼓吹，将来结果如何，还不能知道。反动派的主张固然太是横暴，而且在实际上也来不及；开明派的意见原要高明得多，但是在这一点上，也是一样的来不及了。因为那些自承为狒狒阶级的人虽没有阶级争斗的意思，却很有一种阶级意识；他们自认是一个狒狒，觉得是卑贱的，却同时仿佛又颇尊贵。所以他们不能忍受别人说话，提起他们的不幸和委屈，即使是十分同情的说，他们也必然暴怒，对于说话的人漫骂或匿名的揭帖，以为这人是侵犯了他们的威严了。而且他们又不大懂得说话的意思，尤其是讽刺的话，他们认真的相信，得到相反的结果，气轰轰的争闹。从这些地方看来，那开明派的想借文字言语企图心的革命的运动，一时也就没有把握了。

狒狒倘若真是出笼，这两种计画都是来不及的。——那么经验派的不出笼说是唯一的正确的意见么？我不能知道，须等去问“时间”先生才能分解。

（这是哪一国的事情，我醒来已经忘了，不过总不是出在我们震旦，特地声明一句。）

五　汤饼会

是大户人家的厅堂里，正在开汤饼会哩。

厅堂两旁，男左女右的坐满了盛装的宾客。中间仿佛是公堂模样，放着一顶公案桌，正面坐着少年夫妻，正是小儿的双亲。案旁有十六个人分作两班相对站着，衣冠整肃，状貌威严，胸前各挂一条黄裥，上写两个大字道：“证人”。左边上首的一个人从桌上拿起一张文凭似的金边的白纸，高声念道：

> 维一四天下，南瞻部洲，礼义之邦，摩诃茀罗利达国，大道德主某家降生男子某者，本属游魂，分为异物。披萝带荔，足御风寒；饮露餐霞，无须烟火。友蟪蛄而长啸，赏心无异于闻歌；附萤火以夜游，行乐岂殊于秉烛。幽冥幸

福，亦云至矣。尔乃罔知满足，肆意贪求：却夜台之幽静而慕尘世之纷纭，舍金刚之永生而就石火之暂寄。即此颛愚，已足怜悯，况复缘兹一念，祸及无辜，累尔双亲，铸成大错，岂不更堪叹恨哉。原夫大道德主某者，华年月貌，群称神仙中人，而古井秋霜，实受圣贤之戒：以故双飞蛱蝶，既未足喻其和谐；一片冰心，亦未能比其高洁也。乃缘某刻意受生，妄肆蛊惑，以致清芬犹在，白莲已失其花光；绿叶已繁，红杏倏成为母树。十月之危惧，三年之苦辛；一身濒于死亡，百乐悉以捐弃。所牺牲者既大，所耗费者尤多：就傅取妻，饮食衣被，初无储积，而擅自取携；猥云人子，实唯马蛭，言念及此，能不慨然。呜呼，使生汝而为父母之意志，则尔应感罔极之恩；使生汝而非父母之意志，则尔应负弥天之罪矣。今尔知恩乎？尔知罪乎？尔知罪矣，则当自觉悟，勉图报称，冀能忏除无尽之罪于万一。尔应自知，自尔受生以至复归夜台，尽此一生，尔实为父母之所有，以尔为父母之罪人，即为父母之俘囚，此尔应得之罪也。尔其谨守下方之律令，勉为孝子，余等实有厚望焉。

计开

一，承认子女降生纯系个人意志，应由自己负完全责任，与父母无涉。

二，承认子女对于父母应负完全责任，并赔偿损失。

三，准第二条，承认子女为父母之所有物。

四，承认父母对于子女可以自由处置：

甲，随意处刑。

乙，随时变卖或赠与。

丙，制造成谬种及低能者。

五，承认本人之妻子等附属物间接为父母的所有物。

六，以感谢与满足承认上列律令。

那人将这篇桐选合璧的文章念了，接着便是年月和那“游魂”——现在已经投胎为小儿了——的名字，于是右边上首的人恭恭敬敬的走下去，捉住抱在乳母怀里的小儿的两手，将他的大拇指捺在印色盒里，再把他们按在纸上署名的下面。以后是那十六个证人各着花押，有一两个写的是“一片中心”和“一本万利”的符咒似的文字，其馀大半只押一个十字，也有画圆圈的，却画得很圆，并没有什么规角。末一人画圈才了，院子里便惊天动地的放起大小炮竹来，在这声响中间，听得有人大声叫道：“礼——

毕!”于是这礼就毕了。

(这天晚上,我正看着英国巴特勒的小说《虚无乡游记》,或者因此引起我这个妖梦,也未可知。)

六　初恋

那时我十四岁,她大约是十三岁罢。我跟着祖父的妾宋姨太太寄寓在杭州的花牌楼,间壁住着一家姚姓,她便是那家的女儿。伊本姓杨,住在清波门头,大约因为行三,人家都称她作三姑娘。姚家老夫妇没有子女,便认她做干女儿,一个月里有二十多天住在他们家里,宋姨太太和远邻的羊肉店石家的媳妇虽然很说得来,与姚宅的老妇却感情很坏,彼此都不交口,但是三姑娘并不管这些事,仍旧推进门来游嬉。她大抵先到楼上去,同宋姨太太搭赸一回,随后走下楼来,站在我同仆人阮升公用的一张板桌旁边,抱着名叫“三花”的一只大猫,看我映写陆润庠的木刻的字帖。

我不曾和她谈过一句话,也不曾仔细的看过她的面貌与姿态。大约我在那时已经很是近视,但是还有一层缘故,虽然非意识的对于她很是感到亲近,一面却似乎为她的光辉所掩,开不起眼来去端详她了。在此刻回想起来,仿佛是一个尖面庞,乌眼睛,瘦小身材，而且有尖小的脚的少女，并没有什么殊胜的地方，但在我的性的生活里总是第一个人，使我于自己以外感到对于别人的爱着，引起我没有明了的性的概念的对于异性的恋慕的第一个人了。

我在那时候当然是“丑小鸭”，自己也是知道的，但是终不以此而减灭我的热情。每逢她抱着猫来看我写字，我便不自觉的振作起来，用了平常所无的努力去映写，感着一种无所希求的迷濛的喜乐。并不问她是否爱我，或者也还不知道自己是爱着她，总之对于她的存在感到亲近喜悦，并且愿为她有所尽力，这是当时实在的心情，也是她所给我的赐物了。在她是怎样不能知道，自己的情绪大约只是淡淡的一种恋慕，始终没有想到男女夫妇的问题。有一天晚上，宋姨太太忽然又发表对于姚姓的憎恨，末了说道：

“阿三那小东西，也不是好东西，将来总要流落到拱辰桥去做婊子的。”

我不很明白做婊子这些是什么事情，但当时听了心里想道：

“她如果真是流落做了婊子，我必定去救她出来。”

大半年的光阴这样的消费过去了。到了七八月里因为母亲生病，我便离开杭州回家去了。一个月以后，阮升告假回去，顺便到我家里，说起花牌楼的事情，说道：

“杨家的三姑娘患霍乱死了。”

我那时也很觉得不快，想像她的悲惨的死相，但同时却又似乎很是安静，仿佛心里有一块大石头已经放下了。

（十年九月）

【锺校】

①“里”原作“理”。

真的疯人日记

编者小序

近来神经病似乎很是流行，我在新世界什么地方拾得的“疯人日记”就已经有七八本了。但是那些大抵是书店里所发卖的家用日记一类的东西，表纸上印着“疯人日记”四个金字，里边附印月份牌邮费表等，后面记事也无非是“初一日晴，上午十点十七分起床”等等寻常说话。其中只有一本，或者可以算是真正疯人所记的。这是一卷小方纸的手抄本，全篇用“铁线篆”所写，一眼望去，花绿绿的看不出是什么东西，——幸而我也是对于“小学”用过功的，懂得一点篆法，而且他又恰好都照着正楷篆去的，所以我费了两天工夫，居然能够把他翻译出来了。这篇里所记的，是著者（不知其姓名，只考证出他就是写那铁线篆的人而已）的民君之邦——德谟德斯坡谛恩——

游记的一部分，虽然说得似乎有点支离暧昧，但这支离暧昧又正是他的唯一的好处，倘若有人肯去细心的研究，我相信必然可以寻出些深奥的大道理来，所以我就拿来发表了。至于他是否是真正的疯人，我们既然不曾知道他的姓名，当然无从去问他自己，但是他即使不是疯人，也未必一定是不疯人：这是我所深信不疑的。小序竟。

一　最古而且最好的国

凭了质与力之名，我保证我所记的都是真实，但使这些事情果然实有，而且我真是亲到彼邦，实地的看了来。

民君之邦——德谟德斯坡谛恩，这两句话我已经不知道说了多少遍了，现在这一卷叙述起头，不免再说一番，——在东海中，是世界上最古，而且是，最好的国；这末一节，就是我们游历的人也不好否认，不但是本国的人觉得如此。在那里各人都有极大的自由，这自由便以自己的自由为界，所以你如没有被人家打倒，尽可以随意的打人，至于谩骂自然更是随意了，因为有“学者”以为这是一种习惯，算不得什么。大家因为都尊重自由，所以没有三个人聚在一处不是立刻争论以至殴打的；他们的意见能够一致的只有一件事，便是以为我自己是决不会错的。

他们有两句口号，常常带在嘴里的，是“平民”与“国家”，虽然其实他们并没有一个是平民，却都是便衣的皇帝。因为他们的国太古了，皇帝也太多了，所以各人的祖先差不多都曾经做过一任皇帝，——至少是各人的家谱上都这样说；据说那极大的自由便是根据这件事实而发生的。至于爱国一层却是事实，因为世界上像他们那样憎恶外国的人再也没有了，这实在是爱国的证据。但是平常同外国人也还要好，而且又颇信用，即如我带去的白干，他们很喜欢喝，常常来买，又有一次大家打架，有一个唯一爱国会会长背了一捆旧账簿到我这里来寄存，也是一例。这些旧账簿本来是五百年前的出入总登，在此刻是收不起账来的了，他们却很是看重，拿到我们华商家里存放，实在要比我国人的将装着钞票契据的红漆皮箱运到东城去更为高尚了。

闲话说得太远了，现在言归正传，再讲那“平民”与“国家”两句口号的事情。有一天我在路上走着，看见两个衣冠楚楚的人对面走来，他们彼此很很的看了一眼，一个人便大发咆哮道：“你为什么看我，你这背叛国家的……”那个人也吼叫道：“你欺侮平民么，你这智识阶级!”说时迟，那时快，倘若不是那站在路心的巡捕用木棍敲在他们的头上，一人一下，把他们打散，我恐怕两个人早已蹧了过去，彼此把大褂撕破，随后分头散去，且走且骂，不知道要走到什么地方才肯住口哩。

二　准仙人的教员

在这民君之邦里最可佩服的是他们的教育制度，这或者可以说是近于理想的办法了。他们以为教育是一种神圣——不，无宁说是清高的事业，不是要吃饭撒矢，活不到一百岁的俗人所配干的，在理论上说来应该是仙人才可以担任。但是不幸自从葛仙翁的列仙传出版以后，神仙界中也似乎今不如古，白日飞升的人渐渐少见，不免有点落莫之感了。虽然吕纯阳等几位把兄弟还是时常下凡，可以坐满一“桌”，但是要请他们担任国立七校（因为他们缺少一个美术学校）的教职也是不够，何况还有许多中小学校呢。他们的教育当局劳心焦思的密议了十一个月，终于不得已而思其次，决议采用“准仙人”来充当职教员，算是过渡时代的临时办法。这所谓准仙人乃是一种非仙非人，介在仙与人之间的清高的人物；其养成之法在拔去人气而加入仙气，以禁止吃饭撒矢为修炼的初步。学校任用的规则，系以避谷者为正教授，餐风饮露者为教授，日食一麻一麦者为讲师，这一类自然以婆罗门为多。学校对于准仙人的教员，极为优待：凡教授都规定住在学校的东南对角的一带，以便他们上校时喝西北风借以维系生命；避谷的正教授则准其住在校里，因为他们不复需要滋补的风露，而且他们的状态也的确不很适宜于搬动了。至于讲师就不大尊重，因为还要吃一麻一麦，未免有点凡俗而且卑鄙：倘若从事于清高的教育事业而还要吃饭，那岂不同苦力车夫一样了么？这在民君之邦的教育原理上是绝对的不能承认的。

他们学校各种都有，只是没有美术学校，因为他们从平民的功利主义立脚点看来，美术是一种奢侈品，所以归并到工业里去，哲学也附属于理化，文学则附属于博物，当我在那里的时候，统治文坛的人正是一个植物学者。他们的学科虽然也是分门别类有多少种，但是因为他们主张人是全知全能的，活动的范围是无限的，所以实际上是等于不分，这便是术语上的所谓学术的统一。我曾看见一个学造船的人在法政学校教罗马法，他的一个学生毕业后就去开业做外科医生，后来著了一部《白昼见鬼术》，终于得了一个法学博士的名号。据说这种办法是很古的，而且成绩很好，近有欧美都派人去调查，恐怕不久便要被大家所采用了。他们主张人类的全知全能，所以猛烈的反对怀疑派，说是学敌，因此他们在古人中又最恨苏格拉底与孔子：因为苏格拉底曾说他自知其无所知，故为唯一之智者；孔子也说，知之为知之，不知为不知，是知也。他们国里倘若有人说这不是自己所研究的，不能妄下论断，他们便说他有苏党的嫌疑，称他是御用学者，要听候查办。想免去这些患难，最好是装作无所不知，附和一回，便混过去了；好在这种新花样的学说流行，大都是同速成法政一样，不久就结束了，所以容易傅衍。有一回，一个名叫果非道人的和尚到那里提倡静卧，说可以却病长生，因为倘若不赞成就不免有苏派的嫌疑，所以一时闻风响应，教室里满眼都是禅床，我们性急的旁观者已经预备着看那第一批的静卧者到期连着禅床冉冉的飞上天去了。但是过了一个半月之后，却见果非道人又在别处讲演星云说，禅床上的诸君也已不见了。仔细一打听，才知道近来有人发见猪尾巴有毒，吃了令人怔忡，新发起了一个不食猪尾巴同盟，大家都坐了汽车出发到乡间去宣传这个真理；其结果是猪尾巴少卖了若干条，——然而在现在自然是仍旧可以卖了。

三　种种的集会

我参观了许多地方，规模最为弘大者是统一学术研究所，据说程度在一切大学院之上。我在那里看见一个学者用了四万八千倍的显微镜考察人生的真义，别一个学者闭目冥想，要想出化学原子到底有七十几种。又有一个囚形垢面的人，听说是他们国里唯一的支那学者，知道我是中国人，特别过来招呼，他说废寝忘食的——这个有他的容貌可以作证——研究中国文字，前后四十年，近来才发见俗称一撇一捺的人字实在是一捺上加一撇，他已经做了一篇三百页的论文发表出去，不久就可望升为太博士了，——因为他本来是个名誉博士。

理性发达所是去年才成立的，一种新式学说实验场。某学者依据亚列士多德的学说以为要使青年理性发达，非先把这些蕴蓄着的先天的狂议论发出不可，因此他就建设这个实验场，从事于这件工作。其法系运用禅宗的“念佛者谁”的法子，叫学生整天的背诵“二四得……”这一句话。初级的人都高声念“二四得甲”或是“二四二千七”等等，——因为这些本来是狂议论。最高级的只有一个人，在一间教室独自念道“二四得六!”引导的人说他毕业的期已近了，只要他一说出二四得七，那便是火候已到，理性充分的发达，于是领凭出所，称为理性得业士了。至于“二四得八”这一句话，在那里是不通行的，因为那建设理性发达所的学者自己也是说“二四得七”的。

以色谟拉忒勒亚——勉强可以译作主义礼拜会，是一种盛大的集会，虽是仪式而“不是宗教”。我去参观的时候，大半的仪式都已过去，正在举行“亚那台玛”了；依照罗马旧教的办法，一派的礼拜者合词咒诅异己的各派，那时正是民生主义派主席，诅着基尔特及安那其诸派，所以这几派的人暂时退席，但是复辟党帝制党民党都在一起，留着不走，因为于他们没有关系，所以彼此很是亲善：这实在足以表示他们的伟大的宽容的精神，不像是我国度量狭隘的民主主义者的决不肯和宗社党去握手，我于是不禁叹息“礼失而求诸夷”这句话的确切了。

民君之邦的法律——不知道是哪一阶级所制定，这便是他们的议员也不清楚——规定信仰自由，有一所公共礼堂，供各派信徒的公用。这地方名叫清净境，那一天里正值印度的拜科布拉蛇派，埃及的拜鳄鱼派以及所谓大食的拜□派都在那里做道场，但是独不见有我所熟知的大仙庙和金龙四大王庙，而且连朱天君的神像也没有。我看了很是奇怪（而且不平），后来请教那位太博士，这才明白：他们承认支那是无教之国，那些大仙等等只是传统的习惯，并不是迷信，所以不是宗教。但是还有一件事我终于不能了解，便是那大食的拜□派。我们乡里的老太婆确有这样的传说，但是读书人都知道这只是诬蔑某教的谣言，不值一驳的；我又曾仔细考证，请一个本教的朋友替我查经，顺翻了一遍，又倒翻了一遍，终于查不出证据来。——然而在民君之邦里有一个学者在论文上确确凿凿的说过，那么即使世间没有这样的事实，而其为必然的真理，是不再容人置疑的了，所以他们特设一个祭坛，由捕房按日分派贫民队前往礼拜，其仪注则由那个学者亲为规定云。

此外还有一个儿童讲演会，会员都是十岁以下的小学生，当时的演题一个是“生育制裁的实际”，一个是“万古不变的真理”，一个是“汉高祖斩丁公论”，馀兴是国粹艺术“摔壳子”。但是我因为有点别的事情，不曾去听，便即回到我的寓里去了。

四　文学界

民君之邦里的文学很是发达，由专门的植物学家用了林那法把他分类，列若干科，分高下两等。最高等的是“雅音科”，——就是我们在外国文学史上时常听到的“假古典派”，最下等的是所谓堕落科，无韵的诗即属于这一科里。雅音科又称作“雅手而俗口之科”，原文是一个很长的拉丁字，现在记不起来了。他们的主张是，“雅是一切”，而天下又只有古是雅，一切的今都是俗不可耐了。他们是祖先崇拜的教徒，其理想在于消灭一己的个性，使其原始的魂魄去与始祖的精灵合体，实在是一种非常消极的厌世的教义。他们实现这个理想的唯一手段，便是大家大做其雅文，以第一部古书的第一篇的第一句为程式，所以他们一派的文章起头必有诘屈胶牙的四个字为记，据说其义等于中国话的“呃，查考古时候……”云云。但是可惜国内懂得雅音的人（连自以为懂的计算在内）虽然也颇不少，俗人却还要多；而且这些雅人除了写几句古雅的文字以外，一无所能，日常各事非俗人替他帮忙不可，这时候倘若说：“咨，汝张三，糍盛予！”那是俗人所决不会懂的，所以他们也只能拼出这一张嘴，说现代人的俗恶的话了。“雅手而俗口”就是指这一件事，中间的而字系表示惋惜之意的语助词。

这正统的雅音派的文学，为平民和国家所协力拥护，所以势力最大，但是别派也自由流行，不过不能得到收入八存阁书目的权利罢了。他们用拈阄的方法认定自己的宗派，于是开始运动，反对一切的旁门外道；到了任期已满，再行拈定，但不得连任。凡志愿为文人者，除入雅音派以外，皆须受一种考试，第一场试文字，以能作西洋五古一首为合格，第二场试学术，问盲肠炎是本国的什么病等医学上的专门知识。

编者跋

我刚将稿子抄到这里，忽然来了一个我的朋友，——这四个字有点犯忌，但是他真是我的并非别人的朋友，所以不得不如此写，——拿起来一看，便说这不是真的疯人日记，因为他没有医生的证明书。虽然我因为铁线篆的关系，相信著者是疯人，但那朋友是中产阶级的绅士，他的话也是一定不会错的，所以我就把这稿子的发表中止了。

有人说，这本来是一篇游戏的讽刺，这话固然未必的确，而且即使有几分可靠，也非用别的篇名发表不可，不能称为真的疯人日记了。

一九二二年五月吉日跋。

雅片祭灶考

日本《读卖新闻》十一月二十四日附录记述当日广播电话的节目，有下列这一篇文字：

珍奇的支那风俗

供糖与雅片以祭灶神

一年一度的任意的请求

中野江汉君的有意思的趣味讲座

今天是支那祭灶神的日子。因此今晚的趣味讲座有中野江汉君的谈话，题为“日本所无的珍奇的支那风俗”。中野君本名吉三郎，号江汉，多年在支那，努力于支那风物之绍介，著书也有二三种，现为支那风物研究会主。

向来有人说支那与日本是同文同种，因此以为一切都是同的，其实思想风俗习惯非常差异。例如支那人是非常精于计算的国民，无论什么事都很打算。举其一例，有称作“功过格”计算日常道德标准的东西，因了这个标准以为自己的行为之收支计算，自己的行为之批判。又支那人以为宇宙系天所造成，人亦系天所造成，故造人的天亦当然保育人类，予人以种种的食物，也同样地在道德上引导人类，即有善有善报恶有恶报之因果报应之思想是也。天则遣其代表者灶神至下界，监视人类，这位尊神故为一家之主人公，是最可怕的东西。又因此因果报应之思想发生一种的宿命观。无论什么事，大抵多以为是运命而断望了，例如连续遇见不幸，说是“苦命”，因为生就这种运命，说是“没法子”，就断望了。——现在说祭这个灶神的日子是在十一月二十三日，在这一天里，这位尊神一年一度升天去，把一年间的人的行为报告于天上的神道。因此在这天，供了糖和雅片及酒，请求不要报告恶事，单把善事报告上去，对于尊神使用贿赂，请托于自己有利的事，这岂不是支那式的，很有意思的么？此外还有吃人的风俗，世界无比的死刑方法，因为想使子孙不绝，想尊崇祖先，发生绝端的男尊女卑的思想，有什么“人市”，卖买女人的风习等，为日本人所万想不到的风俗，还很多很多。今夜就只是讲这一件事罢了。

我抄了这篇文章之后，禁不住微笑了一笑。在支那多年，著书也有二三种，尊为支那风物研究会主的名人，还不知道中国民间的祭灶是在十二月二十三日，这真可谓“恭喜”之至了。我在南京住过五年，北京十年，浙江二十年，却没有听说有人请灶王抽大烟，虽然现今南北厉行烟禁，治病执照已经填发，将来会有用雅片敬神之一日也未可知。对于尊神使用贿赂，这却是真的，因为凡是祭献供养无不含有这种意味，即使不用雅片而只有酒，即使不是白干而是日本的神酒！我想到这里不免发生一种感慨，日本与中国虽然不是同文同种，究竟是有关系的，不是老表，也总是邻居，好好歹歹有许多牵连，若想找他家的漏洞时稍不小心，便批了自己的嘴巴，不可不慎。譬如所谓人市罢，我不知道是在哪里，但以中国的这样野蛮而论，号称民国而婢妾制度还公然认可，这种市集当然是可以有的，无论现在事实上有没有；然而，东亚之事是“福无双至，祸不单行”的，说起人市，就令人不能不联想到日本有名的吉原，——这里似乎应当声明一下，我不曾登过吉原的“楼”，不过这地方是知道而且到过的，有一年春天曾同我的妻，妻弟，妻妹夫妇，去看过吉原的“夜樱”，关于吉原的文献则现代的还存有一本明治四十三年（1910）的《新吉原细见》。那种劝工场式的卖笑，西洋人如哈利思之流大约又要嘲笑了，但是到过伦敦巴黎的人也会找出他们的暗黑面来，叫他出一个大丑：甚矣专想找他家的漏洞之难也！

《新吉原细见》序很有意思，附译于此。文曰：

公娼制度为日本所固有，盖以花魁（oiran 娼妓之嘉称）为美术而可尊重，对于此说或有反对者亦未可知，但生理的情欲终难防止，壮年男子如遇街灯影暗踯躅于柳阴之暧昧妇，危险无逾此者，不但一生残废，且传恶疾于子孙，此实明于观火也。故欲满足安全快乐，当以买有风骨尚意气的花魁为最佳，花魁者清净无垢，无后患者也。若云奖劝诱引，则吾岂敢。惶恐惶恐。

四十三年之三月，南史题。

还有一层，平常所谓风俗，当以现代通行者为准，不能引古书上所记录，或一两个人所做的事，便概括起来认作当世的风俗。倘若说这是可以如此说的，那么我们知道德川朝有过火烧，锅煮，浇滚汤，钉十字架种种死刑方法，也可以称他是世界无比，根据了男三郎的臀肉切取事件，也可以说日本有吃人的风俗。但是头脑略为明白的人便知道这是不对，因为后者是个人的事情（虽然人肉治病是民间的迷信），前者乃是从前的事情了。现在日本的死刑是照文明国的通例，用绞法的，他们绞死逆徒幸德秋水难波大助等，正如大元帅之绞死李大钊等一干赤党一样，而日本病人平常之不会想吃人肉汤，大抵也与中国没有多大不同。假如连这一点常识都还没有，怎么讲得学问？本来讲学问不是一件容易的事，风俗研究也不是例外，要讲这种学问第一要有学识，第二要有见识，至于常识更不必说了。

风俗研究本是民俗学的一部分，民俗学或者称为社会人类学，似更适当，日本西村真次著有《文化人类学》，也就是这种学问的别称。民俗学上研究礼俗，并不是罗列异闻，以为谈助，也还不是单在收录，他的目的是在贯通古今，明其变迁，比较内外，考其异同，而于其中发见礼俗之本意，使以前觉得荒唐古怪不可究诘的仪式传说现在都能明了，人类文化之发达与其遗留之迹也都可知道了。这实在是很有意思的事，但是也很难，不是第二流以下的人所弄得来的。日本对于中国的文哲史各方面都有相当的学者正经地在那里研究，得有相当的成绩，唯独在民俗学方面还没有学者着手，只让支那浪人们拿去作招摇撞骗之具，这实是很可惜的事。

日本人要举发中国的野蛮行为，我决不反对，但是倘若任意说诳，不免要来订正几句。其实这种诳话，凡是在中国侨寓的正直的日本人也无不知道，不过他们不敢揭穿罢了：第一，他们自然也想保存同胞的面目，无论他是怎样的无赖；第二，谁又不怕无赖的结怨呢？但是他们没有想到这是害群之马，他们怕马踢而不敢去惹它，却不知道一方面因了这种害马的缘故而全群并受其害了。

（十六年十二月四日）

剪发之一考察

民国十六年十二月十六日北京《顺天时报》载有下列一则新闻，题曰“世界进化中男女剪发不剪发问题”：

东京八日电：女子剪发，日人颇嫉视之，认为系东方之传染病。女子剪发问题实南起马尼拉，北至哈尔滨，西起孟买，东至东京，家庭中，社会中，老少之间，保守与急进各派中，常惹起极大风波。虽谓梳发一事极属小节，但已致社会之不安，竟至与政治法律发生关系。除菲岛有剪发税之外，日本警察对待剪发之女子则认为堕落者，对长发之男子则认为赤化。前此远东各国女子保重美发之风似已属过去，而反对剪发最力者当推日本。最近大阪电影公司竟将所有剪发女伶尽数解雇，并告各女演员云，发不蓄长则勿庸回职也，而东京警察对女子之剪发竟认为与裸体同等属于违禁，同时日（本）之青年男子有欲蓄发作欧美之艺术派者，亦为警察所不容，其感受之苦痛与女子正同。日本各大城警察每遇蓄发之青年男子，即拘入警署审讯其是否怀革命思想，或须受严重之监视，但多数青年宁受警察之监视，亦不忍去其长发。夫发之长短，在女则以长为善，在男则以短为善，亦诚近代不可解之习俗云。

我读了此文之后，闭目沉思了一忽儿，觉得这个"习俗"并没有什么不可解。简单地一句话，这便是"狗抓地毯"，谜底是"蛮性的遗留"。野蛮时代，厉行一道同风之治，对于异言异服者辄加以"嫉视"，现代专制流行，无论是赤化的俄罗斯，白化的义大利，或是别色化的什么地方，无不一致地实行独断高压的政治，在这个年头儿，男女之剪发蓄发当然非由当局以法令规定不可，否则就是违禁。我们只要就记忆所及，不必去翻书，考究一下，如满清入关时之留发不留头，"长毛"时代之短发者为"妖"，孙联帅治下之江西杀断发女子（以前有三一八，忘记先说了）与一撮毛的男子，上海滩人称断发女子为女革命（这本是说在联帅治下的时代，现在是怎样，鄙人远在京兆不能知道），讨赤的奉吉黑直鲁之罚禁女子剪发，反赤的广东之杀戮剪发女子，成例甚多，实在叫一个工友来数还数不清。为什么头发如此关系重大呢？是的，头发是身体的一部分，也就是性命的一部分，不可轻易把它弄长弄短，这只请去看江绍原君的研究《发须爪》便可明白，不过在这里这倒还在其次，最要紧的乃是这头发的象征，——即是主君对于臣仆，男子对于女子的主权。夫几缕青发，何关重要，在吾辈视之，拉长剪短，大可随意，至多亦不过影响到个人形相的好丑，旁观[①]者以己意加以爱憎，如斯而止矣；然此把头发拉长剪短之中所包含的政治意义却非同小可，难怪当局见而“心上有杞天之虑”，为保护既得权利起见不得不出以断然的处置也。男性的主权者既规定头发在女则以长为善，在男则以短为善，斯即天经地义，无可改变，如有应短而反长，应长而独短，则即是表示反抗，与不奉正朔服色同，当视为大逆不道，日本警察认此等男女为堕落者与赤化，实甚得此意也。在中国因有“二百馀年深仁厚泽食土践毛”之关系，对于辫发颇有遗爱，故男子之长发以至有辫子者在社会上即使不特别受人家的爱敬，亦总无违碍，可以自由游行，唯一撮毛者始杀无赦，与日本宽严稍有不同。至于女子则长发乃是义分，不服从者即系叛逆，其为男性所嫉视固其所也，北方既罚办于先，南方复捕杀于后，虽曰此系李福林君之政策，但总可以见南北讨赤固有同心，即对于女子剪发之男性的义愤在中国亦颇有一致之处也。不佞亦系男性一分子，拥护男权，不敢后人，唯生性迟钝，缺少热狂，回思愈久，疑问愈多，遂觉得男子此种行为未免神经过敏，良如梁实秋君所说，此刻中国是在浪漫时代也。我外出时固常见断发女子之头，然亦常见其足；虽曰剪发，既不如尼，亦不如兵，或分或卷，仍有修饰，至于脚上之鞋，也相当地美丽，而且有些还是高跟而且颇高的。因此我觉得那些男性的确是神经过敏或者竟是衰弱了。女子剪了男性所规定的长发虽属貌似反抗，但我们看那些鞋便可知道她们还着实舍不得被解放，此其一；她们穿这种鞋，大抵跟时式，也就还是为悦己者容，即是不用这些鞋了，而那剪短的头发也还是一种“容”，此其二：因此可见她们的剪发并不是怎么大的叛逆，而男性之狼狈胡闹有点近于发呆，这实在令我也有些难为情。感情是野蛮人所有，理性则是文明的产物，人类往往易动感情，不受理性的统辖，剪发问题即其一例，此亦可谓蛮性遗留之发现也。

还有一种理由，特别是关于女子的，是萨满教的礼教思想。新闻原文上说得很是明白而且有趣味，云“东京警察对女子之剪发竟认为与裸体同等属于违禁”，可见在这个嫉视里面有几分是政治问题，有几分是“风化”问题了。我向来不懂这两个神秘的字的意义，后来从原始宗教上看出来这就是所谓太步（Tabu，禁忌?），是一种秽气毒气之传染，形而上的感应。现代社会以裸体为违禁，表面上说是因为诲淫，挑发旁人的欲情，其实最初怕的是裸体的法力，这个恐怖至今还是存在，而且为禁止裸体的最大原动力。古今中外有许多法术，作法时都要裸体，而且或如书上所说，被发禹步，现在记者说剪发与裸体同等，这是从下意识里自然地发出来的，一句素朴的话，却含有深厚的意义。女子的头发如不是挽作什么髻而披散了或是剪短，这便有一种不吉，特别降于男性身上，有如裸体，无论他们怎样想看，但看了总是不吉，如不是考不取科名，也要变成秃子！民间忌见尼姑，和尚则并不忌，凡见者必须吐唾沫于地，方可免晦气，如有同伴，则分走路的两侧，将该尼姑“夹过”（Gaehkuu）尤佳。为什么呢？因为她是剪发的女子，因此她有法力，能令看见的男子有晦气。今之热心维持礼教的政府与社会实在就是传这个迷信的正统，把个人的嫌恶祓[2]除的行为转为政府的嫉视，把吐一口唾沫变做政治法律的干涉罢了。有人疑心，一切道学的反动都有色情的分子，政府社会之注意女子的裤穿不穿，发长不长，明明是这种征候，如去从政治和礼教上寻求它的原因，未免有点太迂阔了。这一节话我也承认，我知道这些反动里含有色情分子很多，不过我不单独把它当作一个原因，却将它包括在上文的两个原因里了，因为政治的或礼教的嫉视女子之剪发其动机原都是色情的，与疾视男子之长发原因不尽同也。——江君的《发须爪》听说即将出版了，有这些好材料可惜不及收入，希望再版时能够改订增广，或者到那时候材料勃增，可以单出一巨册的发之研究亦未可知罢？

中华民国十六年十二月三十日于北京，严寒中。

【锺校】

①“观”原作“听”。

【鄢校】

②“袯”原作“被”。

后记

费了好几个礼拜的工夫，把这一百三十篇文章都剪贴好，校阅过，《谈虎集》总算编成了，觉得很是愉快，仿佛完了一件心事。将原稿包封，放在一旁之后，仔细回想，在这些文章上表现出来的我的意见，前后九年，似乎很有些变了，实在又不曾大变，不过年纪究竟略大了，浪漫气至少要减少了些罢。我对于学艺方面，完全是一个“三脚猫”，随便捏捏放放，脱不了时代的浪漫性，但我到底不是情热的人，有许多事实我不能不看见而且承认，所以我的意见总是倾向着平凡这一面，在近来愈益显著。我常同朋友们笑说，我自己是一个中庸主义者，虽然我所根据的不是孔子三世孙所做的那一部书。我不是这一教派那一学派的门徒，没有一家之言可守，平常随意谈谈，对于百般人事偶或加以褒贬，只是凭着个人所有的一点浅近的常识，这也是从自然及人文科学的普通知识中得来，并不是怎么静坐冥想而悟得的。有些怀旧的青年曾评我的意见为过激，我却自己惭愧，觉得有时很有点像“乡愿”。譬如我是不相信有神与灵魂的，但是宗教的要求我也稍能理解，各宗的仪式经典我都颇感兴趣，对于有些无理的攻击有时还要加以反对；又如各派社会改革的志士仁人，我都很表示尊敬，然而我自己是不信仰群众的，与共产党无政府党不能做同道。我知道人类之不齐，思想之不能与不可统一，这是我所以主张宽容的理由。还有一层，我不喜欢旧剧，大面的沙声，旦脚的尖音，小丑的白鼻子，武生的乱滚，这些怪相我都不喜，此外凡过火的事物我都不以为好，而不宽容也就算作其中之一。我恐怕我的头脑不是现代的，不知是儒家气呢还是古典气太重了一点，压根儿与现代的浓郁的空气有点不合，老实说我多看琵亚词侣的画也生厌倦，诚恐难免有落伍之虑，但是这也没有什么关系，大约像我这样的本来也只有十八世纪人才略有相像，只是没有那样乐观，因为究竟生在达尔文、茀来则之后，哲人的思想从空中落到地上，变为凡人了。

民国十年以前我还很是幼稚，颇多理想的、乐观的话，但是后来逐渐明白，却也用了不少的代价，《寻路的人》一篇便是我的表白。我知道了人是要被鬼吃的，这比自以为能够降魔，笑迷迷的坐着画符而突然被吃了去的人要高明一点了，然而我还缺少相当的旷达，致时有“来了”的预感，惊扰人家的好梦。近六年来差不多天天怕反动运动之到来，而今也终于到来了，殊有康圣人的“不幸而吾言中”之感。这反动是什么呢？不一定是守旧复古，凡统一思想的棒喝主义即是。北方的“讨赤”不必说了，即南方的“清党”也是我所怕的那种反动之一，因为它所问的并不都是行为罪而是思想罪，——以思想杀人，这是我所觉得最可恐怖的。中国如想好起来，必须立刻停止这个杀人勾当，使政治经济宗教艺术上的各新派均得自由地思想与言论才好。《孟子》曰，孰能一之？曰不嗜杀人者能一之。这句老生常谈，到现在还同样地有用。但是有什么用呢？棒喝主义现在正弥漫中国，我八九年前便怕的是这个，至今一直没有变，只是希望反动会匿迹，理性会得势的心思，现在却变了，减了，——这大约也是一种进步罢。

民国十六年十一月二十五日，在北京，岂明。

图书在版编目(CIP)数据

谈虎集/周作人著作;锺叔河编订.—长沙:岳麓书社,2019.1(2022.7重印)

ISBN 978-7-5538-0851-2

Ⅰ.①谈…　Ⅱ.①周…②锺…　Ⅲ.①散文集—中国—现代　Ⅳ.①I266

中国版本图书馆CIP数据核字(2017)第320258号

TAN HU JI

谈虎集

周作人著作　锺叔河编订

特约编辑:鄢　琨

责任编辑:蒋　浩

责任校对:舒　舍

书籍设计:风格八号

岳麓书社出版发行

地址:湖南省长沙市爱民路47号

直销电话:0731-88804152　0731-88885616

邮编:410006

版次:2019年1月第1版

印次:2022年7月第3次印刷

开本:787mm×1092mm　1/32

印张:14.75

字数:239千字

印数:7 001—9 000

书号:ISBN 978-7-5538-0851-2

定价:35.00元

承印:长沙鸿发印务实业有限公司

如有印装质量问题,请与本社印务部联系

电话:0731-88884129